SV

Bohumil Hrabal
Ich habe den englischen König bedient

Roman
Aus dem Tschechischen
von Karl-Heinz Jähn

Suhrkamp Verlag

Titel der Originalausgabe:
Obsluhoval jsem anglického krále

Erste Auflage 1988
Suhrkamp Verlag Frankfurt am Main 1988
Alle Rechte vorbehalten
© Bohumil Hrabal
Für die Übersetzung:
© Verlag Volk und Welt Berlin/DDR
Druck: May & Co., Darmstadt
Printed in Germany

Ich habe den englischen König bedient

Ein Glas Grenadine

Passen Sie auf, was ich Ihnen jetzt erzählen werde:
Als ich ins Hotel Goldenes Prag kam, nahm mich der
Chef am linken Ohr und zog daran und sagte: »Du bist
hier Pikkolo, merk dir das. Du hast nichts gesehen,
nichts gehört. Sprich's mir nach.« Und so sagte ich, ich
hätte im Hause nichts gesehen und nichts gehört. Und
der Chef zog mich am rechten Ohr und sagte: »Und
merk dir aber auch, daß du alles sehen und alles hören
mußt. Sprich's mir nach.« Ich wiederholte verwundert, daß ich alles sehen und alles hören wolle, und so
fing ich an. Jeden Morgen um sechs waren wir an Ort
und Stelle, zum Defilee sozusagen, der Herr Hotelier
erschien, auf der einen Seite des Teppichs standen der
Ober und die Kellner und am Ende ich, so klein wie
ein Pikkolo, und auf der anderen Seite die Köche und
Zimmermädchen und Beiköchinnen und das Büfettfräulein, und der Herr Hotelier schritt unsere Front ab
und guckte nach, ob wir saubere Hemdbrüste und
Frackkragen hatten und ob all das fleckenlos war und
ob keine Knöpfe fehlten und ob die Schuhe geputzt
waren, und er bückte sich, um zu schnuppern, ob wir
uns auch die Füße gewaschen hätten, dann sagte er:
»Guten Tag, die Herren, guten Tag, die Damen!«
Von nun an durften wir nicht mehr miteinander reden,
und die Kellner brachten mir bei, wie man Messer und
Gabel in die Serviette wickelt, und ich reinigte die
Aschenbecher und mußte jeden Tag den Blechkessel
für die heißen Würstchen putzen, denn ich habe auf
dem Bahnhof heiße Würstchen verkauft, gelernt hab

ich das bei dem Pikkolo, der nicht mehr Pikkolo war, er hatte schon angefangen, als Platzkellner zu arbeiten, ach, wie hat der darum gebettelt, die Würstchen weiter verkaufen zu dürfen! Mir kam das schon sonderbar vor, doch dann hab ich begriffen, und von da an wollte ich nichts anderes mehr tun, als am Zug heiße Würstchen zu verkaufen. Wie oft am Tag habe ich ein Würstchen mit Hörnchen für eine Krone achtzig ausgegeben, doch der Fahrgast hatte nur zwanzig Kronen, manchmal auch nur fünfzig, ich aber hatte nie Wechselgeld, selbst wenn ich welches hatte, und so verkaufte ich weiter, bis dann der Reisende auf den Zug aufsprang und sich zum Fenster durchdrängte und die Hand ausstreckte, und ich gab ihm zuerst die heißen Würstchen, dann klimperte ich in der Tasche mit dem Kleingeld, doch der Fahrgast schrie, ich solle das Kleingeld behalten, Hauptsache, ich gäbe die Scheine raus, und ich klaubte langsam in der Tasche die Scheine zusammen, und der Vorsteher pfiff schon, und ich zog langsam die Scheine hervor, und der Zug rollte bereits an, und ich lief neben dem Zug her, und wenn der Zug an Tempo gewann, dann hob ich die Hand, und die Geldscheine berührten gerade noch die Finger des sich streckenden Reisenden, fast jeder beugte sich so weit vor, daß ihn jemand im Coupé an den Beinen festhalten mußte, einer rammte mit dem Kopf sogar den Wasserkran, ein anderer den Signalmast, doch dann entfernten sich die Finger bereits schnell, und ich blieb keuchend und mit ausgestreckter Hand stehen, in der sich die Geldscheine befanden, und das war mein Verdienst, denn nur sehr selten kehrte ein Reisender wegen des Geldes zurück, und so hatte ich bald mein eigenes Geld, nach einem Monat waren es schon ein paar Hunderter, schließlich hatte ich sogar tausend Kronen beisammen.

Morgens ab sechs und abends vor dem Schlafengehen kam der Chef kontrollieren, ob ich mir die Füße gewaschen hatte, und schon um zwölf mußte ich im Bett sein, und so fing ich an, nichts zu sehen und alles um mich herum zu sehen, ich sah die Ordnung und die Pünktlichkeit, wie sich der Chef freute, wenn wir zum Schein untereinander spinnefeind waren, aber von wegen; wenn die Kassiererin mit einem Kellner ins Kino ging, bedeutete das prompte Kündigung; und ich lernte auch die Gäste in der Küche kennen, den Stammtisch, jeden Tag mußte ich die Gläser der Stammgäste blank reiben, jeder hatte seine Nummer und seine Marke, Gläser mit Hirschen und Gläser mit Veilchen und Gläser mit Stadtansichten, dazu kantige Gläser und bauchige Gläser und einen Steinkrug mit dem HB-Zeichen aus München, und so stellte sich jeden Abend die auserlesene Gesellschaft ein, der Herr Notar und der Stationsvorsteher und der Gerichtsvorsitzende und der Tierarzt und der Direktor der Musikschule und der Fabrikant Jína, und allen half ich aus dem Mantel heraus und in den Mantel hinein, und wenn ich das Bier brachte, mußte jedes Glas zu Händen dessen gehen, dem es gehörte, und ich wunderte mich, wie reiche Leute es fertigbringen, den ganzen Abend etwa darüber zu reden, daß draußen vor der Stadt eine kleine Bank sei und neben dieser Bank vor dreißig Jahren eine Pappel gestanden habe, und schon ging es los: Einer sagte, nein, es habe dort keine Bank gegeben, nur die Pappel, und ein anderer, nein, keine

Pappel, und eine Bank sei auch nicht dagewesen, sondern nur eine Bohle mit einem Geländer... und so blieben sie dabei, tranken ihr Bier und redeten über ein und dasselbe Thema und schrien und schimpften, sozusagen alles nur zum Schein, ja sie waren schon drauf und dran, sich über den Tisch hinweg anzubrüllen, dort sei eine Bank gewesen und keine Pappel, und von der anderen Seite: nein, eine Pappel und keine Bank, doch dann setzten sie sich wieder hin, und alles war in Ordnung – sie hatten nur geschrien, damit ihnen das Bier besser schmeckte.

Ein andermal wieder stritten sie sich über die Frage, welches Bier in Böhmen das beste wäre, und einer meinte: das Protivíner, und ein anderer: das Vodňaner Bier, und ein dritter: das Pilsner, und ein vierter: das Nymburker und das Krušovicer, und so schrien sie wieder aufeinander ein, doch sie alle mochten einander und schrien nur, damit was los war, um irgendwie den Abend totzuschlagen... Und dann wieder mal beugte sich der Herr Stationsvorsteher vor, wenn ich ihm das Bier hinstellte, und flüsterte, der Herr Tierarzt sei bei den Damen von Rajský gesehen worden, mit der Jaruška sei er aufs Zimmer gegangen, und der Herr Direktor der Bürgerschule flüsterte zurück, ja, er sei dagewesen, aber nicht am Donnerstag, sondern schon am Mittwoch, und außerdem nicht bei der Jaruška, sondern bei der Vlasta, und so unterhielten sie sich erneut den ganzen Abend nur über die Fräuleins von Rajský, wer dagewesen sei und wer nicht, und wenn ich das hörte, ihr ganzes Gerede, dann war mir egal, ob draußen vor der Stadt eine Pappel und ein Steg oder ob dort ein Steg, aber keine Pappel gewesen ist oder nur die Pappel, genauso egal, ob das Brániker Bier besser ist als das Protivíner, ich wollte nichts sehen und nichts hören, nur sehen und hören, wie es dort bei Rajský aussah.

Ich zahlte mein Geld und verkaufte so viele heiße Würstchen, daß mir genug Geld blieb, mit dem ich mich zu Rajský hätte wagen können, sogar zu weinen verstand ich auf dem Bahnhof, und weil ich ein so vollkommener kleiner Pikkolo war, winkte man ab und ließ mir das Geld, weil man glaubte, ich sei ein Waisenkind. Und so reifte in mir der Plan, eines Tages nach der elften Abendstunde, wenn ich mir die Füße gewaschen hatte, aus dem Fenster meines Kämmerchens zu steigen und zu Rajský zu gehen. Dieser Tag hatte wüst begonnen im Goldenen Prag. Am Vormittag war eine Gesellschaft von Zigeunern erschienen, sie waren fein angezogen, und weil sie auch Geld hatten, es waren Kesselflicker, setzten sie sich an einen Tisch und ließen sich nur vom Besten auftragen. Sobald sie eine neue Bestellung aufgaben, ließen sie jedesmal sehen, daß sie Geld hatten. Der Direktor der Musikschule saß am Fenster, und da die Zigeuner herumkrakeelten, wechselte er zur Mitte des Restaurants hinüber und las sein Buch weiter, ein furchtbar interessantes Buch mußte das sein, denn als der Herr Direktor sich erhob, um drei Tische weiter zu gehen, hörte er nicht auf, darin zu lesen, und auch beim Hinsetzen las er, tastete mit den Händen nach dem Stuhl und las weiter, und ich rieb die Gläser für die Stammgäste blank, hielt sie gegen das Licht, es war noch Vormittag, nur Suppe und Gulasch für ein paar Gäste, und es war notwendig, daß alle Kellner, selbst wenn sie nichts zu tun hatten, im-

merfort etwas taten, also rieb ich sorgfältig, und der
Oberkellner sortierte ebenfalls im Stehen die Gabeln
im Besteckkasten, und der Kellner fing von vorn an,
die Bestecke zu ordnen... und als ich durch das Glas
mit der Aufschrift Goldenes Prag guckte, da sah ich
unterm Fenster wütende Zigeuner herbeieilen, und
schon stürzten sie in unser Goldenes Prag herein und
zogen wohl schon im Flur die Messer, und dann geschah etwas Entsetzliches, sie liefen zu den Kesselflik-
kerzigeunern, doch die hatten anscheinend auf sie
gewartet, sie sprangen auf und zogen die Tische hinter
sich her, immerzu hatten sie die Tische vor sich, so daß
die Zigeuner mit den Messern nicht an sie rankamen,
aber dennoch lagen schon zwei auf der Erde, mit einem Messer im Rücken, und die mit den Messern stachen und hieben, auch in die Hände, und so waren
auch schon die Tische voller Blut, der Herr Direktor
der Musikschule aber las weiter in seinem Buch, lächelte, und dieses Zigeunergewitter donnerte nicht an
dem Herrn Direktor vorbei, sondern über ihn hinweg,
man bekleckerte ihm Kopf und Buch mit Blut, stach
zweimal in seinen Tisch, der Herr Direktor aber las
und las.
Ich selbst hockte unterm Tisch und kroch auf allen vieren in die Küche, und die Zigeuner brüllten, und die
Messer blitzten, wie goldene Fliegen huschten die
Lichtreflexe durch das Goldene Prag, und die Zigeuner zogen sich aus dem Restaurant zurück, ohne zu
bezahlen, und auf allen Tischen war Blut, zwei Männer lagen auf dem Boden, und auf einem Tisch lagen
zwei akkurat abgeschnittene Finger und ein mit einem
Ratsch abgeschnittenes Ohr und dazu ein Stück

Fleisch. Als der Herr Doktor kam und die Zerstochenen und die Teile untersuchte, erkannte er in dem Stück Fleisch ein abgetrenntes Muskelstück vom Arm oben an der Schulter, und nur der Herr Direktor, der jetzt den Kopf in die Hände legte, stützte die Ellbogen auf den Tisch und las weiter in seinem Buch, während alle übrigen Tische am Ausgang zusammengeschoben waren, sie hatten den Kesselflickern als Barrikade gedient und ihre Flucht gedeckt, und der Herr Chef wußte nichts Besseres zu tun, als seine weiße, bienenbestickte Weste anzulegen, vor dem Restaurant zu stehen und die Handflächen zu heben und den eintreffenden Gästen zu sagen: »Tut mir leid, bei uns hat's einen Zwischenfall gegeben, wir öffnen erst wieder morgen.«

Ich hatte mich um die blutigen Tischtücher zu kümmern, die voller Hand- und Fingerabdrücke waren. Dann mußte ich die Sachen auf den Hof tragen und in dem großen Kessel im Waschhaus einweichen, und das Büfettfräulein und eine Beiköchin mußten sie ausspülen und dann kochen; ich sollte die Tischtücher aufhängen, doch ich langte nicht bis zur Leine rauf, und so machte das die Beiköchin, und ich gab ihr die nassen, ausgewrungenen Tücher und reichte ihr dabei bis zum Busen, und sie lachte und nutzte die Gelegenheit, um mich zu veralbern, sie preßte mir die Brüste ans Gesicht und tat so, als sei das ein Versehen, mal die eine und mal die andere Brust, die sie mir aufs Auge legte, so verdunkelte sie mir die Welt, all das war sehr wohlriechend, wenn sie sich dann nach einem Tischtuch im Korb bückte, sah ich ihr wieder tief zwischen die schaukelnden Brüste, sie richtete sich auf, und die

Brüste schwappten aus dem Hang in den Stand, und das Büfettfräulein und die Beiköchin lachten und sagten zu mir: »Na, Söhnchen, wie alt bist du denn, hast du schon die vierzehn hinter dir? Seit wann?«

Dann kam die Abenddämmerung, und der Wind wehte, und die Tischtücher hingen so tief, daß sie richtige spanische Wände bildeten, solche, wie wir sie immer aufstellen, wenn wir eine Hochzeit oder eine geschlossene Gesellschaft im Restaurant haben, und ich hatte schon alles vorbereitet, alles glänzte schon wieder vor Sauberkeit, überall waren Nelken, je nach Saison wurde ein ganzer Korb Blumen angeliefert, und ich ging schlafen, doch als es dann still wurde und nur die Tischtücher auf dem Hof klatschten, als sprächen sie miteinander, war der Hof voller Damastgespräche, da machte ich das Fenster auf, schlüpfte hinaus und gelangte zwischen den Tischtüchern, vorbei an den Fensterluken, bis zum Tor und kletterte hinüber und ging die Gasse hinunter, von Laterne zu Laterne. Ich wartete im Dunkeln ab, bis die nächtlichen Spaziergänger vorüber waren, bis ich von fern die grüne Schrift Bei Rajský erblickte. Ich blieb noch eine Weile stehen und wartete.

Aus dem Innern des Hauses drang das Gerassel eines Orchestrions, und so faßte ich mir ein Herz und ging hinein, und auf dem Flur war ein Fensterchen, und ich stand davor, doch das Fensterchen war so hoch, daß ich mich auf die Zehenspitzen stellen mußte, und dort saß die Frau Rajská und fragte: »Was wünschen Sie, Jungchen?«, und ich sagte, ich wolle mich gern amüsieren, und so machte sie auf, und als ich eintrat, saß da ein schwarzhaariges junges Fräulein und rauchte, und sie fragte mich, was ich so für Wünsche hätte. Und ich sagte, ich hätte gern zu Abend gegessen, und sie erwiderte: »Sollen wir Ihnen das Abendessen hier servieren oder im Lokal?«, und ich wurde rot und sagte: »Nein, ich will im Chambre séparée speisen!«, und sie guckte mich an, stieß einen langen Pfiff aus und fragte, wobei sie schon die Antwort wußte: »Und mit wem?« Und ich zeigte auf sie und sagte: »Mit Ihnen.« Kopfschüttelnd reichte sie mir den Arm, führte mich einen dunklen Korridor mit gedämpften roten Lichtern entlang und öffnete eine Tür, und da waren ein kleines Kanapee und ein Tisch und zwei Plüschstühle, das Licht kam irgendwo hinter den Vorhängen hervor, die hinter der Sitzgarnitur hingen, und fiel dann von der Decke herab wie die Zweige einer Trauerweide, und ich setzte mich, doch kaum hatte ich mein Geld ertastet, da erfüllte mich Energie, und ich sagte: »Werden Sie mit mir zu Abend essen? Was werden Sie trinken?«, und sie sagte: »Champagner!«, und ich nickte, und sie klatschte in die Hände, und der Kellner kam und brachte eine Flasche und öffnete sie und trug sie dann in eine Nische und brachte die Gläser und schenkte ein, und ich trank Champagner, und die Bläschen stiegen mir in die Nase, und ich nieste, und das Fräulein trank Glas um Glas, nachdem sie sich mir vorgestellt hatte, dann bekam sie Hunger, und ich sagte: »Ja, bringen Sie vom Besten!«, und sie sagte, sie möge Austern, die seien frisch hier, und so schlürften wir Austern und tranken eine weitere Flasche und dann noch eine, und sie begann, mir das Haar zu streicheln, und fragte mich, woher ich sei, und ich sagte, das Dorf, aus dem ich käme, sei so klein, daß ich letztes

Jahr zum erstenmal Kohlen gesehen hätte, und sie lachte darüber und sagte, ich solle es mir bequem machen, und mir war heiß, doch ich legte nur die Jacke ab, und sie sagte, auch ihr sei heiß und ob sie wohl ebenfalls das Kleid ausziehen dürfe, und ich half ihr und legte ihr Kleid ordentlich über den Stuhl, und sie knöpfte mir den Hosenlatz auf, und ich wußte nun, daß es bei Rajský weder hübsch noch schön, noch wunderbar war, sondern paradiesisch.

Sie nahm meinen Kopf und drückte ihn zwischen ihre Brüste, und ihre Brust duftete, ich machte die Augen zu, und mir war, als wollte ich einschlafen, so schön waren dieser Duft und diese Rundungen und die Zartheit der Haut, und sie schob meinen Kopf tiefer und tiefer, und ich schnupperte an ihrem Bauch, und sie atmete hastig, und das war so verboten schön, daß ich mir nichts anderes mehr wünschte als dies eine, hierfür wollte ich mir jede Woche achthundert Kronen und mehr mit den heißen Würstchen verdienen, weil ich nun ein schönes und erhabenes Ziel hatte, wie mein Papa immer gesagt hatte: Immer sollte ich ein Ziel vor Augen haben, dann würde ich errettet werden, weil es etwas gäbe, wofür ich leben konnte. Vorerst aber waren wir noch auf halbem Wege. Jaruška zog mir wortlos die Hosen aus, streifte mir die Turnhose herunter und küßte mir die Weichen, und ich war auf einmal so fibbelig und bei dem Gedanken, was alles bei Rajský geschah, so durcheinander, daß ich mich zu einem Knäuel zusammenrollte und sagte: »Was tun Sie da, Jaruška?« Sie besann sich, doch als sie mich ansah, gab sie nicht nach, sie nahm mich in den Mund, und ich wollte sie wegschieben, doch sie war wie von Sinnen, sie behielt mich im Mund und nickte mit dem Kopf und beschleunigte rasch diese Bewegungen, und dann drängte und stieß ich sie nicht mehr weg, sondern streckte mich lang aus, und ich hatte sie an den Ohren gepackt und spürte, wie ich verrann, wie ganz anders das war, als wenn ich es selber machte, wie das Fräulein mit dem schönen Haar mich bis zum letzten Tropfen austrank, mit geschlossenen Augen, wie sie aus mir trank, was ich verspritzte und mit Widerwillen in die Kohlen im Keller oder im Bett ins Taschentuch spritzte...

Als sie sich aufrichtete, sagte sie mit müder Stimme: »Und jetzt aus Liebe...«, doch ich war viel zu gerührt und allzu welk, so daß ich abwehrte und sagte: »Aber ich hab Hunger, haben Sie nicht auch Hunger?« Und weil ich Durst hatte, nahm ich Jaruškas Glas, sie sprang auf mich zu, konnte aber nicht verhindern, daß ich einen Schluck nahm, und enttäuscht setzte ich das Glas ab, denn darin war kein Champagner, sondern gelbe Limonade! Von Anfang an hatte sie Limonade getrunken, die ich als Champagner bezahlt hatte, und ich begriff das erst jetzt, doch ich begann zu lachen und bestellte noch eine Flasche, und als der Ober mit ihr kam, öffnete ich sie selbst und schenkte ein, und dann aßen wir noch einmal, und drinnen im Lokal klimperte ein Ariston, und als wir die Flasche geleert hatten und ich leicht angetrunken war, kniete ich mich nieder und vergrub den Kopf im Schoße des Fräuleins und küßte, liebkoste mit der Zunge diesen wunderschönen Bart und die Haare, doch weil ich leicht war, nahm mich das Fräulein unter die Arme, zog mich über sich und spreizte die Beine, und ich glitt ohne

Mühe in eine Frau hinein, zum erstenmal im Leben, alles, worauf ich mich gefreut hatte, war hier, sie drückte mich an sich und flüsterte, ich solle mich zurückhalten, damit es recht lange dauerte, doch ich bewegte mich nur zweimal, beim drittenmal spritzte ich schon in das warme Fleisch hinein, und sie bildete eine Brücke, berührte mit Haarschopf und Sohlen das Kanapee, und ich lag auf der Brücke ihres Leibes und blieb bis zum letzten Augenblick, bis ich erschlaffte, zwischen ihren gespreizten Beinen, dann zog ich mich heraus und legte mich neben sie.

Sie atmete tief, legte sich nieder, tastete blindlings nach mir und streichelte mir den Bauch und den ganzen Körper... Und dann kam die Zeit des Anziehens, kam die Zeit des Abschieds und die Zeit des Bezahlens, und der Ober rechnete und rechnete und überreichte mir eine Rechnung über siebenhundertzwanzig Kronen, und ich ging beiseite und nahm noch zwei Hunderter und gab sie Jaruška, und als ich Rajský verließ, lehnte ich mich an die nächstbeste Wand und blieb im Dunkeln stehen, angelehnt, verträumt, denn ich hatte zum erstenmal erfahren, was in diesen schönen Häusern vor sich geht, wo die Fräuleins sind, doch ich sagte mir, du hast dein Lehrgeld bezahlt, und gleich morgen wirst du wieder hergehen und erneut den Herrn spielen... Ich war völlig betäubt. Als Pikkolo, der heiße Würstchen auf dem Bahnhof verkauft, bin ich hergekommen, und gegangen bin ich als ein Herr, überlegen jedem der Herren, die am Stammtisch im Goldenen Prag sitzen, ausschließlich den noblen Herrschaften vorbehalten, ausschließlich den Honoratioren der Stadt...

Und schon am nächsten Tag sah ich die Welt mit ganz anderen Augen an, das Geld, das mir nicht nur die Tür bei Rajský, sondern auch das Tor zum Ansehen, zur Achtung geöffnet hatte. Mir fiel ein, daß die Frau Rajská in der Pförtnerloge, als sie sah, daß ich zwei Hunderter in die Luft warf, daß sie da nach meiner Hand haschte und diese küssen wollte. Ich hatte geglaubt, sie wolle wissen, wie spät es auf meiner Armbanduhr ist, die ich noch nicht besaß, dieser Kuß aber war kein Kuß für mich, den Pikkolo vom Goldenen Prag, sondern er galt jenen zwei Hundertern, galt einzig und allein dem Geld, das ich hatte, ich, der ich noch zweitausend Kronen im Bett versteckt hielt und der ich Geld haben konnte, soviel ich wollte.

Vormittags schickte man mich mit dem Korb los, damit ich Blumen holte, und als ich wiederkam, sah ich einen Rentner auf allen vieren kriechen und nach einer verlorenen Münze suchen. Unterwegs war mir klargeworden, daß unter unseren Stammgästen auch der Gärtner und der Wurstmachermeister und der Fleischer und der Inhaber der Dampfmolkerei saßen, daß bei uns eigentlich jene Leute zusammentrafen, die uns das Gebäck und das Fleisch liefern; wie oft hatte der Chef, wenn er den Eisschrank kontrollierte, gesagt: »Auf der Stelle gehst du zum Fleischer und richtest ihm aus, er soll das magere Kalb augenblicklich wegschaffen, jetzt gleich!«, und bis zum Abend war das Kalb auch weg, und der Fleischermeister saß am Tisch, als wäre nichts geschehen.

Der Rentner, den ich sah, hatte wahrscheinlich schlechte Augen und tappte deshalb mit der Hand im Staub herum. Ich sagte: »Was suchen Sie denn da, Väterchen, na?« Er erklärte, er habe zwanzig Heller verloren, und ich wartete so lange, bis Leute vorbeikamen, dann nahm ich eine Handvoll Kleingeld und warf es in die Luft, packte rasch den Henkel des Korbes, verbarg mich hinter den Nelken und ging weiter, und als ich mich an der Ecke umblickte, sah ich noch ein paar Passanten mehr auf der Erde herumkriechen. Sie alle waren der Meinung, daß sie die Münzen hätten fallen lassen, und einer giftete den anderen an, er solle ihm das Geld wiedergeben, und so stritten sie sich auf Knien und geiferten und fuhren sich ins Gesicht wie die gestiefelten Kater, und ich fing an zu lachen und wußte sofort, was die Menschen bewegt, woran sie glauben und was sie für ein paar Münzen imstande sind zu tun. Und als ich mit den Blumen ankam und sah, daß vor unserem Restaurant viele Menschen standen, rannte ich in eines der Gästezimmer, beugte mich hinaus und warf eine ganze Handvoll Kleingeld hinunter, aber so, daß es nicht unmittelbar neben die Leute, sondern ein paar Meter weiter fiel. Und ich lief hinunter und schnitt die Nelken zurecht und tat immer zwei Asparaguszweiglein und zwei Nelken in ein Väschen, und dabei guckte ich durchs Fenster und sah zu, wie die Leute auf allen vieren herumrutschten und die Münzen aufsammelten, meine Münzen, und sich dabei zankten, weil einer denselben Sechser früher erspäht habe als der andere, der ihn aufgeklaubt hatte…

In dieser Nacht und auch in den kommenden Nächten hatte ich viele Träume, und schließlich träumte ich auch tagsüber, wenn es keine Beschäftigung gab und ich so tun mußte, als sei ich beschäftigt, wenn ich die

Gläser blank rieb und gegen das Licht prüfte und mir eins vor die Augen hielt und durch das Glas zur anderen Seite hinübersah, auf den verzerrten Platz und die Pestsäule und auf den Himmel und die Wolken. Auch tagsüber träumte mir, ich flöge über kleine und große Städte und über Dörfer und Siedlungen hinweg, ich hätte eine unendlich große Tasche und griffe mit vollen Händen die Münzen und schmisse sie aufs Pflaster; immer streute ich sie wie der Sämann das Korn, immer jedoch hinter die gehenden oder mitten zwischen die herumstehenden Menschen, und ich sah, daß fast keiner widerstand. Ich beobachtete, wie einer den andern mit dem Kopf rammte und wie sie sich zankten, doch schon flog ich weiter und fühlte mich wohl, selbst im Schlaf schluckte ich voller Seligkeit, als ich die Münzen mit vollen Händen aus der Tasche zog und anderen Leuten hinwarf, und die Geldstücke hüpften klimpernd und rollten in alle Richtungen, und ich war imstande, wie eine Biene in die Waggons zu fliegen, in Züge und Straßenbahnen, und mir nichts, dir nichts eine Handvoll Nickel über den Fußboden klirren zu lassen, so daß alle sich im Nu bückten und einander anrempelten, um das Kleingeld aufzuheben, von dem jeder annahm und vorgab, es sei allein ihm aus der Tasche gefallen...

Diese Träume machten mich selbstbewußt, denn ich war klein und mußte deshalb einen hohen Kautschukkragen tragen, ich hatte einen schmalen und kurzen Hals, und der Kragen schnitt mir nicht nur ins Genick, sondern auch ins Kinn, und deshalb – damit es mir nicht weh tat – hielt ich den Kopf immer gerade, ich lernte, in dieser Haltung zu gucken, denn ich konnte den Kopf nicht ohne Schmerzen senken, ich neigte den ganzen Körper nach vorn, und immer wenn ich den Kopf beugte, verengten sich meine Lider, und ich betrachtete die Welt, als verachtete ich sie, als machte ich mich über sie lustig, so daß auch die Gäste dachten, ich sei eingebildet, und so lernte ich auch das Stehen und Gehen, meine Fußsohlen waren immer glühendheiß wie Plätteisen, immer wunderte ich mich, daß ich nicht aufloderte, daß meine Schuhe nicht versengten, so sehr brannten mir die Fußsohlen. Manchmal war ich so verzweifelt, daß ich mir kaltes Sodawasser in die Schuhe goß, besonders auf dem Bahnhof, doch das half nur für einen Augenblick, und ich war schon drauf und dran, die Schuhe abzustreifen und im Frack geradewegs zum nächsten Bach zu rennen, um meine Füße ins Wasser zu tauchen, und so goß ich mir von neuem Sodawasser in die Schuhe, tat manchmal auch ein Stückchen Speiseeis hinein und begriff nun, warum die Ober und die Kellner die ältesten Schuhe trugen, ausgelatschtestes Schuhwerk, wie man es auf der Müllhalde findet, denn nur darin kann man den ganzen Tag stehen und gehen; überhaupt – auch den Zimmermädchen und Kassiererinnen, allen taten die Füße weh. Wenn ich mir am Abend die Schuhe auszog, dann waren meine Beine schwarz bis zu den Knien, als wäre ich den ganzen Tag nicht auf Parkett und Teppichen herumgelaufen, sondern durch Kohlenstaub gewatet.

Das war die andere Seite meines Frackdaseins, die Kehrseite im Leben aller Kellner und Pikkolos und Ober auf der ganzen Welt; hier das weiße, gestärkte Hemd und der strahlendweiße Kautschukkragen, dort die schwarz anlaufenden Füße, wie eine entsetzliche

Krankheit, bei der die Menschen von den Füßen her absterben...

Jede Woche sparte ich mir genügend Geld für ein anderes und jedesmal neues Fräulein zusammen. Das zweite Fräulein in meinem Leben war zur Abwechslung eine Blondine. Als ich eintrat und nach meinen Wünschen gefragt wurde, sagte ich, ich wolle zu Abend speisen, und fügte sogleich hinzu: »Aber im Chambre séparée«, und als ich gefragt wurde: »Mit wem?«, da zeigte ich auf die Blonde, und wieder war ich sofort verliebt, es war sogar noch schöner als beim erstenmal, auch wenn dieses erste Mal unvergeßlich blieb. Und so erprobte ich immer nur die Kraft des Geldes, ließ Champagner auffahren, kostete ihn aber zuvor. Das Fräulein mußte mit mir das Original trinken, ich duldete nicht mehr, daß man mir Wein und dem Fräulein Limonade einschenkte. Und als ich dann nackt dalag und zur Decke blickte, während die Blondine neben mir lag und ebenfalls zur Decke blickte, stand ich plötzlich auf und nahm eine Pfingstrose aus der Vase und zupfte die Blütenblätter ab und verteilte sie über den ganzen Bauch des Fräuleins, das war so schön, daß ich staunte, und das Fräulein richtete sich auf und guckte an sich herunter, doch die Pfingstrosenblätter fielen herab, und ich drückte sie sanft zurück, sie solle liegen bleiben, nahm den Spiegel vom Haken und hielt ihn ihr vor, so daß das Fräulein sah, wie schön ihr Bauch mit den Blütenblättern der Pfingstrosen bedeckt war. Ich sagte: »Das wird schön! Immer wenn ich komme, egal, was für Blumen gerade da sind, werde ich dir den Bauch schmücken!« So etwas, sagte sie, habe sie noch nie erlebt, solch eine Huldigung ihrer Schönheit, und dieser Blumen wegen hätte sie sich in mich verliebt.

»Wie schön wird es erst zu Weihnachten werden, wenn ich Fichtenzweige breche und dir den Bauch mit diesen Zweigen schmücken werde!« sagte ich, und sie antwortete, noch schöner wäre es, wenn ich ihr Misteln auf den Bauch täte, aber das beste wäre, und dafür müsse sie sorgen, wenn an der Decke über dem Kanapee ein Spiegel hinge, damit wir sehen könnten, wie wir liegen, und vor allem, wie schön sie sei, wenn sie nackt daliege, mit einem Kranz um ihr Müffchen, einem Kranz, der sich mit jeder Jahreszeit ändere, je nach den Blumen, die typisch seien für diesen oder jenen Monat. Wie schön würde es sein, wenn ich sie erst mit Maßliebchen und Kartäusernelken schmückte, mit Chrysanthemen und Blattwerk und buntem Laub... Ich stand auf und umarmte mich selbst und war groß, und als ich ging, reichte ich ihr zweihundert Kronen, doch sie gab sie mir zurück, und ich legte sie auf den Tisch und ging davon und hatte das Gefühl, als sei ich einen Meter achtzig groß. Auch der Frau Rajská reichte ich hundert Kronen durch das Fensterchen, zu dem sie sich herunterbeugte, um mich durch ihre Brille zu mustern...

Ich schritt in die Nacht hinaus, und der Himmel über den dunklen Gäßchen war voller Sterne, doch ich sah nichts anderes als lauter Leberblümchen und Märzenbecher und Schneeglöckchen und Himmelsschlüsselchen, alle auf dem Bauch des blonden Fräuleins verteilt. Je länger ich ging, desto mehr bewunderte ich meinen eigenen Einfall. Welch wundervolle Idee, einen hübschen weiblichen Bauch mit dem Haarhügelchen mit-

tendrin so zu garnieren, als wäre er eine Schinkenplatte
mit Salat! Und so, wie ich die Blumen kannte, würde
ich weitermachen und die nackte Blondine mit Finger-
kraut und mit den Blütenblättern von Tulpen und
Schwertlilien umhüllen, und ich nahm mir vor, alles
noch gründlich zu durchdenken. Rund ums Jahr
würde ich mein Vergnügen haben, denn für Geld
konnte man nicht nur ein schönes Mädchen haben,
sondern auch Poesie.

Am anderen Morgen, als wir auf dem Teppich standen
und der Chef hin und her stolzierte und nachguckte,
ob wir saubere Hemden hatten und ob alle Knöpfe
dran waren, und als er sagte: »Guten Tag, meine Damen und Herren«, da blickte ich zum Büfettfräulein
und zur Beiköchin hinüber, ich guckte so auf ihre weißen Schürzchen, daß die Beiköchin mich am Ohr zog,
weil ich so durchdringend hinschaute, und ich befand,
daß keine dieser beiden sich Bauch und Härchen mit
Maßliebchen oder Pfingstrosen schmücken ließe, geschweige denn wie eine Rehkeule mit Fichtenzweiglein oder Misteln... So rieb ich also meine Gläser
blank, hielt sie gegen das Licht der großen Fenster,
hinter denen bis zur Taille durchgeschnittene Menschen hin und her gingen, und ich machte in Gedanken
mit den Sommerblumen weiter, ich nahm sie nachein-
ander aus den Körben und belegte mit den Blumen
und Blüten oder auch nur mit den Blütenblättern den
Bauch der schönen Blondine bei Rajský; sie lag jetzt
auf dem Rücken und spreizte die Beine, und ich garnierte sie über und über, auch ihre Schenkel, und wenn
die Blüten herunterglitten, klebte ich sie mit Gummiarabikum fest oder zweckte sie behutsam mit einem

kleinen Nagel oder einem Reißbrettstift an, und so rieb ich vorbildlich die Gläser blank, keiner wollte das tun, und ich spülte ein Glas im Wasser aus, hielt es mir vors Auge und prüfte, ob es sauber war, doch durch das Glas hindurch gingen meine Gedanken zu dem, was ich alles bei Rajský zu tun beabsichtigte, und so kam ich bis zu den letzten Blüten aus Garten und Wiese und Wald und wurde traurig, denn was sollte ich im Winter tun? Und dann lachte ich froh, denn im Winter sind die Blumen noch schöner, ich werde Alpenveilchen kaufen und Magnolien, ja, sogar nach Prag werde ich fahren, um Orchideen zu holen, oder ich ziehe überhaupt nach Prag, auch dort findet sich in den Restaurants ein Platz für mich, und dort werde ich den ganzen Winter über Blumen haben...

Schon rückte die Mittagsstunde näher, und ich verteilte die Teller und Servietten und Bier und rote und zitronengelbe Grenadine, und als mittags der größte Trubel herrschte, ging die Tür auf, und herein trat jene schöne blonde Dame von Rajský, drehte sich um und schloß die Tür, dann setzte sie sich und machte die Tasche auf, zog einen Umschlag heraus und blickte sich um, und ich kauerte mich hin und schnürte mir rasch den Schuh zu, und das Herz schlug mir gegen das Knie, und der Ober kam und sagte: »Schnell, geh an deinen Platz«, doch ich nickte nur, und mein Knie schien sich zu verwandeln und den Platz mit meinem Herzen zu vertauschen, so heftig klopfte es, doch dann gab ich mir einen Ruck und richtete mich auf, reckte den Kopf möglichst hoch und warf mir eine Serviette über den Ärmel, und ich fragte das Fräulein, was es wünsche. Sie sagte, sie wolle mich sehen und wünsche eine Himbeergrenadine, und ich sah, daß sie ihr Sommerkleid trug, ein Kleid voller Pfingstrosen, ringsum eingefaßt von Pfingstrosenbeeten, und ich erglühte und wurde ebenfalls rot wie eine Pfingstrose. Darauf war ich nicht gefaßt gewesen, das da war mein Geld, das da waren meine Tausender – was ich jetzt sah, das war alles, alles kostenlos, und so ging ich zu dem Tablett mit den Grenadinegläsern, und als ich es aufhob, legte die Blondine den Umschlag auf das Tischtuch, ganz langsam glitten aus ihm meine beiden Hunderter heraus, und sie sah mich so an, daß ich mitsamt meinen Gläsern zusammenfuhr, eins kam ins Rutschen, kippte langsam um und ergoß sich in ihren Schoß, und im Handumdrehen war der Ober zur Stelle, auch der Chef kam herbei, und sie entschuldigten sich, der Chef packte mich am Ohr und drehte es um, und das hätte er nicht tun dürfen, denn die Blondine schrie, daß es durchs ganze Restaurant schallte: »Was erlauben Sie sich?« Und der Chef: »Er hat Sie begossen und Ihnen das Kleid verdorben, ich werde es bezahlen müssen...« Und sie: »Was geht Sie das an, ich will nichts von Ihnen haben, warum demütigen Sie diesen Menschen so?« Und der Chef in süßem Ton: »Er hat Ihnen doch das Kleid begossen...«

Alle hörten zu essen auf, und sie sagte: »Das geht Sie gar nichts an, und ich verbiete es Ihnen, da, sehen Sie...!« Damit nahm sie eine Grenadine und goß sie sich auf den Kopf, von oben ins Haar, und gleich eine weitere Grenadine, und im Nu war sie über und über mit Himbeersaft und Sodawasserbläschen bedeckt, und dann goß sie sich das letzte Gläschen in den Ausschnitt und sagte: »Zahlen!« Sie ging fort, und ihr folgte der Duft von Himbeeren, und sie ging hinaus in ihrem seidenen Kleid mit den Pfingstrosen, schon von den Bienen umsurrt, und der Chef nahm den Umschlag vom Tisch und sagte: »Lauf ihr nach, das hat sie vergessen...«, und ich lief hinaus, und sie stand auf dem Marktplatz; wie ein Stand mit türkischem Honig auf dem Jahrmarkt war sie mit Wespen und Bienen besetzt und wehrte sie nicht ab, und sie saugten den Zukkersaft, der sie so umhüllte, als hätte sie eine zweite Haut.

Sie war wie ein Möbelstück, das mit Politur oder Bootslack abgerieben wurde, und ich starrte ihr Kleid an und reichte ihr die beiden Hunderter, und sie gab sie mir zurück und sagte, ich hätte sie gestern bei ihr vergessen... Und sie fügte hinzu, ich solle heute abend zu Rajský kommen, sie habe einen schönen Strauß wilden Mohn gekauft... und ich sah, wie die Sonne den Himbeersaft in ihrem Haar trocknete, wie ihr Haar fest wurde, sich härtete, so wie ein Malerpinsel hart wird, wenn man ihn nicht in Verdünnung taucht, so wie vergossenes Gummiarabikum oder Schellack. Ich sah, daß das Kleid von der süßen Grenadine so an ihrem Körper klebte, daß sie es sich wie ein altes Plakat abreißen müßte, wie eine alte Tapete, die man von der Wand reißt...

Doch all dies bedeutete in meinen Augen noch gar nichts – erschütternd war für mich, daß sie so mit mir sprach, daß sie sich nicht vor mir fürchtete, daß sie mehr von mir wußte als die Leute in unserem Restaurant, daß sie anscheinend mehr von mir wußte als ich selbst... An diesem Abend sagte dann der Chef zu mir, er brauche mein Zimmer im Erdgeschoß für die

Wäscherei, ich solle meine Sachen in den ersten Stock
tragen. Ich sagte: »Morgen erst, ja?« Doch der Herr
Chef sah mich an, und da war mir klar, daß er alles
wußte, daß ich also sofort umziehen mußte, und erneut ermahnte er mich, um elf Uhr schlafen zu gehen,
er sei meinen Eltern und der Gesellschaft gegenüber
für mich verantwortlich, ein Pikkolo wie ich müsse die
ganze Nacht schlafen, um imstande zu sein, den ganzen Tag zu arbeiten.
Die liebsten Gäste in unserem Hause waren für mich
immer die Handlungsreisenden. Nicht alle Reisenden,
denn manche Agenten handelten auch mit einem Artikel, der nichts taugte oder der nicht ging: Warmwas-
servertreter. Am meisten mochte ich einen dicken
Agenten. Als der zum erstenmal kam, rannte ich geradewegs zum Herrn Chef, so daß der erschrak und
fragte: »Was gibt's?« Ich sprudelte hervor: »Herr
Chef, wir haben hier eine Kapazität!« Und so ging er
hin, um zu gucken, und tatsächlich, einen so dicken
Menschen hatten wir hier noch nie, der Herr Chef
lobte mich und wählte für ihn ein Zimmer aus, in dem
dieser Reisende dann immer schlief, in einem Spezial-
bett, unter das der Hausknecht noch vier Holzklötze
schob, nachdem er das Bett noch mit zwei Bohlen ab-
gesteift hatte. Und der Reisende führte sich wunderbar
bei uns ein, denn er hatte noch eine Art Dienstmann
bei sich, der etwas Schweres auf dem Rücken trug, wie
ein Gepäckträger sah der Dienstmann aus, was er da
an Gurten geschultert hatte, glich einer schweren
Schreibmaschine.
Abends, wenn der Agent aß – er tat es immer so, daß
er die Speisekarte hernahm, sie ansah, als könne er

nichts davon wählen, und sagte: »Also außer der sauren Lunge bringen Sie mir noch alle Hauptgerichte, einen Gang nach dem anderen. Wenn ich den ersten verzehrt habe, bringen Sie mir den zweiten, bis ich halt! sage.« Und wenn er gespeist hatte, er vertilgte stets zehn Gänge, wurde er verträumt und sagte, er hätte gern noch etwas für den hohlen Zahn, und beim erstenmal waren das zehn Deka ungarische Salami. Als der Chef sie brachte, nahm der Agent eine Handvoll Münzen, machte die Tür auf und warf das Geld auf die Straße, und hatte er dann ein paar Scheiben Salami gegessen, schien er wieder in Zorn zu geraten, und so nahm er abermals Kleingeld, warf es wieder auf die Straße und setzte sich fast wütend wieder hin. Die Stammgäste sahen erst sich an und dann den Herrn Chef, und der konnte nicht anders, als aufzustehen und sich zu verbeugen und zu fragen: »Warum werfen Sie das Kleingeld raus? Nichts für ungut, Herr.« Und der Agent erwiderte: »Warum sollte ich kein Kleingeld auf die Straße werfen, wo doch Sie als Besitzer dieses Hauses jeden Tag genauso Ihre Zehner rauswerfen!«, und der Chef kam zum Tisch zurück und erzählte alles den Stammgästen, doch die wurden noch unruhiger, so daß der Chef sich einen Ruck gab, zum Tisch des Dickwanstes zurückging und sagte: »Nichts für ungut, doch hier handelt es sich um mein Eigentum, Sie werfen nach Belieben mit Münzen um sich, doch was haben meine Zehnkronenscheine damit zu tun?«

Der Fettwanst stand auf und sagte: »Wenn Sie erlauben, erklär ich Ihnen das – darf ich mal in die Küche?« Der Chef verbeugte sich und gab mit einer Handbewegung die Küchentür frei, und als der Mann eintrat, hörte ich, wie er sich vorstellte: »Ich bin Vertreter der Firma van Berkel. Bitte, schneiden Sie mir hier zehn Deka ungarische Salami in Scheiben, ja?« Und so schnitt die Frau Chefin, wog ab, legte die Scheibchen auf ein Tellerchen, und wir bekamen alle einen Schreck, es könnte so etwas wie eine Kontrolle sein. Der Vertreter jedoch klatschte in die Hände, woraufhin sich in der Ecke der Dienstmann erhob und einen mit einem Deckchen verhüllten Gegenstand hochhielt, der wie ein Spinnrad aussah. Der Dienstmann ging in die Küche und stellte den Apparat auf den Tisch, der Agent zog das Deckchen herunter, und vor uns stand ein schönes rotes Gerät, ein rundes, glänzendes Sägeblatt, das sich um eine Welle drehte, und am Ende der Welle war eine Klinke mit einem Griff angebracht, und dann gab es da noch einen Drehschalter...

Der Dicke lächelte ganz selig beim Anblick des Geräts und sagte: »Na bitte, die größte Firma der Welt ist die katholische Kirche, denn sie handelt mit etwas, das noch nie einer gesehen oder angefaßt hat! Seit die Welt eine Welt ist, ist dem noch keiner begegnet, und dieses Etwas ist, bitte schön, das, was man Gott nennt. Die zweitgrößte Firma der Welt ist die Firma International, und den Beweis haben Sie, bitte schön, auch schon hier: Es ist ein Gerät, das auf der ganzen Welt eingeführt worden ist und Kasse genannt wird. Wenn Sie ihre Knöpfe den ganzen Tag über richtig drücken und richtig bedienen, dann liefert Ihnen die Kasse am Abend ohne Rechnerei die Tagesbilanz. Was die drittgrößte Firma betrifft, die vertrete ich, es ist die Firma van Berkel, die Waagen herstellt, welche auf der ganzen Welt, am Äquator wie am Nordpol, genau wiegen; auch alle Arten von Maschinen zum Schneiden von Fleisch und Wurst stellen wir her, und der Reiz dieses Gerätes besteht in folgendem, bitte sehr...«

So sprach er und pellte, nachdem er zuvor um Erlaubnis gebeten hatte, ein Stück ungarische Salami ab, legte die Pelle auf die Waage, drehte nun mit einer Hand die Kurbel und drückte mit der anderen die Salamistange gegen das drehbare Messer. Auf der Ablagefläche türmte sich der Aufschnitt, er wuchs, als hätte er fast die ganze Wurst in Scheiben geschnitten, obwohl sie kaum kleiner geworden war.

Der Vertreter hörte auf zu drehen und fragte: »Was meinen Sie, wieviel hab ich wohl abgeschnitten?« Der Chef schätzte die Menge auf fünfzehn Deka, der Ober auf elf. »Und was meinst du, Kleiner?« fragte er mich. Ich tippte auf acht Deka, und der Chef packte mich beim Ohr, drehte es um und entschuldigte sich bei dem Agenten: »Seine Mama hat ihn, als er noch an der Brust lag, mit dem Kopf auf die Fliesen fallen lassen.« Der Vertreter aber streichelte mich und lächelte mir freundlich zu und sagte: »Der Junge hat's am besten getroffen«, und warf die Salamischeiben auf die Waage, und die Waage zeigte sieben Deka an...

Wir wechselten erstaunte Blicke, umringten das Wundermaschinchen, und allen war klar, daß dieses Ding Gewinn brachte, und als wir auseinandertraten, nahm der Agent eine Handvoll Münzen und warf sie in den Kohlenkasten, und sein Träger schleppte ein weiteres Paket herbei, es sah mit seinem Deckel aus wie die Stürze, unter der die Oma die Jungfrau Maria aufbewahrte, und als er die Verkleidung abnahm, stand eine Waage da, wie aus der Apotheke sah sie aus, und ihr Zünglein war so fein und zeigte nur bis zu einem Kilogramm an, und der Agent sagte: »So, bitte sehr, diese Waage ist so genau, daß sie, wenn ich draufhauche, anzeigt, wieviel mein Atem wiegt!«

Er hauchte wirklich – und tatsächlich, die Waage senkte sich, und dann nahm er die aufgeschnittene Ungarische von unserer Waage und warf sie auf die andere, und die Waage zeigte an, daß die Wurst exakt einunddreiviertel Deka wog, und nun war klar, daß unsere Waage den Chef um ein Vierteldeka bestahl, und der Agent errechnete auf dem Tisch: »Das macht…« Dann unterstrich er das Ergebnis und sagte: »Wenn Sie wöchentlich zehn Kilo Salami verkaufen, dann erspart Ihnen diese Waage hundertmal ein Vierteldeka, also fast eine halbe Stange Wurst!«

Er stützte sich mit den Knöcheln der geschlossenen Faust auf den Tisch und stellte den Fuß so, daß die Spitze die Erde berührte und der Hacken nach oben zeigte. Siegesbewußt lächelte der Vertreter, und unser Chef sagte: »Geht alle weg, es wird verhandelt – ich will, daß Sie mir alles so stehenlassen, wie es hier ist, ich kaufe es!« – »Das ist, bitte schön, nur ein Muster«, sagte der Agent und wies auf den Träger. »Bitte sehr, eine Woche lang haben wir mit dem ganzen Kram die Bauden im Riesengebirge abgeklappert, und in fast jeder anständigen Baude haben wir sowohl eine Wurstschneidemaschine als auch eine Waage verkauft, beide Maschinchen bezeichne ich als Steuersparer, so ist das!«

Der Vertreter mochte mich offenbar sehr, irgendwie

erinnerte ich ihn an seine Jugend. Wenn er mich sah, streichelte er mich und lachte so herzlich, daß ihm die Tränen kullerten. Manchmal ließ er sich Mineralwasser aufs Zimmer bringen. Immer wenn ich zu ihm kam, war er schon im Pyjama, lag auf dem Teppich, und sein gewaltiger Bauch lag neben ihm wie ein Faß. Mir gefiel es, daß er sich seines Bauches nicht schämte, im Gegenteil, er trug ihn vor sich her und stieß wie mit einer Reklame die Welt auseinander, die ihm entgegenkam. Immer sagte er zu mir: »Setz dich, Söhnchen«, und lächelte mir zu. Mir war dabei immer, als wäre er nicht mein Papa, sondern meine Mama.

Einmal erzählte er mir: »Weißt du, ich hab mal angefangen wie du, auch ganz klein, bei der Firma Koreff, Galanteriewaren – ach, mein Kindchen, noch heute denke ich an meinen Chef, der hat immer zu mir gesagt: ›Ein ordentlicher Geschäftsmann besitzt stets dreierlei: Immobilien, ein Geschäft, Lagervorräte. Verlierst du das Lager, dann hast du noch das Geschäft, verlierst du das Geschäft, dann hast du wenigstens die Immobilien, und die kann dir keiner nehmen.‹ Einmal bin ich losgeschickt worden, Kämme zu holen, schöne Fischbeinkämme, achthundert Kronen haben sie gekostet, auf dem Gepäckträger hatte ich sie und in zwei riesigen Taschen am Fahrrad…, hier, nimm dir eine Praline, nimm, nimm dir die da, da sind Kirschen in Schokolade drin…, und als ich so das Fahrrad bergauf schiebe…, wie alt bist du?«

Ich sagte, ich sei fünfzehn, und er nickte, nahm sich eine Praline, schmatzte und fuhr fort: »Also wie ich so die Kämme bergauf schiebe, da überholte mich eine Bauersfrau, auch auf dem Fahrrad, und auf dem Hügel im Wald hielt sie an, und als ich ankam, da guckte sie mich an, so nahe, daß ich die Augen senkte. Sie streichelte mich und sagte: ›Wollen wir Himbeeren suchen?‹ Ich legte das Fahrrad mitsamt den Kämmen in den Graben, und sie legte das Damenrad drauf und faßte mich bei der Hand und warf mich gleich hinter dem nächsten Gebüsch hin und knöpfte mich auf, und ehe ich mich versah, war sie schon auf mir drauf, und ich wurde von ihr durchgerammelt. Diese Bauersfrau war die erste, die mich hatte, und mir fiel mein Fahrrad ein und meine Kämme, also bin ich losgerannt, und ihr Rad lag auf meinem Fahrrad drauf, damals hatten die Räder für Frauen noch ein Netz am Hinterrad, so ein buntes, gehäkeltes Netz, wie es die Pferde über Kopf und Nacken tragen, und ich befühlte die Kämme, und sie waren noch da, und ich atmete auf, und als die Bauersfrau herbeikam und sah, daß ich das Pedal meines Rades nicht aus ihrem Maschenwerk freibekam, da sagte sie zu mir, das sei ein Zeichen, wir sollten uns noch nicht trennen, doch ich hatte Angst... Nimm dir diese Praline hier, so was nennt man Nougat... Wir fuhren also mit den Rädern in das Wäldchen rein, und die Bäuerin langte mir wieder in die Hosen, na ja, ich war jünger, als ich heute bin, und diesmal lag ich auf ihr drauf, so wie wir die Räder ins Gestrüpp gelegt hatten, das heißt, sie hatte ihr Fahrrad auf die Erde gelegt und meins drauf, und so liebten wir uns, genau wie die Fahrräder, und das war schön, und merk dir, Söhnchen: Das Leben, wenn es nur halbwegs hinhaut, ist schön, so schön ist das... ach... Aber geh jetzt endlich schlafen, du mußt morgens immer so früh aufstehen, Söhnchen, weißt du?«

Er nahm die Flasche und goß ihren gesamten Inhalt in sich hinein. Ich hörte das Wasser in seinen Magen hinunterplätschern, wie Regenwasser aus der Dachrinne in die Tonne, als er sich auf die Seite legte, schwappte das Wasser ganz vernehmlich herum, um den Wasserspiegel auszugleichen...

Die Handlungsreisenden, die Essen und Margarine und Küchenartikel vertraten, mochte ich dagegen gar nicht, die brachten sich ihren Proviant mit und verputzten ihn auf dem Zimmer, manche hatten sogar Spirituskocher mit, kochten sich Kartoffelsuppe im Zimmer und warfen die Kartoffelschalen unters Bett, und obendrein verlangten sie, daß wir ihnen umsonst die Schuhe putzten, und wenn sie abreisten, gaben sie mir als Trinkgeld ein Reklameabzeichen, und dafür durfte ich ihnen das Kistchen mit Hefe zum Auto tragen, denn sie hatten bei dem Großhandel, den sie vertraten, diese Hefe mitgehen lassen, um sie bei Gelegenheit unterwegs zu verkaufen. Manche hatten so viele Koffer bei sich, daß es aussah, als hätten sie die gesamte Ware mitgenommen, die sie in einer Woche abzusetzen gedachten, andere wiederum hatten fast gar nichts mit. Ich war neugierig, wenn so ein Handlungsreisender ankam und keine Koffer mitbrachte: Womit machte er dann wohl seine Geschäfte?

Immer gab es etwas, was mich überraschte, so notierte zum Beispiel einer die Bestellungen auf Packpapier oder auf Papiertüten, er hatte die Muster hinter das Kavalierstüchlein im Sakkotäschchen gesteckt, ein anderer hatte in der Aktentasche nur ein Jo-Jo und ein Diabolo, das trug er mit sich herum. In der Jackentasche hatte er nur die Bestelliste der Waren, und so ging er durch die Stadt und spielte mit dem Jo-Jo oder dem Diabolo, und so betrat er ein Geschäft und setzte sein Spiel fort, dann ließ der Spielzeug- und Galanteriewarenhändler die Vertreter für Kleinartikel und die Kunden einfach stehen, ging ihm wie ein Schlafwandler entgegen und streckte die Händchen aus nach dem Jo-Jo und dem Diabolo, je nach Saison, bis das Publikum dieses Spielzeug satt hatte. Sofort fragten die Ladenbesitzer: Wie viele Dutzend liefern Sie mir davon? Und der Reisevertreter rückte zwanzig Dutzend heraus und legte dann auf Zureden noch das eine oder andere Dutzend dazu. In einer anderen Saison war es ein Schaumgummiball, und dessen Vertreter wiederum warf im Zug und auf der Straße und schließlich auch im Laden mit solch einem Ball herum, und der Kaufmann ging ihm wie hypnotisiert entgegen und blickte nach oben und nach unten, so wie der Ball zur Decke hinaufflog und wieder in die Hand zurückkehrte, und wieder rauf und wieder runter, und gleich darauf kam die Frage: Wieviel lassen Sie mir da?

Derlei Saisonvertreter hatte ich nicht gern, selbst der Oberkellner mochte sie nicht, es waren die sogenannten Ellbogenleute, regelrechte Warmwasseragenten, wir erkannten sie schon daran, wie sie ins Haus kamen, weil sie sich am liebsten satt aßen und ohne zu bezahlen durchs Fenster abhauten, was uns auch schon ein paarmal passiert war… doch der beliebteste Agent, der bei uns übernachtete, war der Gummikönig, ein Vertreter, der die Drogerien mit delikaten Gummiwaren belieferte, ein Mann der Firma Primeros, der, mochte er kommen, wann er wollte, immer eine Neuheit mitbrachte, so daß ihn die Stammgäste an den

Tisch baten, denn immer geschah dann etwas, was für die einen unangenehm und für die anderen lustig war. Der Vertreter teilte Präservative in allen Farben und Formen aus, und ich, obwohl noch Pikkolo, wunderte mich, und so waren mir unsere Stammgäste zuwider, auf der Straße taten sie wer weiß wie vornehm, am Tisch aber, wenn sie außer Rand und Band gerieten, führten sie sich wie junge Kater auf, manchmal sogar wie Affen, unflätig und albern. Sobald der Gummikönig da war, schmuggelte er irgendwem einen Primeros ins Essen, unter die Knödel, und drehte der Gast den Knödel um, dann röhrten sie vor Lachen, denn schon einen Monat später würde ihnen das gleiche zustoßen.

Überhaupt trieben sie gern miteinander Schabernak. Herr Živnostek zum Beispiel, der eine Fabrik für künstliche Zähne besaß, warf alleweil jemandem ein paar Zähne oder ein Stück falsches Gebiß ins Bier, und einmal wäre er fast erstickt, weil er die eigenen Zähne in die Kehle bekam, die er seinem Nachbarn in den Kaffee getan hatte, doch der hatte die Tassen vertauscht. Herr Živnostek also wäre um ein Haar erstickt, doch der Tierarzt versetzte ihm einen kräftigen Schlag auf den Rücken, so daß die Zähne herausflogen und unter den Tisch schurrten, und Herr Živnostek, der sie für Zähne aus der Fabrik hielt, trat darauf und erkannte zu spät, daß es seine eigenen maßgefertigten Zähne waren, und das wiederum brachte Herrn Šloser, den Zahntechniker, zum Lachen, der gerne Schnellreparaturen machte, denn an denen verdiente er am meisten, schon deshalb, weil es auch seine Saison war, wenn die Jagd auf Hasen und Fasane begann, denn am

Abend nach dem Geschieße betranken sich die Jagdgesellschaften so sehr, daß viele Schützen ihre Zähne ausspuckten und zerbrachen, und so arbeitete Herr Šloser ganze Tage und ganze Nächte, um die Zähne zu reparieren, denn die Gattin sollte nichts erfahren, oder die Geschichte sollte vor der Familie verheimlicht werden…

Der Gummikönig brachte indes auch noch andere Sachen mit, einmal hatte er einen sogenannten Witwentröster dabei, nie habe ich erfahren können, was das war, denn das Ding befand sich in einem Futteral, als wäre es eine Klarinette, alle klappten es nur auf, der Witwentröster wanderte um den Tisch herum, wobei alle losbrüllten und das Futteral schnell wieder zumachten und weiterreichten, und ich, obwohl ich das Bier brachte, ich erfuhr nicht, was für ein Trost für unsere Witwen das eigentlich war; eines Tages dann brachte der Gummikönig eine künstliche Gummipuppe mit, die Gesellschaft saß diesmal in der Küche, es war im Winter, im Sommer hockte man neben der Kegelbahn oder an einem durch eine Portiere abgeteilten Fenster, und der Gummikönig hatte für seine Jungfer allerlei Sprüche drauf, und alle wieherten vor Lachen, doch ich fand das überhaupt nicht lächerlich.

Jeder am Tisch nahm die Puppe in die Hand, und kaum hielt er sie in der Hand, wurde er ernst und errötete und reichte sie an den Tischnachbarn weiter, und der Gummikönig dozierte wie in der Schule: »Meine Herren, dies ist der letzte Schrei, ein Sexualobjekt fürs Bett, eine Gummipuppe namens Primavera! Mit dieser Primavera kann jeder machen, was er will, denn sie ist

so gut wie lebendig, sie hat die Größe eines erwachsenen Mädchens, ist aufregend, anschmiegsam und warm, schön und sexy, Millionen von Männern haben auf diese Primavera aus Gummi gewartet, die man selbst, also mit dem Mund aufblasen kann. Die mit dem eigenen Atem geschaffene Frau hier verleiht den Männern wieder den Glauben an sich selbst und demzufolge an eine neue Potenz und Erektion, und nicht nur den Glauben an Erektion, sondern an köstliche Befriedigung. Primavera, meine Herren, besteht aus einem Spezialgummi, und zwischen den Beinen hat sie den Gummi aller Gummis, nämlich Schaumgummi, mit einer Öffnung, die mit allen Erhöhungen und Vertiefungen versehen ist, die ein Frauenzimmer haben muß. Ein winziger Vibrator wird von einer Batterie angetrieben, und der versetzt alles in eine zärtliche, erregende Bewegung, und so wird das Geschlecht der Frau auf natürliche Weise bewegt, und jedermann kann sich, wie es ihm gefällt, seinen Höhepunkt schaffen, und jeder Mann ist somit Herr der Situation. Um das weibliche Geschlechtsteil nicht säubern zu müssen, können Sie ein Primeros-Präservativ verwenden, bitte sehr, und damit sie sich nicht wundreiben, gibt es hier noch eine Tube Glyzerincreme...«
Immer wenn ein Gast die Primavera aus Gummi mit letzter Kraft aufgepustet und dem nächsten gereicht hatte, zog der Gummikönig den Stöpsel heraus, und die Jungfer fiel wieder in sich zusammen, und so blies jeder sie erneut mit seinem eigenen Atem auf. Jedem wuchs sie unter den eigenen Händen, geboren aus dem Atem der eigenen Lunge, und die anderen klatschten und lachten und konnten es nicht erwarten, bis die

Reihe an ihnen war, und in der Küche ging es hoch her, und die Kassiererin rutschte hin und her und schlug die Beine übereinander, sie war so unruhig, als sei sie es, die da dauernd aufgepustet und entstöpselt wurde. So spielten sie bis Mitternacht...

Unter den Reisenden gab es dann auch jemanden mit einem ähnlichen Artikel, der noch schöner, noch praktischer war. Der Mann war Vertreter einer Schneiderfirma aus Pardubice, unser Oberkellner, der niemals Zeit hatte, hatte ihn mit Hilfe der Armee ausfindig gemacht, mit Hilfe eines Oberstleutnants, den er bedient und der ihm diesen Vertreter empfohlen hatte, und dieser übernachtete zweimal im Jahr bei uns. Ich habe es selbst gesehen und konnte mir keinen Reim drauf machen: Der Mann maß zuerst dem Herrn Oberkellner Hosen an, ließ ihn dann aber einfach in Weste und weißem Hemd stehen und legte ihm auf Brust und Rücken und um Taille und Hals lauter Streifen aus Pergamentpapier, und diese Streifen beschriftete er mit den Maßen und schnitt sie direkt am Ober zurecht, als nähe er ihm einen Frack aus den Streifen, doch den Stoff hatte er gar nicht mit. Dann numerierte er die Papierstreifen, steckte sie sorgsam in eine Tüte, klebte dieselbe zu und schrieb das Geburtsdatum unseres Oberkellners drauf und selbstverständlich auch seinen Vor- und Zunamen, kassierte dann den Vorschuß und sagte, der Herr brauche sich um nichts mehr zu kümmern, er müsse nur noch den Frack per Nachnahme entgegennehmen, Anproben seien nun nicht mehr nötig.

Das war der Grund dafür, daß unser Oberkellner sich ausgerechnet bei dieser Firma den Frack schneidern ließ, er hatte nämlich wirklich keine Zeit, und ich hörte dann das, wonach ich hatte fragen wollen, wozu ich aber den Mut nicht aufgebracht hatte: Und wie geht alles nun weiter? Der Vertreter sagte es selbst, er sortierte den Vorschuß in die aufgeblähte Brieftasche und erläuterte leise: »Damit Sie's wissen, das ist die Revolution für die Republik, möglicherweise sogar für Europa, für die ganze Welt, auf die mein Chef gekommen ist – für Offiziere und Schauspieler und alle, die so wenig Zeit haben wie Sie, Herr Oberkellner! Ich nehme allen in Ruhe die Maße ab, schicke sie zur Werkstatt, dort befestigt man die Streifen an einer Schneiderpuppe, doch im Innern der Puppe ist ein Gummibeutel, der sich allmählich aufpumpt, bis er all die zusammengeklebten Streifen ausfüllt, die wegen des schnelltrocknenden Klebers rasch fest werden, und wenn man dann die Streifen abnimmt, dann schwebt Ihr Körper zur Decke, für immer aufgepumpt, ein Bändchen wird daran angeknüpft, wie bei den Kindern im Entbindungsheim, damit sie nicht verwechselt werden, oder wie in der großen Leichenhalle des Prager Krankenhauses, wo man der Leiche einen Zettel an den Zeh bindet, um Irrtümer auszuschließen, und wenn die Zeit reif ist, dann wird sie runtergelassen, um an der luftgefüllten Figurine die Kleider anzuprobieren, auch Uniformen und Fräcke, je nach Bestellung. Wieder wird genäht und wieder anprobiert, dreimal ist Anprobe, dann wird gedämpft und wieder genäht, immer ohne eine einzige Anprobe mit der lebenden Person, dafür aber mit ihrem aufgepumpten Stellvertreter, bis der Rock wie angegossen sitzt und ohne weiteres franko und per Nachnahme versendet

werden kann, und jedem paßt es, solange er nicht dikker oder magerer wird, und auch in solchen Fällen genügt wieder unser Firmenvertreter, der kommt und maßnimmt, um wieviel dieser oder jener ab- oder zugenommen hat, alles an diesen Stellen wird kleiner oder größer an der Figurine, je nach Bedarf, es wird korrigiert, oder man näht einen neuen Frack oder Uniformrock. Und solange der Kunde nicht stirbt... An der Decke des Magazins hängen lauter Figurinen, mehrere hundert bunte Rümpfe, man braucht nur hinzugehen und nach dem Rang auszuwählen, denn die Firma hat alles in Abteilungen gegliedert, in Abteilungen für Generale und Oberstleutnants und Obersten und Hauptleute und Kapitäne und Oberkellner und Frackmänner, und man braucht nur hinzugehen, an einer Schnur zu ziehen, und die Figurine schwebt herab, man kann genau erkennen, wie einer ausgesehen hat, als er sich das letztemal einen Rock oder einen Mantel machen oder ändern ließ...«
Das machte mich so sehnsüchtig, daß ich mir vornahm, sobald ich meine Kellnerprüfung hinter mir hatte, mir ebenfalls einen neuen Frack bei dieser Firma machen zu lassen, damit auch ich, das heißt meine Büste, dereinst an der Decke dieser Firma schweben konnte, die bestimmt die einzige ihrer Art auf der Welt war, denn auf so eine Idee konnte kein anderer als einer von uns verfallen... Oft habe ich später davon geträumt, daß nicht nur meine Büste, sondern ich selbst an der Decke der Pardubicer Schneiderfirma hing, manchmal war mir auch, als hinge ich an der Decke unseres Restaurants Zur Goldenen Stadt Prag. Einmal brachte ich dem Vertreter der Firma Berkel Mineral-

wasser, jenem Vertreter, der uns die geradezu apothekerhafte Waage und die so hauchdünn schneidende Maschine für die ungarische Salami geliefert hatte; ich trat ein, ohne anzuklopfen, und sah den Vertreter auf dem Teppich sitzen, so wie immer, denn sobald er gegessen hatte, ging er stracks aufs Zimmer und zog sich dort den Pyjama an und kauerte auf dem Fußboden. Zuerst dachte ich, er lege sich eine Patience oder sich selbst die Karten, doch er lächelte selig, ganz in Glück aufgelöst wie ein kleines Kind, und legte langsam vor sich auf den Teppich einen Hundertkronenschein neben den anderen; der halbe Teppich war schon voll, doch das reichte immer noch nicht, denn er zog ein weiteres Bündel aus der Aktentasche und legte sie hübsch in eine Reihe nebeneinander, so akkurat, als wären Linien, Raster auf den Teppich gemalt, jeder Hunderter kam gewissermaßen in ein vorgezeichnetes Rechteck, und hatte er eine Reihe fertig, wobei die Reihen genauso geschnitten waren wie Honigwaben, betrachtete er selig die Hunderter, schlug er die feisten Hände zusammen und streichelte sich dann mit beiden die kindlich begeisterten Wangen, und so, die Hände an die Wangen gelegt, ergötzte er sich an den Banknoten, und dann fuhr er fort und legte weitere Hunderter auf den Boden, und wenn ein Schein umgekehrt lag oder auf dem Kopf stand, drehte er ihn um, so daß alle gleich waren, und ich stand da und traute mich nicht zu hüsteln und wegzugehen.

Dieses Geld war ein regelrechtes Vermögen. Die Begeisterung, diese stille Freude eröffneten auch mir herrliche Perspektiven, denn ich hatte das Geld genauso gern, doch auf so etwas war ich nicht gekommen, und nun sah ich ein Bild vor mir, wo ich all das Geld, das ich verdiente, nicht mehr wie bisher in Hundertern sammelte, sondern in Zwanzigern, und diese Zwanzigkronenscheine wollte ich genauso anordnen, ich verspürte eine gewaltige Lust, als ich auf diesen fetten kindlichen Mann im gestreiften Pyjama schaute, und schon wußte ich und sah, daß dies auch mein Bestreben für die Zukunft war, mich auch einmal so einzuschließen, mich auch einmal so zu vergessen, und vor mir, auf dem Fußboden, das Bild meiner Macht, meiner Fähigkeit auszubreiten, ein Bild, das eine wahre Freude war...

Und so habe ich auch mal den Dichter Tonda überrascht, den Herrn Jódl, der wohnte bei uns, und weil er malen konnte, nahm ihm der Chef statt Geld immer ein Bild ab, und Tonda hatte in unserem Städtchen einen Gedichtband herausgegeben – Das Leben Jesu Christi hat er geheißen –, zwar nur im Selbstverlag, doch auch der trug sich die ganze Auflage aufs Zimmer und legte dort auf dem Boden ein Exemplar neben das andere, zog sich fortwährend den Rock aus und wieder an, so nervös hatte ihn dieser Jesus Christus gemacht, und das ganze Zimmer war mit diesen weißen Büchlein ausgelegt, und weil der Platz nicht reichte, machte er auf dem Flur weiter, fast bis ins Treppenhaus hinein, und wieder zog er sich die Jacke aus und nach einem Weilchen wieder an, je nachdem, wie stark er schwitzte, dann warf er sie sich nur über die Schultern, doch wenn ihn die Kälte ankam, schlüpfte er wieder in die Ärmel, worauf ihm wenig später so warm wurde, daß er die Jacke schnell wieder ablegte, wobei ihm dauernd die Watte aus den Ohren fiel, die er auch selber rausnahm und wieder reinsteckte, je nachdem ob er die Welt ringsum hören oder nicht hören wollte...

Diesem Dichter, der die Rückkehr in die Bauernhütten forderte und auch nichts anderes malte als Hütten im Riesengebirge, spielten unsere Gäste bei jeder Gelegenheit einen Streich, weil er dauernd verkündete, der Dichter habe die Aufgabe, den neuen Menschen zu suchen.

Unsere Gäste aber mochten ihn nicht leiden, vielleicht mochten sie ihn aber auch, doch immerfort flickten sie ihm am Zeug, weil der Dichter im Restaurant nicht nur den Rock ab- und anlegte, sondern auch die Schuhe aus- und wieder anzog, je nachdem wie seine alle fünf Minuten wechselnde Stimmung bei der Suche nach dem neuen Menschen war, zog er die Galoschen aus oder an; dann gossen ihm die Gäste, sobald er die Galoschen abgestreift hatte, Bier hinein oder Kaffee, alle guckten und verfehlten mit der Gabel den Mund, weil sie beim Essen hinüberschielten, ob der Dichter die Galoschen anzog und ihm der Kaffee dabei aus den Schuhen schwappte oder das Bier, und er tobte los und schrie, daß es durchs Restaurant hallte: »Du üble, törichte und hinterhältige Brut... daß die Katen euch holen...«, und dann weinte er, aber nicht vor Wut, sondern vor Glück, denn er hielt das Bier in den Galoschen für eine Aufmerksamkeit, weil die Stadt auf ihn zählte, weil sie ihm zwar keinerlei Ehren erwies, ihn aber als aufrechten Jüngling schätzte...

Am schlimmsten aber war es, wenn sie ihm die Galoschen mit einem Stift festnagelten und er hineinschlüpfte, wenn er zum Tisch zurück wollte und nicht konnte, fast stürzte er hin, wie oft fiel er auf die Hände, so fest waren die Galoschen angenagelt, und wieder beschimpfte er die Gäste als übel, töricht und hinterhältig, doch sogleich verzieh er ihnen wieder und bot ihnen eine Zeichnung oder einen Gedichtband an, wofür er sofort kassierte, um seinen Lebensunterhalt zu bestreiten...

Er war im Grunde kein schlechter Mensch, im Gegenteil, er schwebte über der ganzen Stadt, und mir kam er oft vor wie der Engel über der Drogerie Zum weißen Engel, genauso schwebte der Dichter über dem Städtchen und schlug mit den Flügeln, ja er hatte solche Flügel, ich habe sie sogar gesehen und habe mich gefürchtet, den Herrn Dekan danach zu fragen, ich habe gesehen, wie er sie anlegte und abnahm und wie er sein schönes Gesicht über einen Quartbogen beugte, er schrieb seine Gedichte gern an einem unserer Tische, ich erblickte nur sein seraphisches Profil; wenn er sich umwandte, sah ich über seinem Haupt einen Heiligenschein schweben, einen ganz schlichten Reif, einen violetten Flammenkranz, der seinen Kopf umringte wie die Flamme des leuchtenden Kochers der Marke Primus, als wäre sein Kopf voller Petroleum und als strahle über ihm jener zischende Ring, mit dem die Krämerlampen leuchten.

Wenn er über den Marktplatz ging... keiner vermochte den Regenschirm so zu halten wie unser Gast, keiner vermochte den lässig über die Schulter geworfenen Überzieher so zu tragen wie dieser Dichter, und keiner vermochte auch den weichen Hut so zu tragen wie unser Künstler, mochte ihm auch ein weißer Wattebausch aus den Ohren quellen, mochte er auch, be-

vor er den Platz überquerte, den Überzieher fünfmal
aus- und wieder anziehen und zehnmal den Hut lüften
und wieder aufsetzen, als grüße er jemanden... In
Wirklichkeit grüßte er niemanden, er verbeugte sich
nur tief vor den Marktweibern, den Hökerinnen, das
war seine Art, nach dem neuen Menschen zu suchen,
denn wenn es naßkalt war oder regnete, dann erstand
er stets ein Töpfchen Kuttelflecksuppe und eine Sem-
mel und trug alles selbst hin zu den durchgefrorenen
Weibern, und wenn er damit über den Platz ging, dann
war das nicht einfach eine Suppe, die er trug, er brachte
in dem Topf, so habe ich das gesehen, jedem dieser
Weiber sein Herz dar, ein menschliches Herz in einer
Kuttelflecksuppe, sein eigenes Herz, zerschnitten und
auf Zwiebeln und Paprika angerichtet. Er trug die
Suppe wie ein Priester die Monstranz oder das aller-
heiligste Sakrament zur Letzten Ölung und vergoß
Tränen über sich selbst, wie brav er sei, und obwohl
er zwar bei uns in der Kreide stand, kaufte er dennoch
für die alten Weiblein Suppe, nicht damit sie sich
wärmten, sondern damit sie wußten, er, Tonda Jódl,
denke an sie, lebe mit ihnen, betrachte sie als sein Ich,
als Teil seiner Anschauung von der Welt, und sein
Tun, als tätige Nächstenliebe, vollziehe sich jetzt,
nicht nach dem Tode...
Damals, als er sein neues Buch auf dem Fußboden ausgelegt hatte, bis auf den Flur, da trampelte ihm die
Putzfrau, als sie mit dem Eimer vom Klosett kam, über
die weißen Einbände des Jesus Christus, aber Tonda
schrie sie nicht an, sprach nicht von übler, törichter,
hinterhältiger Brut, sondern beließ jeden Fußtapfen
und signierte den Abdruck des geradezu männlichen

Absatzes und verkaufte den betrampelten Jesus nicht für zehn, sondern für zwölf Kronen… Doch weil das Büchlein im Selbstverlag erschienen war, gab es nur zweihundert Stück davon, und Jódl hatte den katholischen Verlag in Prag gebeten, für ihn zehntausend von diesen Büchlein herauszubringen, deshalb wartete er tagelang, zog sich den Rock aus und wieder an und fiel dreimal hin, weil man ihm die ausgezogenen Galoschen festgenagelt hatte, was er immer wieder vergaß. Auch schüttete er alle fünf Minuten irgendwelche Arzneien in sich rein, so daß er ständig bemehlt war von seinen Pülverchen, wie ein Müller, dem ein Mehlsack geplatzt war. Seine schwarzen Sachen waren an Brust und Knien ganz weiß, manche Medizin, Neurasthenin hieß eine, trank er gleich aus der Flasche, so daß er einen gelblichen Rand um den Mund bekam, als hätte er Tabak gekaut… Er trank und schluckte dieses Arzneizeug, was natürlich zur Folge hatte, daß ihm alle fünf Minuten so heiß wurde, daß er schwitzte, danach wieder so kalt, daß er schlotterte und der ganze Tisch klapperte, und so mußte der Tischlermeister abmessen, wieviel Quadratmeter das Leben Jesu Christi bedeckte, das Zimmer und den Flur, und Tonda rechnete sich aus, daß die zehntausend Exemplare, wenn sie erst erschienen sind, so viele Bücher ergeben, daß man damit die Chaussee von Čáslav bis Heřmanuv Městec pflastern könnte, eine Fläche, die den ganzen Ringplatz und alle Anliegerstraßen des historischen Teils unseres Städtchens einnahm, und daß die Gedichtbändchen, legte man eins eng ans andere, einen Streifen bildeten, einen ununterbrochenen Strich mitten auf der Chaussee von

Čáslav bis nach Jihlava. Selbst mich machte er mit diesen Büchern ganz meschugge, so daß ich, wenn ich über das Pflaster unseres Städtchens ging, immer nur auf ausgelegte Bücher trat, und ich wußte, daß es ein schönes Gefühl sein mußte, auf jedem Pflasterstein den eigenen Namen gedruckt zu lesen und zehntausendmal Das Leben Jesu Christi, für das Tonda allerdings die Bezahlung schuldig geblieben war, und so kam die Frau Kadavá, die Inhaberin der Druckerei, und beschlagnahmte Tondas Leben Jesu Christi, und zwei Hausdiener schleppten es in einem Wäschekorb davon, und Frau Kadavá sagte, ja sie schrie: »Der Jesus Christus liegt von nun an bei mir in der Druckerei, und für acht Kronen gebe ich Ihnen immer einen Jesus Christus auf die Hand!« Tonda zog sich den Rock aus, nahm einen Schluck aus der Neurasthenin-Flasche und rief donnernd: »Du üble, törichte und hinterhältige Brut...«

Ich räusperte mich, während Herr Walden auf dem Fußboden neben dem Teppich lag, und dieser ganze Teppich schien ein Hundertkronenmuster zu haben, so übersät war er mit grünen Banknoten. Herr Walden beschaute sich das Feld, er lag ausgestreckt da, die dicke Hand wie ein Kissen unterm Kopf, und ich ging hinaus und schloß die Tür, dann klopfte ich an, und Herr Walden fragte: »Wer da?« – »Ich, der Pikkolo, ich bringe das Mineralwasser...« – »Herein«, sagte er, und ich trat ein, und Herr Walden lag immer noch auf der Seite, hatte den Kopf in die Hand gestützt, sein Haar war gelockt und voller Brillantine, es glänzte fast so wie die Brillanten an der anderen Hand, und er lächelte wieder und sagte: »Gib mir eine Flasche und hock dich hin.« Ich zog den Öffner aus der Tasche, das Mineralwasser sprudelte leise. Herr Walden trank und wies zwischendurch auf die Banknoten und sagte so leise und mild wie das Mineralwasser: »Ich weiß, du warst schon hier, und ich hab's zugelassen, daß du dich daran sattsiehst... Merk dir, das Geld öffnet dir den Weg in die ganze Welt, so hat es mich der alte Koreff gelehrt, bei dem ich gelernt hab, und das, was du hier auf dem Teppich siehst, hab ich in einer einzigen Woche verdient, zehn Waagen hab ich verkauft, und das ist meine Provision, hast du je etwas Schöneres gesehen? Wenn ich heimkomme, lege ich damit die ganze Wohnung aus, meine Frau und ich, wir belegen alle Tische und den Fußboden damit, ich kauf mir eine Wurst, schneide sie in Stückchen und esse sie den ganzen Abend über, nichts werde ich mir für den nächsten Tag übriglassen, denn ich würde sowieso in der Nacht aufwachen und würde die Wurst auffressen, ich mag fürs Leben gern Salami, eine ganze Stange, ich werde dir ein andermal davon erzählen, wenn ich wieder mal komme...«

Dann stand Walden auf, streichelte mich, ließ die Hand unter meinem Kinn, sah mir in die Augen und sagte: »Du wirst es zu was bringen, merk dir das, es steckt in dir, weißt du? Nur packen muß man's können! – »Aber wie?« So sagte ich. Und er sagte: »Ich hab dich gesehn, wie du auf dem Bahnhof Würstchen verkauft hast, ich war einer von denen, die dir zwanzig Kronen gegeben haben, und du hast mir so lange auf die Krone achtzig rausgegeben, bis der Zug anfuhr und weg war...« Herr Walden öffnete das Fenster, nahm eine Handvoll Kleingeld aus der Tasche und warf es auf den leeren Platz, dann wartete er, hob den Finger, damit ich hörte, wie die Münzen über das Pflaster klirrten und kullerten, und setzte hinzu: »So mußt du das Kleingeld zum Fenster rauswerfen können, auf daß die Hunderter zur Tür reinwandern, siehst du?« Ein Wind kam auf und blies, und sämtliche Hunderter erhoben sich wie auf Befehl, sie hüpften, wurden munter und glitten wie das Laub im Herbst in eine Zimmerecke.

So betrachtete ich Herrn Walden, und so betrachtete ich von nun an jeden Handlungsreisenden, und hatte ich sie genug betrachtet, dann dachte ich immer: Was für Wäsche trägt der wohl, was für Hemden? Und immer hatte ich die Vorstellung, daß die Unterhosen alle schmutzig waren, einige waren sogar gelb im Schritt, sie alle hatten schmutzige Hemdkragen und ganz verdreckte Socken, so daß sie, wären sie nicht bei uns in Logis, die Socken und Unterhosen und Hemden aus dem Fenster werfen würden, so wie sie ihre Sachen im Karlsbad zum Fenster hinauswarfen, wo ich drei Jahre lang zur Erziehung bei der Oma war, die Oma hatte in den alten Mühlen ein Stübchen, ein Kämmerchen, wo nie die Sonne hinkam und wo die Sonne auch nicht hinkommen konnte, weil es nach Norden hinausging, außerdem lag das Kämmerchen gleich neben dem Mühlrad, und dieses Rad war so groß, daß es vom ersten Stock aus ins Wasser tauchte und bis zum dritten Stock hinaufreichte, und ebendiese Großmutter hatte mich zu sich nehmen können, um mich aufzuziehen, denn meine Mama hatte mich unehelich bekommen und hatte mich deshalb zu ihrer Mama gegeben, was meine Oma war, und diese Oma wohnte gleich neben dem Karlsbad, ihr ganzes Lebensglück bestand darin, dieses Käfterchen in der Mühle zur Miete zu haben, ununterbrochen hatte sie gebetet, der Herrgott möge sie erhören und ihr das Käfterchen gleich neben der Badeanstalt geben, denn wenn der Donnerstag und der Freitag kamen, dann nahmen dort die Handlungsreisenden und die Leute ohne ständigen Wohnsitz ihr Bad, so war meine Großmutter also ab zehn Uhr morgens in Bereitschaft.

Auch ich freute mich schon auf den Donnerstag und den Freitag, auch auf die anderen Tage, doch da flog nicht so oft Wäsche aus dem Klosettfenster im Bad, und wir guckten aus dem Fenster, und an uns vorbei schmiß alleweil einer der Reisenden seine schmutzigen Unterhosen, diese verharrten für einen Augenblick im Flug, boten sich den Blicken dar und fielen dann herab, manche patschten ins Wasser, dann bückte sich die Großmutter tief und zog sie mit einem Haken heraus, ich mußte die Großmutter an den Beinen festhalten, damit sie nicht in die Tiefe fiel, oder die hinausgeworfenen Hemden breiteten plötzlich die Arme aus wie der Schutzmann an der Kreuzung oder der Herr Christus, oder sie bekreuzigten sich für einen Moment in der Luft und fielen im Sturzflug auf die Felgen und Speichen des Mühlrades herab, und das Rad drehte sich, und es war immer ein Abenteuer, das Hemd zu erhaschen, entweder beließ man es auf dem Rad, bis dieses durch die Umdrehung Hemd oder Unterhose auf der Schulter bis vor Großmutters Fenster trug, so daß man nur die Hand auszustrecken und das Hemd zu nehmen brauchte, oder man holte mit dem Haken das Hemd von der Welle, wo es sich aufgewickelt hatte und immerfort wegrutschte, doch die Großmutter kriegte es selbst dann zu fassen und zog es mit dem Haken durchs Küchenfenster herein und warf gleich alles in einen Waschtrog, und abends spülte sie den ersten Schmutz aus den dreckigen Unterhosen und Hemden und Socken und goß das Wasser sofort zurück in die Wellen, die unter den Schaufelrädern des Mühlrades dahinströmten...

Später am Abend dann, das war schön, wenn die weißen Unterhosen auf einmal im Dunkeln aus dem Klosettfenster des Karlsbades segelten, ein weißes Hemd vor dem dunklen Hintergrund der Mühlenschlucht, für einen Augenblick blinkte in unserem Fenster ein weißes Hemd oder eine weiße Unterhose auf, und Großmutter schaffte es, sie im Flug mit dem Haken aufzufangen, bevor sie hinabfielen, auf die feuchten und glänzenden Speichen, manchmal auch abends oder in der Nacht, wenn aus der Tiefe, vom Wasser her, der Wind zog und die Gischt hochschoß und Wasser und Regen der Großmutter so ins Gesicht schlugen, daß sie dem Wind oft das Hemd regelrecht abringen mußte, und dennoch freute sich die Großmutter auf jeden Tag und besonders auf Donnerstag und Freitag, wenn die Reisenden ihre Hemden und Unterhosen wechselten, denn sie hatten Geld verdient und sich Socken und Unterhosen und Hemden neu gekauft und warfen die alten Sachen aus dem Fenster des Karlsbades, wo die Großmutter drunten mit dem Haken lauerte, um die Wäsche sogleich zu waschen und auszubessern und in der Anrichte zu stapeln. Hinterher ging sie damit auf die Baustellen und verkaufte alles an die Maurer und Hilfsarbeiter, und so lebte sie bescheiden, aber auskömmlich, so daß sie mir sogar Hörnchen kaufen konnte und Milch für den weißen Kaffee...

Das war wahrscheinlich meine schönste Zeit... Bis heute sehe ich die Großmutter bei Nacht am offenen Fenster auf dem Anstand sitzen, was im Herbst und Winter keine leichte Sache war, und bis heute sehe ich, wie ein hinausgeschleudertes Hemd in dem aufsteigenden Luftzug plötzlich für ein Weilchen vor dem Fenster verharrt und die Arme ausbreitet und wie die Großmutter es mit einer raschen Bewegung heranzieht, denn unmittelbar danach fiele das Hemd, schlaff wie ein erlegter weißer Vogel, in die gurgelnden schwarzen Wellen, um darauf als Märtyrer auf dem Folterrad der Mühle zu erscheinen, ledig des menschlichen Leibes, und um danach auf der nassen Kreislinie aufwärts zu steigen, und nachdem es dann bei den Fenstern des dritten Stocks verschwunden wäre, wo zum Glück die Mahlgänge waren und nicht Menschen wie wir, mit denen wir um die Hemden und Unterhosen hätten kämpfen müssen, um hinterher abzuwarten, bis das Hemd wieder zurückkehrte, herabstiege, und sollte es abrutschen, dann fiele es in die strömenden schwarzen Wasser, wobei die Wäsche durch das Mahlgerinne unter den schwarzen Laufbohlen mitgerissen und von der Mühle weggetrieben würde... Reicht euch das? Damit schließ ich für heute.

Hotel Tichota

Passen Sie auf, was ich Ihnen jetzt sage:

Ich kaufte mir einen neuen Vulkanfiberkoffer und legte in diesen Koffer meinen neuen Frack, denselben, den mir der Schneider aus Pardubice auf meine Büste geschneidert hatte; ich selbst hatte mir den Frack abgeholt, und der Firmenvertreter hatte tatsächlich nicht gelogen. Er hatte meine Brust gemessen, hatte mich mit lauter Papierstreifen behängt, alles aufgeschrieben, als er meine Maße nahm, in einen Umschlag getan und den Vorschuß kassiert, und ich bin dann hingefahren, um den Frack abzuholen. Er saß mir wie angegossen, doch mir lag weniger an dem Frack, ich wollte sehen, wo sich meine aufgeblasene Büste, mein Brustkasten befand.

Der Chef persönlich, er war genauso klein wie ich, schien zu begreifen, daß ich höher hinauswollte als dort, wo ich jetzt war, immer höher, daß es mir darauf ankam, im Lager der Firma an der Decke zu schweben, und er führte mich dorthin. Es war überwältigend. An der Decke baumelten die Büsten von Generälen und Regimentskommandeuren, sogar Hans Albers hatte sich hier seinen Frack schneidern lassen, auch er hing an der Decke, ein Luftzug drang durchs offene Fenster herein, und die Büsten wippten wie Wölkchen, wie Wolkenschäfchen am Himmel, wenn der Herbstwind weht. Von jeder Büste hing ein dünner Faden herab, und daran befanden sich ein Namensschild und die Adresse, und wenn der Wind wehte, wippten die Namensschilder fröhlich wie die Fischlein an der Angel, und nun deutete der Chef auf einen Zettel, ich las meine Adresse und ließ eigenhändig meine Büste herunter – wahrhaftig, ich war sehr klein, fast kamen mir die Tränen, als ich die Büste eines Generalleutnants neben der meinen sah und die Büste des Herrn Hoteliers Beránek, doch dann lachte ich und war glücklich, in eine solche Gesellschaft geraten zu sein.

Der Chef zog an der Schnur und sagte, nach den Maßen dieser Figurinen nähe er die Fräcke, das da sei der Unterrichtsminister, und hier, der etwas kleinere, sei der Minister für Nationale Verteidigung. Alles das verlieh mir ein solches Selbstbewußtsein, daß ich meinen Frack bezahlte und noch zweihundert Kronen drauflegte, als kleine Aufmerksamkeit eines kleinen Kellners, der das Hotel Goldenes Prag verläßt und ins Hotel Tichota irgendwo in Stránčice geht, wohin mich der Herr Handelsvertreter der drittgrößten Firma der Welt, der Firma van Berkel, vermittelt hatte, und ich verabschiedete mich und fuhr nach Prag und stieg dann mit dem Koffer in Stránčice aus, es war Vormittag und ununterbrochen fiel Regen, hier hatte es bestimmt nicht nur die Nacht über, sondern tagelang geregnet, so viel Sand und Schlamm lag auf der Chaussee, und über Brennesseln, Melde und Kletten strömte der Bach, randvoll und ganz beigefarben wie Milchkaffee.

Ich stapfte durch den Schlamm hügelan, dem Pfeil Tichota-Hotel folgend, und als ich an ein paar Villengrundstücken mit zerborstenen Bäumen vorüberkam, mußte ich lachen, denn in einem der Gärten wurde ein zerspaltener Baum voll reifender Aprikosen zusammengezurrt, der glatzköpfige Besitzer schnürte mit

Draht die zerbrochene Krone zusammen, die auf beiden Seiten von je einer Frau gehalten wurde, doch plötzlich kam ein solcher Wind auf, daß der Draht riß und die Frauen die Krone nicht mehr halten konnten. Sie fiel wieder auseinander und schmiß den Mann mitsamt seiner Stehleiter um, ganz verschüttet lag er in der Falle aus Zweigen, Blut rann ihm vom Kopf, weil ihn die Dornen zerkratzt hatten, und die Äste hielten den Mann so fest, daß er wie angenagelt auf der Erde lag, von den starken Ästen gekreuzigt, und ich stand am Zaun, und als die Frauen ihren Mann ansahen, brachen sie in ein gewaltiges Gelächter aus, sie brüllten vor Lachen, während der Mann mit den Augen rollte und schrie: »Ihr Nutten, ihr Schweine, wartet nur, bis ich freikomme, ich schlag euch wie Nägel in die Erde!« Die Frauen waren offenbar seine Töchter, oder es handelte sich um Frau und Tochter, jedenfalls nahm ich das Hütchen ab und sagte: »Geht es hier, Bürger, zum Hotel Tichota, bitte?« Er wünschte mich zum Teufel und bäumte sich auf, konnte aber nicht aufstehen, es war herrlich, dieser gefangene und mit reifen Aprikosen garnierte Mann, und als die beiden Frauen genug gelacht hatten, hoben sie die Äste an, damit der Mann sich erheben konnte, jetzt gelang es ihm, auf die Knie zu kommen und aufzustehen, als erstes setzte er sich die Baskenmütze auf den kahlen Schädel, und ich ging lieber weiter, wanderte durch den Hohlweg bergauf, bemerkte, daß die Straße asphaltiert war und einen Bordstein aus Granitquadern hatte. Ich stapfte mir den Schlamm und den gelben Lehm von den Halbschuhen, dann ging ich auf den Hügel, wo ich ausglitt und auf die Knie fiel, und Wolken zogen über mich hinweg, dann war der Himmel so blau wie die Wegwarte, die, von der Wasserflut gefällt, neben der Straße lag, und oben auf dem Berg erblickte ich endlich das Hotel.

Es war schön wie im Märchen, wie ein chinesisches Bauwerk, wie die Villa eines schrecklich reichen Mannes in Tirol oder irgendwo an der Riviera, es war weiß mit einem roten, wellengleich ansteigenden pfannengedeckten Dach, die Fensterläden in allen Stockwerken waren grün und hatten Querleisten, und jedes nächsthöhere Geschoß war etwas kleiner, und das letzte war wie ein schöner kleiner Altan, auf den Gipfel dieses Hauses gesetzt, und über diesem Altan erhob sich ein Aufbau aus lauter grünen Läden, wie ein Ausguck, wie eine meteorologische Station, drinnen mit Instrumenten und draußen mit Fähnchen, über denen sich auf der Spitze ein roter Hahn drehte. Und in jeder Etage gab es vor jedem Fenster einen Balkon, und auf diesen Balkon führten Türen, die wie die Fenster Querleisten hatten, offene Türen. Ich ging weiter, und nirgendwo zeigte sich jemand, weder auf dem Weg noch in den Fenstern, noch auf einem Balkon, es war still, in der Luft war nur der Wind, der duftete und der sich essen ließ wie Speiseeis, wie unsichtbarer geschlagener Schnee, fast mit dem Löffel war er zu essen, ich hatte das Gefühl, man könnte diese Luft, wenn man ein Brötchen dazu nähme oder ein Stück Brot, kosten, fast wie Milch.

Ich schritt schon durchs Tor, die Pfade waren mit Sand bestreut, der vom Regen weggespült war, der dichte Rasen war gemäht und zu Häuflein geharkt; ich schritt zwischen Kiefern hindurch, die immer wieder den Blick auf lange Matten freigaben, auch hier war der

Rasen frisch mit der Sense gemäht und dicht. Und der Aufgang zum Hotel Tichota wölbte sich zu einer Art Brückensteg hinauf, geradewegs zu einer Glastür, die zusätzlich eine Tür aus grünen Jalousien besaß, eine gegen die weiße Wand aufgeklappte Tür, die reinste Zierde. Der gewölbte Eingang war von einem weißen Geländer eingefaßt, unter dem eine Zwergmispel wuchs, es war ein Alpinum, und ich zögerte: War ich hier richtig? Und überhaupt, selbst wenn ich in einem Hotel war: Ob man mich überhaupt nähme? Wer konnte wissen, ob Herr Walden wirklich alles perfekt gemacht hatte, und wenn ja, ob ich, ein kleiner Kellner, dem Chef, Herrn Tichota, zusagen würde…
Ich bekam Angst. Nirgendwo eine Menschenseele, keine Stimme war vernehmbar, und so machte ich kehrt und lief durch den Garten weg, doch ein durchdringender Pfiff gellte plötzlich, ein so nachdrücklicher Pfiff, daß ich stehenblieb, und die Pfeife trillerte dreimal: du, du, du. Sie trillerte dann so lange, daß ich mich umdrehte, und dann trillerte die Pfeife ganz kurz, wie eine Leine oder ein Strick war das, der mich aufwickelte und in die gläserne Tür zurückzog, durch die ich eingetreten war. Und hier hätte mich um ein Haar ein dicker Herr angerempelt, er saß in einem Rollstuhl, dessen Reifen er mit den Händen vorwärts bewegte, und in seinem dicken Kopf steckte eine Trillerpfeife, und der Fettwanst hielt mit beiden Händen die Räder so fest umklammert, daß er, als er plötzlich haltmachte, das Übergewicht bekam und beinahe vornüber rausgefallen wäre, nur die schwarze Perücke glitt ihm von der Glatze, ein Toupet, das sich der fette Kerl wieder in den Nacken zurückschob.

Ich stellte mich Herrn Tichota vor, und er stellte sich mir vor, und ich erzählte ihm von Herrn Waldens Empfehlung, jenes Repräsentanten der Firma van Berkel, und Herr Tichota sagte, er habe mich schon früher erwartet, aber keine Hoffnung mehr gehabt, weil es hier einen Wolkenbruch gegeben habe, und ich solle mich ausruhen und mich dann im Frack bei ihm vorstellen, dann würde er mir sagen, was er von mir fordere. Ich guckte nicht, wollte nicht gucken, doch er zog von selbst meine Augen auf sich, dieser gewaltige Körper im Rollstuhl, der so dick war wie die Reklame für Michelin-Reifen, obwohl Herr Tichota, dem dieser Körper gehörte, von einer großen Freude erfüllt war, er fuhr in der geweihgeschmückten Halle hin und her, und es war, als liefe er über eine Wiese, so alberte er mit dem Wägelchen herum, mit dem er so gut zu fahren verstand, besser als wenn er gegangen wäre.

Herr Tichota ließ erneut die Trillerpfeife ertönen, doch diesmal wieder ein wenig anders, als hätte die Pfeife Register, und die Treppe herunter eilte ein Zimmermädchen mit einem weißen Schürzchen vor dem schwarzen Kleid, und Herr Tichota sagte: »Wanda, das ist unser zweiter Kellner, führ ihn auf sein Zimmer«, und Wanda drehte sich um, und sie hatte ein herrlich geteiltes Hinterteil, und mit jedem Schritt wölbte sich immer die andere Gesäßhälfte, und ihr Haar war zu einem schwarzen Dutt aufgesteckt, und ich wurde neben ihrer Frisur noch kleiner, faßte aber den Vorsatz, für dieses Zimmermädchen zu sparen, und wenn sie erst mein war, würde ich ihre Brüste und ihr Hinterteil mit Blumen bestreuen... Die Erinne-

rung an das Geld verlieh mir das Selbstbewußtsein, das
ich immer dann verlor, wenn ich etwas Schönes erblickte, vor allem ein schönes Weib, doch sie, das Zimmermädchen, führte mich nicht nach oben, dafür kamen wir auf ein Plateau, von wo wir wieder über eine
Treppe auf den Hof hinunterglitten, und erst dort sah
ich, wo ich war. Hier war die Küche, hier waren zwei
weiße Kochmützen, und ich hörte die Arbeit der Messer und lustiges Lachen, und dem Fenster näherten
sich zwei fettglänzende Gesichter und große Augen,
dann gab's wieder ein Gelächter, das sich in dem Maße
entfernte, als ich mit dem Koffer enteilte, den ich so
hoch trug, wie ich nur konnte, um meine winzige Gestalt auszugleichen, zumal die doppelten Absätze
nichts ausrichteten, allenfalls vielleicht nur, um den
Kopf so hoch zu tragen, daß ich mir den Hals aus-
renkte.
Wir überquerten den Hof, dort war ein Gebäude, und
ich war enttäuscht. Im Hotel Goldenes Prag hatte ich
wie ein Hotelgast gewohnt, doch hier bezog ich das
Zimmer eines Hausknechts. Wanda zeigte mir den
Schrank, öffnete ihn, drehte am Hahn, und Wasser lief
ins Waschbecken. Sie schlug die Bettdecke auf und
zeigte mir, daß das Bett frisch bezogen war, dann lächelte sie von oben auf mich herab und entfernte sich,
und als sie wieder über den Hof ging, blickte ich ihr
durchs Fenster nach. Sie konnte keinen einzigen
Schritt tun, der unbeobachtet, ungesehen blieb.
Das Zimmermädchen durfte sich nirgendwo kratzen,
sie konnte sich beim Gehen nur mit den Fingern über
die Nüstern fahren, ständig mußte sie hier wie auf einer Theaterbühne schreiten, wie in einem verglasten

Geschäft, wie bei uns daheim, wenn ich Blumen kaufen ging und beim Zurückkommen sah, wie die Dekorateurinnen das Schaufenster bei Katz dekorierten; sie nagelten den Stoff mit Stiften fest, und so krochen die Mädchen hintereinander auf allen vieren, und die eine hatte einen Hammer und nagelte den plissierten Cheviot und den Manchester an, und gingen ihr mal die Nägel aus, dann langte sie nach hinten und nahm der Dekorateurin hinter ihr ein Nägelchen aus dem Mund und nagelte den nächsten Faltenwurf an, und so holte sie immerzu aus dem Mund der anderen ein Nägelchen und noch eins, den ganzen Mund voller Täkse hatte dieses Mädel, anscheinend war den beiden pudelwohl in dem Schaufenster, und ich stand draußen und hielt den Korb mit den Schwertlilien in der Hand und hatte auf der Erde einen zweiten Korb voller Margeriten stehen und sah den arrangierenden Mädchen zu.

Sie krochen auf allen vieren, und es war Vormittag und ein Menschengewimmel, anscheinend hatten die Mädchen vergessen, daß sie in einem Schaufenster waren, alle Augenblicke kratzten sie sich das Gesäß oder irgendwas anderes, und dann kamen sie wieder zur Schaufensterscheibe gekrochen, mit ihrem Hämmerchen und in Pampuschen, und sie lachten, daß ihnen die Tränen kullerten, und die eine prustete los, und die Nägel sprudelten ihr aus dem Mund, und sie wieherten auf allen vieren und knurrten sich in mädchenhaftem Übermut an wie die Hunde, und ihre Blüschen standen ab, und man sah ihre Brüste, und diese Brüste wippten, da die Mädchen auf allen vieren liefen, hin und her, im Rhythmus ihres glücklichen Lachens, und vor dem Fenster standen schon lauter Leute und starrten auf die vier Brüste, die schaukelten wie Glocken im Hauptfenster eines Turmes, und dann guckte eine von beiden die Leute an, wurde ernst und hielt sich die Arme vor und wurde rot, und als die zweite sich aus ihren Lachtränen freigeschwommen und die erste auf die Ansammlung vor der Firma gezeigt hatte, da erschrak sie so sehr, daß sie, den Ellenbogen gegen ihr Blüschen gepreßt, das Gleichgewicht verlor, auf den Rücken fiel und die Beine spreizte und alles den Blicken freigab, wenn auch unter modernen Spitzenhöschen verborgen, und sosehr die Leute auch gelacht hatten – dieser Augenblick stimmte sie ernst, manch einer ging weg, andere blieben stehen und starrten immerzu ins Fenster, obwohl Mittag längst vorüber war und die Dekorateurinnen längst beim Essen im Goldenen Prag saßen, bei uns; so ergriffen von der Schönheit der Dekorateurinnen standen die Leute da, obwohl die Hausgehilfen schon das Rollo herabgezogen hatten, so sehr vermag die Schönheit eines Mädchenleibes den Menschen zu ergreifen…

Ich hatte mich hingesetzt und zog mir die schmutzstarrenden Schuhe aus, dann die Hosen. Danach öffnete ich den Koffer, um den Frack herauszuhängen, und ein bißchen sehnte ich mich nach meinem Hotel Goldenes Prag, nach Rajský, mein Auge sah immer nur um mich herum eine Stadt aus Stein und eine Menge Menschen, volle Plätze. Von der Natur hatte ich in jenen drei Jahren nur die Blumen gesehen, die ich täglich holte, und den kleinen Park und die Blütenblätter der Blumen, die ich den Fräuleins bei Rajský auf die nackten Bäuche gelegt hatte, und wie ich so nach dem Frack langte, fragte ich mich plötzlich, wer denn mein Chef gewesen sei. Ich hatte ihn in jenen drei Jahren als eine Art Mischmasch gesehen, so etwas wie ein Extrakt war mir von ihm und seiner Frau geblieben… Eigentlich war mein Chef noch kleiner gewesen als ich, und da er genau wie ich an das Geld glaubte, hatte er nicht nur bei Rajský die schönen Fräuleins gehabt, sondern war ihretwegen auch gereist, war vor seiner Frau bis nach Preßburg geflohen, bis Brünn. Wie es hieß, soll er's, ehe seine Frau ihn fand, immer geschafft haben, ein paar Tausender zu verjubeln. Habe er immer, ehe er auf Tour ging, mit einer Sicherheitsnadel in der Westentasche das Geld für die Rückfahrkarte und das Trinkgeld für den Kondukteur festgesteckt, damit dieser ihn heimschaffte, und er sei so klein gewesen, daß der Kondukteur ihn gewöhnlich wie ein schlafendes Kind auf den Armen nach Hause brachte. So ein kleiner Bummel ließ ihn stets noch mehr zusammenschrumpfen, danach blieb er eine Woche lang so klein wie ein Seepferdchen, doch binnen einer zweiten Woche war er wieder obenauf…

Jetzt wurde mir bewußt, daß er immer gern schwere Weine trank, Portwein, algerische Weine, Malaga, alles trank er mit ungeheurem Ernst und furchtbar langsam, so daß es fast schien, als trinke er gar nicht. Bei jedem Schluck wurde mein Chef irgendwie schöner, er behielt ihn eine Weile im Mund und schluckte ihn dann herunter, als habe er ein Äpfelchen zu sich genommen, und nach jedem Schluck erklärte er leise, darin sei die Saharasonne… Er betrank sich zuweilen auch in Gesellschaft, dann fiel er um, und seine angeheiterten Freunde riefen seine Frau herbei, sie solle ihren Mann abholen, und diese kam auch, sie glitt im Fahrstuhl vom dritten Stock herab, wo der Chef ein ganzes Appartement besaß, sie kam ruhig herbei, es war keine Schande für sie, im Gegenteil, alle verneigten sich stets vor ihr, und ob mein Chef unter dem Tisch lag oder auf dem Stuhl saß und am Tisch schlief, die Frau packte ihn am Rockkragen, hob ihn mit spielerischer Leichtigkeit hoch, als wäre er eine Jacke, und saß mein Chef auf dem Stuhl, dann riß sie ihn hoch, doch der Chef fiel nicht auf den Boden, denn sie fing ihn in der Luft auf, und da ihr dazu eine Hand genügte, trug sie ihn gelassen und leicht, sie schwenkte ihn durch die Luft, als sei er tatsächlich nur ein Überrock, wobei der Chef regelmäßig zu sich kam und mit dem Händchen wedelte, soweit es ihm der gestraffte Rock gestattete, und seine Frau öffnete energisch die Aufzugtür und warf meinen Chef, so wie sie ihn hielt, in den Fahrstuhl hinein. Sie selbst stieg nach ihm ein und drückte auf den Knopf. Wir sahen durch die Glastür, wie unser Chef auf dem Boden lag und seine Frau neben ihm stand und wie sie himmelwärts zum dritten Stock schwebten.

Die Stammgäste erzählten sich, daß vor Jahren, als mein Chef das Hotel Goldenes Prag gekauft hatte, seine Frau bei den Stammgästen saß, daß es hier unten einen literarischen Salon gab, von dem sozusagen nur der Dichter und Maler Tonda Jódl übriggeblieben war, man führte hier Debatten, las aus Büchern vor und machte sogar Theater. Doch jedesmal habe sich die Frau Chefin leidenschaftlich mit ihrem Manne gestritten. Fast alle vierzehn Tage seien sich die beiden wegen der Romantik oder wegen des Realismus oder wegen Smetana und Janáček so in die Haare geraten, daß sie anfingen, sich mit Wein zu begießen und danach zu prügeln; der Chef besaß einen Cockerspaniel und die Chefin einen Foxterrier, und da sich Herrchen und Frauchen der Literatur wegen rauften, konnten auch die Hunde nicht an sich halten und rauften sich ebenfalls bis aufs Blut.

Danach versöhnte sich der Chef wieder mit unserer Frau Chefin und ging mit ihr am Bach außerhalb der Stadt spazieren, die Köpfe verbunden oder einen Arm in die Schlaufe gehängt, und hinter ihnen drein trotteten der Foxterrier und der Cockerspaniel, beide zerbissen, die zerfledderten Ohren gleichfalls bepflastert oder einfach so, um die Wunden nach der bissigen literarischen Rauferei trocknen zu lassen... Und so versöhnten sich alle miteinander, um einen Monat später das gleiche Spiel von neuem zu beginnen, schön mußte das sein, wie gern hätte ich das mal gesehen...

Schon stand ich im Frack vor dem Spiegel, in dem neuen Frack, im weißen gestärkten Hemd mit weißer Fliege, und als ich mir den neuen Korkenzieher mit dem vernickelten, mit einem Messerchen kombinierten Griff in die Tasche steckte, hörte ich die Pfeife trillern, und als ich auf den Hof trat, huschte ein Schatten über mich hinweg, jemand sprang über den Zaun, zwei Stoffteile oder dergleichen glitten wie zwei Frauenbrüste über meinen Kopf, und vor mir fiel ein befrackter Kellner nieder, erhob sich, die Schöße seines Fracks wirbelten durch die Luft, und er raste weiter, vom Signal der Pfeife wie auf eine Schnur gewickelt. Er trat gegen die Tür, und die Schwingtür schmetterte auf und wedelte hinter ihm her und beruhigte sich und warf

67

das verkleinerte Spiegelbild des Hofes und meiner sich
nähernden und dann in die Glastür eintretenden Gestalt zurück.

Erst vierzehn Tage später kam ich dahinter, für wen
dieses Hotel errichtet worden war. Vierzehn Tage lang
ging ich nicht hinaus, so verwundert war ich, wo ich
da nur hingeraten war und wie es überhaupt möglich
war, so zu leben. In den vierzehn Tagen hatte ich bereits ein paar tausend Kronen an Trinkgeldern beisammen, und mein Gehalt, das war gewissermaßen mein
Taschengeld. Aber auch wenn ich in meinem Zimmerchen sitze und Scheine zähle – sowie ich frei habe,
zähle ich nämlich Geld –, also obwohl ich allein bin,
habe ich ständig das Gefühl, daß ich eben nicht allein
bin, daß mich immerfort jemand beobachtet, und genau das gleiche Gefühl hat auch der Ober Zdeněk, der
schon zwei Jahre hier und jederzeit bereit ist, über den
Zaun zu springen und beim Pfiff auf dem kürzesten
Weg ins Restaurant zu flitzen.

Eigentlich gibt es den ganzen Tag über nichts zu tun.
Wenn wir das Restaurant aufgeräumt haben, und das
dauert nicht lange, und die Gläser und alle Bestecke
bereitgelegt und die Servietten und Tischdecken gewechselt sind und deren Vorrat kontrolliert ist, dann
stelle ich mit Zdeněk, der den Kellerschlüssel hat, die
Getränke bereit und überprüfe, ob genügend gekühlter Champagner, genügend Drittelflaschen an Pilsner
Exportbier zur Hand sind, dann schaffen wir den Kognak in das Servierzimmer, damit der Vorrat reicht,
und dann gehen wir beide in den Garten, das heißt in
den Park. Dort binden wir uns Schürzen um, harken
die Wege und erneuern immer wieder die Heuhaufen,

alle vierzehn Tage, die alten Haufen werden abgefahren, und an deren Stelle kommen frisch gemähte oder schon zu Heu getrocknete Grashaufen, die wir nach einem vorher festgelegten Plan an dieselben Stellen schaffen müssen, wo die alten Haufen waren. Und dann harken wir die Pfade, doch meist tue ich das allein, denn Zdeněk, der hält sich ständig in den umliegenden kleinen Villen auf, bei irgendwelchen Ziehtöchtern, ich glaube, es sind seine Geliebten, vielleicht auch Ehefrauen, die hier in der Sommerwohnung wochüber alleine sind, oder irgendwessen Töchter, die sich auf irgendwelche Staatsexamen vorbereiten.

Ich harke also den Sand und sehe mir an, wie unser Hotel von hinten durch die Bäume oder von der freien Wiesenfläche her ausschaut, das Hotel, das am Tage wie ein Pensionat wirkt – immerzu habe ich die Vorstellung, daß aus der Haupttür Mädchen gelaufen kommen oder junge Männer mit Aktentaschen, vielleicht treten auch gleich junge Männer in Strickpullovern ins Freie, und Diener schleppen ihnen die Golfschläger nach, oder ein Industrieller erscheint, und ein Diener trägt Korbstühle und ein Tischchen nach draußen, und Dienstmägde legen Tischtücher auf, und Kinder eilen herbei und umschmeicheln den Papa, und dann kommt die Gnädige mit dem Sonnenschirm, streift gemächlich die Handschühchen ab und macht sich daran, den Kaffee einzuschenken, sobald alle Platz genommen haben... Doch den ganzen Tag über tritt niemand aus dieser Tür, auch geht niemand hinein, und trotzdem machen die Zimmermädchen jeden Tag zehn Zimmer sauber und beziehen die Betten und wischen Staub, und trotzdem gibt es in der Küche

Vorbereitungen wie für eine Hochzeit, so viele Speisen und so viele Gänge werden für ein großes Festmahl bereitet, wie ich es noch nie gesehen, geschweige denn davon gehört habe, und wenn, dann nur aus Adelskreisen und vom Erzählen des Oberkellners in unserem Hotel Goldenes Prag, der als Erste-Klasse-Kellner des Luxusdampfers Wilhelmine zur See gefahren war, welchselbiger aber untergegangen war, nachdem der Oberkellner die Abfahrt versäumt hatte und mit der schönen Schwedin, derentwegen er den Dampfer verpaßte, mit der Bahn durch ganz Spanien bis Gibraltar gereist war; der Dampfer war, wie gesagt, inzwischen gesunken, und der Bericht über die Festmähler der ersten Klasse auf dem Luxusdampfer Wilhelmine glich ungefähr dem, was wir hier in unserem abgelegenen Hotel Tichota servierten.

Wenn ich auch Grund hatte, zufrieden zu sein, erschrak ich doch oft. Ich hatte zum Beispiel einen Weg geharkt und mir einen Liegestuhl ganz hinten hinter die Bäume gestellt, doch kaum hatte ich mich hingelegt, zu den ziehenden Wolken hinaufgeschaut – hier schwammen dauernd Wolken vorbei – und war gerade eingeschlummert, da ertönte auch schon die Pfeife, als stünde unser Chef hinter mir, und ich mußte auf kürzestem Wege zu ihm hin, band mir im Galopp die Schürze ab, setzte über den Zaun, wie Zdeněk es tat, rannte geradewegs ins Restaurant und meldete mich beim Chef, der wie immer in seinem Rollstuhl saß und wie stets von etwas behindert wurde, von einer verrutschten Decke, die wir ihm zurechtrücken mußten, ja wir mußten ihm um den Bauch einen Gurt schnallen, wie ihn die Feuerwehrleute tragen, einen Gürtel

mit einem Karabinerhaken – die beiden Kinder von
Herrn Radimský, dem Müller, hatten so etwas umge-
habt, als sie am Mühlgraben spielten, während der
Bernhardiner auf dem Bollwerk lag, und immer wenn
Hary und Vintíř, so hießen die Kinder, am Grabenufer
spielten, kam der Bernhardiner und packte, noch ehe
sie ins Wasser fallen konnten, den Ring und trug Hary
oder Vintíř aus dem Bereich des gefährlichen Mühl-
grabens heraus –, und genauso schlossen auch wir den
Haken an und zogen den Chef mit einem Flaschenzug
nicht etwa bis zur Decke hinauf, nein, nur so hoch, daß
das Wägelchen drunterrollen konnte, und dort zeigten
wir dem Chef, wo was zu machen war, dann strichen
wir die Decke glatt oder packten eine neue oder noch
eine weitere dazu und ließen den Chef wieder in seinen
Rollstuhl herab; er wirkte so lächerlich, wenn er in der
Luft hing, sein ganzer Körper schwebte vornüberge-
neigt in der Luft, so daß die Pfeife, die ihm senkrecht
vom Halse herabhing, den Hängewinkel des Chefs anzeigte, und dann rollte er wieder im Saal umher und
durch die Kammern und Zimmer und ordnete die Blumen.
Unser Chef hatte eine große Vorliebe für weibliche
Arbeiten, alle Räume des Restaurants sahen aus wie
Wohnstuben oder Gemächer in einem kleinen Schloß,
überall waren Gardinen und Asparagustöpfe, jeden
Tag gab es hier frisch geschnittene Rosen und Tulpen
und alles, was die Jahreszeit gerade bot, und immer genügend geschnittenen Asparagus, und der Chef stellte
aus alldem herrliche Vasensträuße zusammen, lange
werkelte er daran herum, immer wieder fuhr er ein
Stück zurück, korrigierte, rollte wieder weg und

blickte nicht nur auf die Blumen zurück, sondern prüfte, wie das alles mit der Umgebung harmonierte, und jedesmal mußte er ein anderes Deckchen unter die Vasen tun. Und nachdem er den ganzen Vormittag mit der Verschönerung der Zimmer zugebracht hatte, machte er sich an die Gestaltung der Speisetische, und das waren in der Regel nur zwei, und gedeckt wurde höchstens für zwölf Personen, und während Zdeněk und ich schweigend alle Arten von Tellern und Gabeln und Messern auflegten, arrangierte der Chef voll stiller Begeisterung mitten auf den Tischen Blumensträuße und kontrollierte, ob es im Anrichteraum genügend frisch geschnittene und in Wasser bereitgelegte Asparaguszweiglein und Blüten gab, mit denen wir im letzten Augenblick die Tischdecken schmückten, kurz bevor die Gäste Platz nahmen...

Nachdem er so das Restaurantmilieu, wie er immer sagte, beseitigt und seinem Hotel den Reiz eines Biedermeierhaushalts verliehen hatte, rollte er in seinem Wägelchen zur Tür, durch die unsere Gäste eintreten sollten, und hielt eine Weile davor, den Rücken der Halle und den Zimmern, das Gesicht der Tür zugewandt. So konzentrierte er sich einen Augenblick und wendete dann jäh den Rollstuhl und kam zurück, er hatte dann ein Gesicht wie ein Fremder, als wäre er ein Gast, der noch nie hiergewesen war, und sah sich erstaunt in der Halle um, fuhr dann von Zimmer zu Zimmer und musterte mit Kennerblick alle Einzelheiten, die Raffung der Gardinen, überall mußten wir Licht anmachen, sämtliche Glühlampen mußten an dem Abend brennen, wenn die Vorbereitungen abgeschlossen waren...

In diesem Augenblick war der Chef so schön, als habe er selber vergessen, daß er einhundertsechzig Kilogramm wog und deshalb nicht gehen konnte. Mit fremdem Blick rollte er umher, warf dann aber diese Augen fort und nahm sich wieder seine eigenen, rieb sich die Hände und pfiff wiederum irgendwie anders, und ich wußte schon, daß sogleich die beiden Köche herbeieilen würden, um bis in die kleinsten Einzelheiten Bericht zu erstatten, ob genügend Hummern und Austern bereit seien und wie die Füllungen à la Suvaroff geraten seien und wie es um die Salpikoni bestellt sei. Am dritten Tag nach meiner Ankunft fuhr unser Chef den Chefkoch über den Haufen, weil er festgestellt hatte, daß dieser eine Prise Kümmel auf das Kalbsmedaillon mit Champignons gegeben hatte...

Wir weckten den Hausknecht, einen Riesen, der den ganzen Tag über schlief und der alles aufaß, was von den nächtlichen Gastereien übriggeblieben war. Atemberaubende Portionsmengen, ganze Schüsseln voll Salat, alles, was selbst wir nicht zu verzehren vermochten, die Zimmermädchen nicht, das vertilgte der Hausknecht, alles, was in den Flaschen verblieben war, trank er aus, und er hatte eine unbändige Kraft, für die Nacht legte er dann eine grüne Schürze an und hackte Holz auf dem erleuchteten Hof, er tat nur eins: Holz hacken, mit melodischen Axthieben spaltete er, was er am Abend gesägt hatte, hackte die ganze Nacht über, doch ich bekam mit und hörte genau, daß er immer dann zu hacken begann, wenn jemand vorfuhr, und zu uns kamen nur Autos gefahren, Diplomatenautos, rudelweise Autos, immer nur spätabends oder in der Nacht, und der Hausknecht hackte das Holz, das duftete, und der Hausknecht wurde begafft und war von allen Fenstern aus zu sehen, so wie unser hellbeleuchteter Hof und das ringsum aufgeschichtete Holz, ein Kerl mit einer Axt, der einmal einen Dieb halbtot geschlagen und drei so verprügelt hatte, daß er sie selber auf einer Schubkarre zur Gendarmeriestation nach unten schaffen mußte, ein Hausknecht, der, wenn ein Auto einen kaputten Reifen hatte, die Vorder- oder Hinterachse anhob und sie so lange in den Händen hielt, bis das Rad gewechselt war, ein Hausknecht, dessen eigentliche Aufgabe aber in der dekorativen Holzhackerei auf dem hellerleuchteten Hof bestand, damit er von unseren Gästen gesehen wurde, so wie der Elbefall, der sich auffüllt und darauf wartet, daß der Reiseführer mit den Gästen kommt, worauf auf ein Zeichen eine Schütze oben gehoben wird und die Zuschauer sich an dem Wasserfall ergötzen.

So war es mit unserem Hausknecht, doch ich möchte das Porträt unseres Chefs vollenden. Wenn ich beispielsweise im Garten an einem Baum lehnte und Geldscheine zählte, da erscholl ein Pfiff, so als wäre unser Chef ein allwissender Gott, und setzten Zdeněk und ich uns mal, wenn uns niemand sehen konnte, in einen Heuhaufen oder legten uns hin, ertönte sogleich der Pfiff, das war nur eine Art Warnung, der eine Pfiff, damit wir weiterarbeiteten und nicht faulenzten, deshalb hatten wir stets eine Harke oder Hacke oder Heugabel neben uns liegen, und wenn wir uns hinlegten und der Pfiff ertönte, erhoben wir uns rasch und hackten und harkten, trugen mit der Gabel das gelockerte Heu zusammen, und war es dann wieder still und wir hatten die Gabeln hingeworfen, kam schon wieder dieser Pfiff, und so blieben wir liegen und harkten im Liegen und hantierten ein bißchen mit den Heugabeln, als hingen diese Geräte an unsichtbaren Fäden.

Zdeněk erzählte mir, daß der Chef, wenn es kalt sei, sich wie ein Fischlein im Wasser fühle, schlimm sei es, wenn die Hitze komme, dann zerfließe er geradezu, dann könne er nicht so herumfahren, wie er wolle, und müsse sich dauernd in einem Zimmer mit niedriger Temperatur aufhalten, wie in einem Eisschrank... Doch er wisse immer über alles Bescheid, sehe alles, sogar das, was er nicht sehen könne, als hätte er auf jedem Baum, in jedem Winkel, hinter jeder Gardine, auf jedem Zweig einen Spitzel sitzen... »Das ist angeboren«, sagte Zdeněk zu mir und rekelte sich im Liegestuhl. »Sein Alter hatte eine Gastwirtschaft irgendwo am Riesengebirge, der hatte auch hundertsechzig Kilo, und wenn die Wärme kam, dann mußte er in den Keller umziehen, dort hatte er sein Bett, und so schenkte er Bier und Schnaps aus, um nicht zu zerfließen, sonst wäre er in der Sommerhitze zerschmolzen wie Butter, verstehst du?«

Damit erhoben wir uns und gingen aufs Geratewohl einen Pfad hinunter, auf dem ich noch nie gegangen war. Wir dachten daran, wie der Papa unseres Chefs in seiner Dorfwirtschaft zum Sommer gutmütig in den Keller umzog, damit es ihm nicht wie der Butter erging, wie er dort Bier zapfte, wie er dort schlief, plötzlich führte der Pfad zwischen drei Silberföhren hindurch, und ich blieb stehen, fast erschrak ich. Zdeněk erschrak noch heftiger und packte mich am Ärmel und stammelte: »Na so was...« Vor uns stand ein winziges

75

Häuschen, ein Pfefferkuchenhaus wie auf einer Theaterbühne, wir traten nahe heran, eine kleine Bank stand davor, und das Fensterchen war so klein wie das Kammerfenster einer Bauernkate. Die Tür mit der Klinke schien in den Keller zu führen, hätten wir dort eintreten wollen, dann hätte sogar ich mich bücken müssen, doch die Tür war geschlossen, also blieben wir stehen und guckten durch das Fensterchen. Fünf Minuten lang guckten wir hinein und sahen uns dann an und kriegten es fast schon mit der Angst, eine Gänsehaut überlief meine Arme, hier, in diesem Häuschen, war alles ganz genau so wie in den Zimmern unseres Hotels, alles gleich: das winzige Tischchen, die Stühlchen, alles wie für Kinder, sogar die gleichen Gardinen waren da, sogar der gleiche Blumenständer, und auf jedem Stühlchen saß ein Püppchen oder ein Teddybär, an den Wänden waren zwei Kleiderhaken, und daran hing, wie in einem Laden, allerlei Kinderspielzeug, eine ganze Wand voller Spielzeug, Trommeln und Springseile, so sorgsam aufgereiht, als habe jemand das alles allein für uns aufgebaut, um uns zu erschrecken oder zu rühren. Ein ganzes Häuschen mit hunderterlei Kinderspielzeug...

Auf einmal ertönte ein Pfiff, nein, kein Warnpfiff, der uns zur Arbeit anhielt, damit wir nicht faulenzten, sondern ein Pfiff für den Notfall, mit dem uns der Chef immer zusammenrief, und schon stürmten wir los und rannten quer über die Wiese und sprangen, taunaß von dem Abstecher, hintereinander über den Zaun.

So war jeder Abend im Hotel Tichota erwartungsschwanger bis zum Bersten. Niemand kam, kein Auto

fuhr vor, und dennoch stand das ganze Hotel bereit
wie ein Orchestrion, jemand braucht nur eine Krone
einzuwerfen, und schon beginnt es zu spielen; wie eine
Kapelle war das Hotel, der Dirigent hebt den Taktstock, alle Musiker sind auf dem Sprung und konzen-
triert, doch der Taktstock gibt den Takt immer noch
nicht an... Auch durften wir uns weder hinsetzen
noch aufstützen, entweder hatten wir etwas zu ordnen
oder uns im Stehen leicht an das Abstelltischchen zu
lehnen, selbst der Hausknecht auf dem erleuchteten
Hof stand gebückt vor dem Hauklotz und hielt ein
Beil in der einen und ein Scheit in der anderen Hand
und wartete gleichfalls auf ein Zeichen, damit sein Beil
melodisch loslegen konnte und sich das ganze Hotel
in Bewegung setzte wie eine Schießbude, deren Federn
aufgezogen sind, ohne daß einer kommt, doch wenn
die Gäste da sind, laden sie die Luftbüchsen mit Schrot
und treffen die Scheiben, jedes dieser Bilder, aus Blech
ausgeschnitten und bemalt und mit Stiften verbunden,
und die Mechanik beginnt zu arbeiten, heute und morgen, ebenso wie gestern, aber nur, wenn man ins
Schwarze trifft.
Ich fühlte mich dabei auch an das Märchen von Dornröschen erinnert, wo alle in der Situation erstarrten, da
sie der Fluch ereilte, und wo durch die Berührung des
Zauberstabes alle Bewegungen fortgeführt wurden, als
wäre nichts geschehen. So war zum Beispiel plötzlich
in der Ferne ein Auto zu hören, und der Chef, im Rollstuhl am Fenster sitzend, gab mit dem Taschentuch ein
Zeichen, und Zdeněk warf eine Münze in den Musik-
automaten, und der begann »Harlekins Millionen« zu
schmettern. Das Ariston oder Orchestrion war mit

77

Federbetten und Filzwänden ausgepolstert, es klang, als spiele es irgendwo in einem anderen Haus, und der Hausknecht schlug mit der Axt zu und sah müde aus, gebeugt, als hacke er schon seit Mittag Holz, und ich warf mir eine Serviette über den Ärmel und war gespannt, wer wohl unser erster Gast sein würde.

Herein trat ein General im Uniformmantel mit rotem Futter, der seine Uniform bestimmt bei derselben Firma hatte nähen lassen wie ich meinen Frack, doch der General war irgendwie traurig; ihm folgte sein Chauffeur, der trug den goldenen Säbel, legte ihn auf ein Tischchen und entfernte sich wieder. Der General stolzierte durch die Zimmerchen, besah sich alles und rieb sich die Hände, dann spreizte er die Beine, legte die Hände auf den Rücken und schaute auf den Hof und auf unseren Hausknecht, der drunten Holz hackte, während Zdeněk mit einem silbernen Sektkübel erschien und ich die Austern und Schüsseln mit Krevetten und Hummern auf den Eßtisch stellte, und als der General sich setzte, entkorkte Zdeněk den Champagner, einen Henkell Trocken, füllte die Gläser, und der General sagte: »Sie sind meine Gäste«, und Zdeněk verbeugte sich und holte zwei Gläser und schenkte ein. Der General erhob sich, schlug die Hakken zusammen und rief: »Prosit!« und trank, doch er schlürfte nur. Während wir unsere Gläser bis zur Neige leerten, verzog der General das Gesicht, schüttelte sich und prustete den Sekt angewidert aus. »Pfui Teufel, so was kann ich nicht trinken!« Dann tat er sich eine Auster aufs Tellerchen, legte den Kopf zurück und schlürfte mit gierigem Mund das zarte, zitronebeträufelte Weichtierfleisch, und wieder schien er mit

Genuß zu essen, doch er schüttelte sich und schnaubte vor Ekel, so daß ihm die Tränen herunterliefen. Er kam zurück, leerte sein Champagnerglas und schrie, nachdem er es ausgetrunken hatte: »Aaaaah, so was kann ich aber überhaupt nicht trinken!«, spazierte von Zimmer zu Zimmer und langte sich, wenn er wiederkam, jedesmal von den bereitgestellten Platten ein Stückchen Krevette, nahm sich hier ein Salatblatt, da etwas von den Salpikoni, und jedesmal erschrak ich, denn der General brüllte dabei angeekelt und prustete: »Pfui Teufel, das ist ja ungenießbar«, und wieder kam er zurück und hielt uns das Glas hin und ließ sich einschenken, dann fragte er Zdeněk, und Zdeněk verneigte sich und sprach von Veuve Cliquot und vom Champagner überhaupt, er jedoch halte den für den besten, den er angeboten habe, Henkell Trocken, und der General nahm angeregt einen Schluck, prustete ihn aber aus, leerte dann das Glas und ging wieder hin, um auf den Hof zu schauen.

Alles lag im Dunkeln, bis auf den angestrahlten Hausknecht bei der Arbeit drunten im Hof, bis auf die über und über mit Kiefernkloben beschichteten erhellten Wände. Lautlos rollte der Chef herbei, er kam nur, verbeugte sich und fuhr wieder weg. Der General geriet allmählich in gute Laune, als sei all sein Widerwille gegen Speis und Trank gebrochen, als sei sein Appetit gestärkt worden. Dann ging er zum Weinbrand über und leerte ein ganzes Fläschchen Armagnac, und nach jedem Glas verzog er das Gesicht und wetterte fürchterlich und schnaubte abwechselnd auf tschechisch und auf deutsch: »Dieser Schnaps ist nicht zu trinken!«

Nicht anders war es bei den französischen Spezialitäten, nach jedem Bissen schien sich der General übergeben zu müssen, er schwor, keinen Bissen mehr zu essen, keinen Schluck mehr zu trinken, er herrschte den Ober und auch mich an: »Was gebt ihr mir da? Ihr wollt mich wohl vergiften, ihr wollt, daß ich sterbe, ihr Halunken«, doch dabei leerte er eine weitere Flasche Armagnac, und Zdeněk hielt ihm einen Vortrag, warum der beste Kognak Armagnac heiße und nicht einfach Kognak, das sei ein Brandy, denn den Kognak gäbe es nur in jener Landschaft, die Cognac heiße, so daß der bessere Kognak zwei Kilometer von der Grenze des Kognakbezirkes entfernt zu finden sei, der dürfe aber nicht mehr Kognak heißen, sondern werde Brandy genannt.

Um drei Uhr früh, als der General verkündete, er halte es nicht mehr aus, denn um zwei hätten wir ihm einen Apfel angeboten und damit umgebracht, bis drei hatte der General schon so viel gegessen und getrunken, daß eine fünfköpfige Gesellschaft davon satt geworden wäre, und trotzdem jammerte er immerfort, es bekomme ihm nicht, wahrscheinlich habe er Krebs, mindestens aber Magengeschwüre, seine Leber sei futsch, und bestimmt habe er Nierengrieß. So gegen drei Uhr früh fing er an, betrunken zu werden, er zog die Dienstpistole, schoß ein Glas vom Fensterbrett und zerschoß das Fenster, doch der Chef kam auf leisen Gummirädern herbei, lachte und gratulierte und äußerte den Wunsch, der General möge zu seinem, nämlich zu des Chefs Glück versuchen, die geschliffene Glasträne von dem venezianischen Lüster herabzuschießen, und sagte, er habe eine letzte große Leistung hier mit angesehen: Fürst Schwarzenberg habe ein Fünfkronenstück hochgeworfen und mit der Kugelbüchse getroffen, kurz bevor es auf den Tisch herabfiel...

Der Chef rollte hin, nahm den Zeigestock und wies auf das Loch über dem Kamin, das die von dem silbernen Fünfer abgefälschte Kugel geschlagen hatte. Der General hatte sich jedoch auf Schnapsgläser spezialisiert, er schoß, und keiner regte sich darüber auf, auch nicht, als er noch ein Fenster zerschoß und die Kugel über den gebückten Hausknecht hinwegpfiff, der ungerührt Holz hackte, sich nur mal aufs Ohr tippte und seine Arbeit fortsetzte... Dann ließ sich der General einen türkischen Kaffee bringen und legte wieder die Hand aufs Herz und behauptete, er dürfe diesen Kaffee keinesfalls trinken, aber dann trank er doch noch einen und erklärte, falls es eine gebackene Poularde gäbe, jetzt vor seinem Tode hätte er Appetit darauf...

Der Chef verneigte sich und pfiff. Im Nu war der Koch zur Stelle, frisch und weißbemützt, und hatte die ganze Bratpfanne mitgebracht, und als der General den Hahn sah, legte er das Gewand ab, knöpfte sich das Hemd auf und klagte bitterlich, er dürfe kein Hühnerfleisch essen, doch dann packte er den Hahn und riß ihn entzwei und aß und hörte nicht auf, über seinen Gesundheitszustand zu jammern, er dürfe sich nicht übernehmen, etwas so Scheußliches habe er noch nie gegessen, und Zdeněk sagte ihm, in Spanien reiche man zu Hühnern Champagner, hier habe er einen guten Gorduna, und der General nickte, und dann trank er und verzehrte das Huhn und schimpfte unablässig

und verzog bei jedem Bissen und Schluck das Gesicht, nein, diese Poularde sei nicht zu essen und auch der Champagner nicht zu trinken..., und um vier Uhr, nachdem er genug gejammert hatte, schien alles von ihm abzufallen. Er bat um die Rechnung, der Ober brachte sie ihm, er hatte bereits alles aufgeschrieben, reichte sie ihm in einer Serviette auf einem Tellerchen, mußte dem General aber vorlesen, was er verzehrt und vor allem, was er alles wirklich gehabt hatte, und Zdeněk sagte es ihm, Position um Position, der General lächelte und lächelte immer mehr und fing an zu lachen, er wieherte und freute sich, war völlig nüchtern und gesund, selbst sein Husten war wie weggeblasen, er hatte sich auch ganz gestrafft, fuhrwerkte eine Weile mit den Armen im Rock herum und gab, verschönt und die Augen voller Glanz, Anweisung, noch ein Päckchen für den Chauffeur zu machen. Er bezahlte dem Chef tausend Kronen – er rundete grundsätzlich auf tausend Kronen auf, anscheinend war das hier so Sitte –, und dann legte er noch tausend Kronen für die Schießerei und die zerschossene Decke und die Fenster drauf und fragte den Chef: »Genug?« Und der Chef nickte: Ja, genug. Und ich bekam dreihundert als Trinkgeld, und der General legte sich den rotgefütterten Mantel über die Schultern, nahm den goldenen Säbel, klemmte sich das Monokel ein und ging. Die Reitersporen klirrten hinter ihm her, und er schob beim Gehen den Säbel mit dem Schuh so geschickt beiseite, daß er nicht darüber stolperte und hinfiel...
Derselbe General kam tags darauf wieder, doch nicht mehr allein, sondern mit schönen Fräuleins und einem dicken Dichter, diesmal wurde nicht geschossen, dafür

stritten sie sich fürchterlich über die Literatur und über irgendwelche poetischen Richtungen, bis sie einander ins Gesicht geiferten, und ich glaubte schon, der General würde den Dichter niederschießen, doch sie beruhigten sich wieder und gerieten sich dafür über eine Schriftstellerin in die Haare, von der sie immerzu behaupteten, sie verwechsele Vagina und Tintenfaß, denn all und jeder tauchte seine Feder in ihre Tinte, und dann hechelten sie fast zwei Stunden lang einen Schriftsteller durch, wenn dieser Kerl, so erklärte der General, wenn der mit seinen Texten so umspringe, wie er das mit fremden Vaginen tue, dann wäre das für diesen Schriftsteller ebenso gut wie für die tschechische Literatur – doch der Dichter behauptete das Gegenteil, er sei wirklich ein Schriftsteller, von dem man sagen könne, gleich nach Gott habe zwar vorwiegend Shakespeare gewirkt, doch auf Shakespeare folge sogleich der Dichter, von dem sie sprachen, und es war herrlich, denn der Chef hatte, kaum daß sie eintrafen, nach der Musik schicken müssen, und die Musik spielte ihnen ununterbrochen auf, und die beiden und ihre Fräuleins tranken unmäßig, und der General schimpfte nicht nur auf jeden Schluck und jeden Bissen, sondern rauchte auch wie verrückt, und steckte er sich eine an, dann hustete er lange und guckte auf die Zigarette und schrie: »Was tun die da für einen Mist in die ägyptischen?« Und er paffte, daß die Kippe im Dämmerlicht aufglühte, und die Musik spielte, und man trank.

Auffällig an den beiden Gästen war auch, daß sie dauernd die Damen auf dem Schoß hatten, jeden Augenblick gingen sie nach oben aufs Zimmer und kamen nach einer Viertelstunde wieder und brüllten vor Lachen, nur der General, der beim Treppensteigen dem vorangehenden Fräulein immer die Hand zwischen die Schenkel schob, jammerte: »Ach nein, die Liebe taugt nichts mehr für mich, und außerdem, was sind denn das für Fräuleins?« Doch er ging weiter und kam auch nach einer Viertelstunde zurück, und ich sah, wie dankbar und verliebt das Fräulein war, denn es war ihr genauso ergangen wie gestern den beiden Armagnacs und den Sektflaschen Henkell Trocken und El Corduba, und schon unterhielten sie sich wieder über den Tod des Poetismus und über die neue Richtung des Surrealismus, der in seine zweite Phase eintrete, und über die engagierte Kunst und die reine Kunst, bis sie sich wieder anbrüllten, weil Mitternacht vorüber war und die Damen immer noch nicht genug Champagner und Essen bekommen hatten, als habe man immer nur das Essen in sie hineingefüllt und aus ihnen herausgenommen, einen so großen Hunger hatten sie...

Und dann sagten die Musiker, jetzt sei Schluß und sie müßten heimgehen, sie wollten nicht mehr spielen, und der Dichter langte sich eine Schere und trennte die goldenen Auszeichnungen vom Rock des Generals ab und warf sie den Musikanten hin, und die spielten wieder weiter, Zigeuner waren sie oder Magyaren, und wieder ging der General mit einem Fräulein aufs Zimmer, und wieder sagte er auf der Treppe, als Mann sei nichts mehr mit ihm los, und wieder kehrte er nach einer Viertelstunde zurück, und der Dichter löste ihn zusammen mit dem ersten Fräulein ab, und die Musiker streikten, sie wollten nach Hause, und da packte

der Dichter die Schere und trennte zwei weitere Orden
ab und warf sie den Musikanten aufs Tablett, und der
General nahm die Schere und trennte die restlichen
Orden ab und warf sie zu den anderen Ehrenzeichen
aufs Tablett, und das alles für die schönen Fräuleins.
Wir kommentierten dies als die größte Zügellosigkeit,
die wir je im Leben mit angesehen, Zdeněk flüsterte
mir zu, das seien die höchsten englischen und französischen und russischen Auszeichnungen aus dem Weltkrieg... Der General legte den Uniformrock ab und
begann zu tanzen, vorwurfsvoll sagte er zu seinem
Fräulein, sie solle sich dabei sehr langsam bewegen,
denn er sei lungen- und leberleidend, und er bat die Zigeuner, einen Csárdás zu spielen, und so legten die Zigeuner los, und der General ebenfalls, und nach einer
Weile, nachdem er genug gehustet und sich geräuspert
hatte, fing er wieder an zu tanzen, und das Fräulein
mußte zulegen, und der General löste nun die Hände
von ihr und hob einen Arm und fegte mit dem anderen
wie ein Hahn die Erde, er geriet in Schwung und
wurde irgendwie jünger, und das Fräulein kam nicht
mehr nach, doch der General ließ nicht locker und
tanzte und küßte dabei dem Fräulein auf den Hals, und
die Musiker umstanden die Tanzenden, und in ihren
Augen las man Bewunderung und Verständnis, man
sah ihren Augen an, daß der General für sie tanzte, und
so waren sie durch die Musik eins mit dem Soldaten,
steigerten oder verlangsamten das Tempo, je nach
Tanz und je nach den Kräften des Generals, der aber
immerzu um die Tänzerin herumscharwenzelte, die
hörbar schnaufte, und rote Flecken im Gesicht bekam.

Oben an der Balustrade stand der dicke Dichter mit dem Fräulein, mit dem er auf dem Zimmer gewesen war, er nahm das Mädchen auf den Arm, schon zeigten sich die ersten Sonnenstrahlen, und der Dichter trug das schöne Fräulein zu den Csárdás-Tänzern herunter und ging durch die offene Tür nach draußen und hielt der ersten Sonne das halbnackte, betrunkene Fräulein hin, dessen Bluse zerrissen war..., und gegen Morgen dann, als die Arbeiter mit den Morgenzügen schon zur Schicht unterwegs waren, fuhr das Generalsauto vor, ein langgestreckter offener Wagen, ein sechssitziger Hispano-Suiza, vorn eine Trennscheibe und hinten eine Polsterung aus Ziegenleder, und die Gesellschaft beglich die Rechnung, der Dichter bezahlte mit einem ganzen Buch, zehntausend Exemplare, wie Jódls Leben Jesu Christi, doch er bezahlte mit Herzenslust und sagte, das mache nichts, er werde sich gleich einen Vorschuß holen und nach Paris fahren und ein neues, noch schöneres Buch schreiben als dieses da, das sie soeben vertrunken hätten...

Sie verfrachteten den General in seinem weißen Hemd, er hatte die Ärmel aufgekrempelt, das Hemd geöffnet und schlief. Hinten saß er, neben seiner Dame, und vorn hockte der Dichter, der sich eine rote Rose ins Knopfloch gesteckt hatte, und vor ihm stand, den goldenen Säbel des Generals gezückt und die Ellenbogen auf die Frontscheibe gestützt, die schöne Tänzerin, sie hatte sich das offene Jackett des Generals, von dem die Auszeichnungen abgetrennt waren, übergeworfen, die Generalsmütze auf dem Wuschelkopf, und reckte ihre gewaltigen Brüste – Zdeněk sagte, sie sähe aus wie das Standbild der Marianne. So fuhr die Gesellschaft zum Bahnhof, und als die Arbeiter in die Züge stiegen, fuhr der Wagen des Generals am Bahnsteig vorbei in Richtung Prag, und das Mädchen mit den blanken Brüsten hatte den Säbel gezückt und rief: »Auf nach Prag!«

So kamen sie nach Prag. Es muß herrlich gewesen sein; wie man uns berichtete, sei der General mitsamt dem Dichter und den beiden Fräuleins den Graben und die Nationalstraße hinuntergefahren, wobei das Fräulein mit der zerrissenen Bluse, aus der beide Brüste hervorquollen, den Säbel schwenkte. Die Polizisten hätten salutiert, während der General mit herunterhängenden Armen hinten im Hispano-Suiza saß und schlief...

Hier, im Hotel Tichota, kam ich auch dahinter, daß die Behauptung, Arbeit adele, von keinem anderen erdacht worden war als von dem oder denen, die die ganze Nacht hindurch bei uns tranken und aßen und hübsche Fräuleins auf den Knien hatten, von diesen Reichen, die so glücklich sein konnten wie die kleinen Kinder, und ich glaubte schon, die reichen Leute seien verdammt oder so, und die einfachen Häuschen und Stübchen und das Sauerkraut und die Kartoffeln gäben den Leuten ein Gefühl von Glück und Seligkeit, und der Reichtum sei irgendwie verflucht... Auch das Geschwätz darüber, wie glücklich das Leben in den Hütten sei, auch das stammte ganz bestimmt von unseren Gästen, denen es gleich war, wieviel sie in einer Nacht verpraßten, die mit Banknoten nach allen Seiten um sich warfen und sich dabei wohl fühlten... Nie zuvor hatte ich so glückliche Männer gesehen wie diese reichen Industriellen und Fabrikanten. Wie gesagt, sie

konnten herumtollen und sich des Lebens freuen wie
die kleinen Bälger, sie trieben ihren Schabernack und
stellten sich gegenseitig ein Bein, soviel Zeit hatten sie
für alles... und bei all der Herumtollerei fragte einer
den anderen plötzlich, ob er nicht einen Waggon ungarischer Mastschweine brauche oder auch zwei davon
oder einen ganzen Zug. Und der andere wiederum, der
unserem Hausknecht beim Holzhacken zusah – diese
Reichen hatten nämlich ständig das Empfinden, dieser
Knecht sei der glücklichste Mensch der Welt, und deshalb schauten sie ihm so versonnen bei der Arbeit zu,
die sie priesen, doch niemals ausübten, und müßten sie
eine solche Arbeit tun, dann wären sie unglücklich,
und ihr Glück wäre dahin...
Der andere also fragte plötzlich zurück, ich hätte da in
Hamburg eine Schiffsladung Rinderhäute aus dem
Kongo, was meinst du, wäre damit was zu machen?
Darauf wiederum der andere, als handelte es sich nicht
um ein Schiff, sondern um eine einzige Kuhhaut: Wieviel Prozent springen für mich raus dabei? Und der erste sagte: fünf, und der zweite sagte: acht, das Risiko
dabei ist, daß Maden drin sind, die Neger salzen das
Zeug so schlecht, und da streckte der erste die Hand
aus und sagte: sie'm... Sie sahen sich eine Weile in die
Augen, drückten sich dann die Hände, kehrten zu den
Fräuleins zurück und legten ihre Hände den nackten
Weibern wieder auf die Brüste, wieder auf den gekräu-
selten Haarhügel am Bauch und küßten sie vollmun-
dig, als schlürften sie Austern oder als verzehrten sie
gesottene Schnecken, doch seit dem Augenblick, da sie
Güterzüge voller Schweine und ganze Schiffe voller
Häute gekauft oder verkauft hatten, von dem Au-

genblick an wirkten sie gewissermaßen doppelt verjüngt.

Einige unserer Gäste kauften oder verkauften hier ganze Straßenzüge von Mietshäusern, sogar eine Burg und zwei Schlösser wurden bei uns umgeschlagen und umgesetzt. Gekauft und verkauft wurde hier eine Fabrik, Generalvertreter vereinbarten die Lieferung von Briefumschlägen für ganz Europa, man vergab Kredite über eine halbe Milliarde Kronen nach irgendwo auf dem Balkan, verhökerte zwei Munitionszüge und lieferte die Ausrüstung für mehrere arabische Regimenter, alles auf die nämliche Art und Weise, bei Champagner, Damen und französischem Kognak und mit dem Blick aus dem Fenster, wo der von oben angestrahlte Hausknecht Holz hackte...

All dies regelten sie bei Spaziergängen durch die Mondnacht im Park, bei Fangen und bei Blindekuh, was gewöhnlich in den Heuhaufen endete, die unser Chef als Dekoration im Garten beließ, ebenso wie den holzhackenden Knecht... Später, im Frühlicht, kehrten sie dann zurück, Haare und Kleider voll Mist und trockener Grashalme, allesamt glücklich wie nach einem Theaterstück, und sie verteilten an die Musikanten und an mich Hundertkronenscheine, ganze Händevoll Hunderter, mit jenem bedeutungsvollen Blick, daß wir nichts gesehen und nichts gehört hätten, obwohl wir alles gesehen und alles gehört hatten, während der Chef sich in seinem Rollstuhl verbeugte, in dem er auf leisen Gummireifen von Zimmer zu Zimmer fuhr, damit alles jederzeit in Ordnung sei, auf daß wir jeden Wunsch erfüllten, denn unser Chef hatte alles im Kopf, auch wenn einer morgens Lust auf einen

Becher frischer Milch oder kalter Sahne verspürte... Selbst diese Dinge waren da, sogar zum Kotzen hatten wir auf den gekachelten Toiletten eine gewisse Vorrichtung, ein Speibecken für Solobenutzer, dazu ordentliche verchromte Haltegriffe, und ein kollektives Speibecken, ähnlich einem langen Pferdetrog, über dem eine Querstange angebracht war, so daß die Gäste nebeneinander standen, sich an der Rahe festhielten und, einander anfeuernd, gruppenweise kotzten.

Wenn ich mich selber übergeben mußte, dann schämte ich mich, mochte mich auch keiner dabei sehen, die reichen Leute aber kotzten, als gehöre dies zum Festmahl, zur Erziehung, und hatten sie sich ausgekotzt, so kehrten sie mit Tränen in den Augen zurück, um gleich darauf mit um so größerem Appetit zu essen und zu trinken, ganz wie die alten Slawen...

Der Oberkellner Zdeněk (er war ein echter Kellner, er hatte im Schwarzen Adler zu Prag gelernt, dort war ein alter Oberkellner gewesen, der ihn angelernt hatte und der persönlicher Kellner in einem Adelskasino gewesen war, das vom Erzherzog d'Este höchstselbst beehrt wurde), dieser Zdeněk also bediente gewissermaßen in einer schöpferischen Wolke, überhaupt zählte er sich zu den Gästen, er war immer deren Gast, immer hatte er auf jedem Tisch ein Glas stehen, an dem er nur nippte, doch immer stieß er mit allen auf die Gesundheit an, war immer auf Achse, schleppte Speisen, alles sozusagen im Schlaf, in einem Bewegungstaumel. Kam ihm einer in den Weg, dann gab das jedesmal einen furchtbaren Zusammenstoß, er hatte fließende und elegante Körperbewegungen bei allem, was er tat, und nie setzte er sich hin, immer stand er nur, und immer wußte er, wer gerade welchen Wunsch hatte, und servierte schon im voraus, worauf der Gast gerade Appetit hatte.

Mit Zdeněk habe ich mal einen draufgemacht. Zdeněk hatte eine sozusagen gräfliche Art an sich, fast alles zu vertun, was er verdient hatte, woanders ließ er sich genauso auffahren wie unsere Gäste bei ihm, und immer blieb ihm noch so viel Geld übrig, daß er, wenn wir in der Frühe mit dem Taxi heimkamen, den Wirt der ödesten aller Dorfkneipen aufweckte und ihm befahl, die Dorfpfeifer, die Musikanten zu wecken, damit diese ihm aufspielten, und dann ging Zdeněk von Haus zu Haus und weckte die Schläfer auf, damit sie mitkamen und auf seine Gesundheit tranken, alle mußten sie in die Wirtschaft kommen, und dann spielte dort die Musik, und es wurde bis zum Morgengrauen getanzt, bis zum Tagesanbruch, und als alles leergetrunken war, was der Wirt in Flaschen und Fässern am Lager hatte, weckte Zdeněk den Inhaber des Kolonial- und Schnittwarenladens auf, kaufte körbeweise Flaschen und beschenkte alle alten Weiblein und Großväter und bezahlte nicht nur, was in der Gastwirtschaft getrunken worden war, sondern auch die ganzen Rosolios, und er verteilte alles und lachte und war erst dann selig, wenn er alles Geld ausgegeben hatte.

Und dann genoß er es, wenn er sich abtastete und sich zwanzig Heller lieh, um sich Streichhölzer kaufen zu können, und dann steckte er sich eine Zigarette an, derselbe Zdeněk, der sich so gern mit einem zusammengerollten Zehnkronenschein Feuer aus dem Ofen in der Kneipe nahm und sich damit die Zigarre anzündete... Dann fuhren wir davon, die Musik spielte noch hinter uns her, und blieb noch Zeit und Geld, so kaufte Zdeněk alle Blumen in der Gärtnerei auf und warf mit Nelken, Rosen und Chrysanthemen um sich, und die Musik geleitete uns bis vors Dorf, und das blumenbekränzte Automobil brachte uns zurück ins Hotel Tichota, denn an diesem Tag hatten wir frei, das heißt in dieser Nacht.

Eines Tages wurde uns ein Gast angekündigt, und der Chef hatte alle Hände voll zu tun. Zehnmal, zwanzigmal fuhr er in seinem Rollstuhl durchs Haus, und noch immer war nicht alles so, wie er es wünschte. Der Besuch von drei Personen war angemeldet worden, doch es erschienen nur zwei, obwohl für drei gedeckt war, überhaupt mußten wir die ganze Nacht über auch für die dritte Person servieren, als solle sie im nächsten Moment eintreffen, als wäre ein Unsichtbarer bei uns zu Gast, der hier im Hotel saß, umherging, im Garten spazierte, in der Schaukel schaukelte und so weiter... Zunächst fuhr eine prachtvolle Karosse mit einer Dame vor, mit der der Chauffeur französisch sprach, und Zdeněk auch... dann kam ein weiteres Nobelauto, gegen neun Uhr abends, und ihm entstieg der Präsident, den ich sofort erkannte und den der Chef mit »Exzellenz« anredete...

Der Präsident speiste zu Abend mit der schönen Französin, die mit dem Flugzeug nach Prag gekommen war, und der Herr Präsident schien völlig verändert, irgendwie verjüngt, er lachte, war gesprächig, trank Champagner und dann Kognak, und kaum war er in heiterer Stimmung, da nahmen beide in einem Zimmerchen mit Biedermeiermöbeln und Blumen Platz, und der Herr Präsident bat die Schöne an seine Seite und küßte ihr die Hände, dann küßte er sie auf die Schulter, ihre Arme waren bloß, solch eine Robe trug das schöne Frauenzimmer, und sie unterhielten sich über Literatur und begannen unvermittelt zu lachen, der Herr Präsident tuschelte der Frau etwas ins Öhrchen, und sie kreischte vor Lachen, und der Herr Präsident lachte ebenfalls so laut und schlug sich dabei auf die Knie und schenkte mit eigener Hand vom Champagner nach, und wieder prosteten sie sich zu, sie hatten die Gläser an den Stielen gefaßt und stießen fröhlich an und sahen sich in die Augen, dann tranken sie genüßlich, und die Dame drückte den Herrn Präsidenten in den Sessel zurück und küßte ihn, es war ein ganz langer Kuß, und der Herr Präsident schloß die Augen, und sie streichelte ihm die Hüften und er ihr auch, ich sah seinen Brillantring auf den Oberschenkeln der schönen Dame glitzern, und dann, als sei er plötzlich aus dem Schlaf erwacht, beugte er sich wieder über sie und sah ihr in die Augen und küßte sie von neuem. Für eine Weile erstarrten beide in der Umarmung, und als sie wieder zu sich kamen, atmete der Präsident tief aus, seufzte süß, und auch die Dame seufzte, wobei die Haarsträhne wippte, die ihr in die Stirn gefallen war, und sie richteten sich auf, hielten sich an den Händen wie Kinder, die Ringelreihen tanzen wollen, und liefen plötzlich, sich an der Hand haltend, zur Tür und nach draußen.

Ohne einander loszulassen, hüpften und hopsten sie die Pfade entlang, von wo ein helles Lachen und das fröhliche Gewieher des Herrn Präsidenten ertönten, und ich war, wenn ich an das Bild des Herrn Präsidenten auf den Briefmarken und in den öffentlichen Räumen dachte, etwas verwirrt, bisher hatte ich immer geglaubt, der Herr Präsident tue solche Sachen nicht, so etwas gehöre sich nicht für einen Herrn Präsidenten, und dennoch: Er war so wie die anderen reichen Leute auch, wie ich, wie Zdeněk. Jetzt lief er durch den mondscheinüberfluteten Garten, auch heute nachmittag hatten wir kleine Haufen getrockneten Heus herbeigeschafft, und ich sah, wie sich das weiße Kleid der Schönen und das weißgestärkte Frackchemisett des Herrn Präsidenten und seine weißen Manschetten wie feinstes Porzellangeschirr in der Nacht abzeichneten und hin und her eilten, von einem Heuhaufen zum anderen, wie der Herr Präsident die weiße Robe überholte und wie er sie auffing und ein wenig hochhob; ich sah, wie seine Manschetten das weiße Kleid hochhoben, wie er sie trug, wie er sie zu sich umdrehte, wie die Manschetten die weiße Robe unterfaßten, als habe er sie soeben aus dem Fluß gefischt oder als trüge eine Mame ihr Kind im weißen Hemdchen ins Bettchen. Genauso trug der Herr Präsident sie in die Tiefe unseres Gartens, zu den hundertjährigen Bäumen, kam dann wieder zum Vorschein und legte sie in einen Heuhaufen.

Das Kleid aber entglitt ihm und lief weiter, der Herr Präsident hinterdrein, und so fielen alle beide in einen Heuhaufen, doch wieder raffte sich die weiße Robe auf und floh weiter, bis sie auf einen Heuhaufen fiel und der Präsident auf sie drauf. Ich sah seine Manschetten, und dann sah ich, wie sich die Robe verkleinerte, wie die weißen Manschetten die Robe rafften und umstülpten, so wie wir Mohnblüten umstülpten, und dann war es still im Garten des Hotels Tichota…

Ich verzichtete auf das Schauspiel, wie auch der Chef darauf verzichtete, und ließ die Vorhänge herab. Zdeněk guckte zu Boden, auch das Zimmermädchen, das in seinem schwarzen Kleidchen auf der Treppe stand und von dem nur das weiße Schürzchen zu sehen war und die Schleife, wie ein weißes Diadem, in ihrem dichten schwarzen Haar, guckte zur Erde. Keiner von uns sah hin, doch alle waren wir erregt, als seien wir es, die da auf dem zerwalzten und zerzausten Heuhaufen bei der schönen Dame liegen, die wegen dieser Szene im Heu extra mit dem Aeroplan aus Paris herbeigeflogen war, so als sei dies alles uns widerfahren, vor allem aber, weil wir als einzige bei diesem Liebesfest zugegen waren, weil uns dies vom Schicksal vergönnt war, das uns aber nicht mehr abverlangte als einem Priester das Beichtgeheimnis.

Nach Mitternacht hieß der Chef mich mit einer Kristallkaraffe voll gekühlter Sahne, mit einem Laib frischen Brotes und mit einem mit Weinlaub umwickelten Stück Butter zu dem Kinderhäuschen gehen. Ich hielt das Körbchen in der Hand und schritt schlotternd an den Heuhaufen vorüber, die ganz zerwühlt waren. Ein Haufen war ein regelrechtes Bett. Ich beugte mich nieder, konnte nicht widerstehen, nahm eine Handvoll Heu und schnupperte daran, dann folgte ich dem Pfad zu den drei Silberföhren und erblickte bereits das erleuchtete Fensterchen, und als ich näher trat, sah ich in dem Kinderhäuschen, wo die Trommeln und Hüpfseile und die Teddys und Puppen hingen, den Herrn Präsidenten im weißen Hemd auf einem klitzekleinen Stühlchen sitzen, ihm gegenüber auf einem ebenso winzigen Stühlchen die Französin,

und so saßen die beiden Liebenden einander gegenüber und schauten sich in die Augen, die Hände auf
das Tischchen gelegt, und eine Kerze in einer einfachen Laterne erhellte das Häuschen...
Der Herr Präsident erhob sich und verdeckte mit seinem Körper das Fensterchen, er mußte sich bücken,
um vor das Häuschen zu treten, und ich reichte ihm
das Körbchen, so groß war unser Herr Präsident, er
mußte gebückt gehen, während ich dastand, immer
noch so klein wie früher, und ihm das Körbchen
reichte. Und er sagte zu mir: »Ich danke dir, mein
Junge, danke...«, und erneut wich sein weißes Hemd
zurück, die weiße Fliege war gelöst, und ich trat mir
auf die Frackschöße, als ich zurückging... Und dann
dämmerte es. Als die Sonne aufging, kam der Herr
Präsident mit der Dame aus dem Häuschen, sie nur im
Hemdhöschen. Sie schleppte das zerknautschte Kleid
hinter sich her, und der Herr Präsident trug die Laterne, in der die Kerze brannte, doch diese war nur ein
Punkt im Vergleich zur Sonne, die aufgegangen war...
und dann beugte der Herr Präsident sich nieder und
packte den Ärmel des Fracks und schleifte den Rock
hinter sich her, den mit Mist und Halmen und Heu be-
klebten Rock. So gingen sie verträumt nebeneinander
und lächelten selig...
Ich blickte sie an und spürte auf einmal, daß es nicht
einfach war, ein Kellner zu sein, es gibt eben Kellner
und Kellner, doch ich bin einer, der diskret den Präsidenten bedient hat, und das Gefühl muß ich innerlich
bewahren, genauso wie Zdeněk, berühmter Kellner
sein Leben lang, davon zehrt, daß er den Erzherzog
Ferdinand d'Este im Adelskasino bedient hatte...

Und dann reiste der Herr Präsident mit dem einen Auto und die Dame mit dem anderen Auto ab, aber mit dem dritten fuhr niemand – es war für den unsichtbaren dritten Gast bestimmt, dem wir ein Gedeck aufgelegt hatten, für den auch der Chef die Speisen und das Zimmer, in dem er nicht geschlafen hatte, in Rechnung stellte.

Als die Julihitze hereinbrach, fuhr der Chef nicht mehr von Stübchen zu Stube bis in den Speisesaal, er blieb in seinem Zimmer wie in einer Art Eisschrank, wo die Temperatur nicht höher als zwanzig Grad sein durfte, doch obwohl er sich nicht zeigte, obwohl er nicht im Park auf den Wegen umherfuhr, sah er uns trotzdem und war der allgewaltige Chef. Er bediente mit der Pfeife und erteilte mit ihr Befehle und Anweisungen, und mir wollte es scheinen, als sage er mit der Trillerpfeife mehr als mit Worten. Zu jener Zeit hatten wir vier Ausländer zu Gast, aus Bolivien gebürtig, und die hatten ein geheimnisvolles Köfferchen mitgebracht, das sie wie ihren Augapfel hüteten und mit dem sie sogar zu Bett gingen. Sie alle trugen schwarze Sachen, schwarze Hüte, sie hatten schwarze Hängebärte und trugen sogar schwarze Handschuhe, auch der Koffer, den sie so hüteten, war schwarz und glich genau wie sie selbst einem kleinen Sarg. Dahin waren die ausgelassenen Feiern und Prassereien unserer nächtlichen Gesellschaften! Allerdings hatten sie sehr üppig bezahlen müssen, damit der Chef sie überhaupt aufnahm.

Es war seine Spezialität, die Spezialität dieses Hauses überhaupt, daß jeder, der sich bei uns einlogierte, für eine Knoblauch- und Wassersuppe und für Kartoffelpuffer und ein Glas Sauermilch ebensoviel bezahlte, als hätte er Austern und Hummer gespeist und diese mit Henkell Trocken heruntergespült. Genauso verhielt es sich auch bei Übernachtungen. Wer bis zum Morgen auf einem Sofa gedruselt hatte, mußte ein ganzes Appartement bezahlen, und dieses gereichte unserem Haus, dem Hotel Tichota, zur Zierde...

Ich war regelrecht gespannt, was sie da wohl in ihrem Koffer hatten, bis eines Tages der Vorsteher dieser schwarzen Gesellschaft zurückkam, ein Jude war es, der Herr Salamon, ich hatte von Zdeněk erfahren, daß dieser Herr Salamon Kontakte mit Prag, mit dem Erzbischof persönlich unterhielt und diesen auf diplomatischem Wege ersuchte, eine goldene Statue des Bambino di Praga, des Prager Jesuleins, zu weihen, das in Südamerika unheimlich populär sei, so populär, daß Millionen von Indios das Jesulein an einem Halskettchen trügen, daß dort die hübsche Legende umgehe, Prag sei die schönste Stadt der Welt und das Jesulein sei hier zur Schule gegangen, und deshalb lag den Herren daran, daß der Prager Erzbischof höchstselbst das Prager Jesulein segnete, das sechs Kilogramm wiege und aus purem Gold sei.

Von diesem Augenblick an beschäftigte uns nichts anderes mehr als die feierliche Weihe. So einfach war die Sache aber nicht, denn anderntags kam die Prager Polizei angefahren, und der Abteilungsleiter überbrachte persönlich den Bolivianern die Mitteilung, daß die Prager Unterwelt bereits von dem Jesulein erfahren habe, es sei sogar eine Gruppe aus Polen eingetroffen, die das Bambino stehlen wolle. Und so beriet man und hielt es schließlich für das beste, das echte Jesulein bis zum letzten Augenblick zu verstecken und auf Kosten der Republik Bolivien noch ein zweites Jesulein, nur aus vergoldetem Gußeisen, anzufertigen und dieses vergoldete Jesulein bis zum Schluß mit sich herumzutragen, denn falls ein Raub verübt werde, dann sollte man lieber den falschen Jesusknaben erwischen als den echten. Gleich am nächsten Tag schaffte man ein ebenso schwarzes Köfferchen herbei, und als man es aufmachte, bot sich ein so schöner Anblick, daß sogar der Chef herbeikam, sein gekühltes Zimmer verließ, um sich vor dem Jesulein zu verneigen.

Herr Salamon verhandelte erneut mit dem erzbischöflichen Konsistorium, doch der Erzbischof wollte das Bambino nicht segnen, weil sich das einzige Bambino in Prag befand und weil es sonst zwei Bambini gäbe. Das alles erfuhr ich von Zdeněk, der Spanisch und Deutsch konnte; er selber war sehr aufgeregt, zum erstenmal sah ich, daß Zdeněk aus der Ruhe gebracht worden war, erst am dritten Tag kam Herr Salamon zurück, er stand aufrecht im Auto, und schon als er am Bahnhof vorüberfuhr, konnte man sehen, daß er gute Nachrichten brachte, er lachte und wedelte mit den Händen, sogleich setzten sich alle zusammen. Herr Salamon erstattete Bericht, man habe ihm den Wink gegeben, daß sich der Erzbischof gern fotografieren lasse, und er habe deshalb vorgeschlagen, die ganze Zeremonie für das Gaumont-Journal zu filmen und auf der ganzen Welt vorzuführen, überall dort, wo es ein Kino gäbe, würde nicht nur der Erzbischof sein, sondern auch das Jesulein und der St. Veitsdom, wodurch die Kirche, wie Herr Salamon richtig vorgeschlagen hatte, an Popularität gewinne.

Als der Tag der feierlichen Weihe herannahte, berat-
schlagten sie die ganze Nacht, und so ergab es sich, daß
ich und Zdeněk von der Polizei den Auftrag erhielten,
das echte Jesulein zu transportieren, während die Bolivianer zusammen mit dem Polizeipräsidenten, alle im
Frack, in drei andern Autos sitzen und die Imitation
des Bambino di Praga mitführen sollten; ich und Zdeněk und drei Detektive, die als Industrielle verkleidet
wären, sollten in aller Stille hinterherfahren.
Es wurde eine fröhliche Fahrt. Ich hielt, wie es sich der
Leiter der bolivianischen Katholikengruppe ausbe-
dungen hatte, das echte Jesulein auf dem Schoß, und
so fuhren wir vom Hotel Tichota ab; die Detektive,
das waren lustige Herren; als der Schatz und die Krö-
nungskleinodien geöffnet und der Öffentlichkeit zu-
gänglich gemacht worden waren, hatten sie sich, als
Diakone verkleidet, am Seitenaltar aufgehalten und
zum Schein gebetet, doch dabei trugen sie wie Al Ca-
pone ihre Revolver in einem Halfter über der Brust,
und in den Pausen hatten sie sich, als Prälaten verkleidet, zweimal neben den Kleinodien fotografieren lassen. Sie lachten noch immer, wenn sie sich daran
erinnerten, und so mußte ich ihnen während der Fahrt
das Bambino di Praga zeigen, und schließlich überre-
deten sie mich, anzuhalten und hinter einem Zaun von
Zdeněk ein Gruppenfoto mit dem Bambino di Praga
machen zu lassen, mit dem Fotoapparat der Geheimen, die als Industrielle verkleidet waren.
Bevor wir am Ziel waren, erzählten sie, wenn eine
staatliche Beisetzung sei, dann hätten sie beim Erscheinen der Regierung dafür zu sorgen, daß kein Unberu-
fener erscheine und eine Bombe zwischen die Kränze

lege, dafür hätten sie einen Spieß, mit dem sie vorher das ganze Grünzeug und den Blumenpomp durchstocherten, wobei sie sich fotografieren ließen, und sie zeigten uns Fotos, auf denen sie sich um einen Katafalk gruppiert hatten, kniend und auf den Spieß gestützt, mit dem sie prüften, ob in den Kränzen eine Bombe, geschweige denn ein Bömbchen steckte. Und heute, na ja, da seien sie zur Abwechslung mal Industrielle im Frack, sie müßten sich hinknien und auf den Knien um den Weiheakt herumrutschen, um von drei Seiten her aufzupassen, ob nicht etwas mit dem Bambini di Praga geschähe.

So fuhren wir durch Prag, und als wir auf der Burg ankamen, erwarteten uns die Bolivianer, und Herr Salamon übernahm das Köfferchen und trug es durch den Dom, und der Dom erstrahlte in hellem Glanz wie auf einer Hochzeit. Die Orgel dröhnte, und die Prälaten mit ihren Insignien beugten das Haupt, während Herr Salamon das Jesulein hereintrug; die Kamera surrte und nahm alles auf, und dann folgte die Zeremonie, die eigentlich eine feierliche Messe war. Den frömmsten Kniefall tat Herr Salamon, und wir näherten uns dann langsam auf Knien dem Altar, alles erschauerte angesichts der Blumen und Vergoldungen, und der Chor sang die heilige Messe, und auf deren Höhepunkt wurde, als der Kameramann ein Zeichen gab, das Bambino di Praga geweiht und wurde somit zur Devotionalie, der, da vom Erzbischof geweiht, eine überirdische Kraft entströmte und die nun die Gnade der Weihe in sich trug. Als die Messe vorüber und der Erzbischof in die Sakristei gegangen war, folgte Herr Salamon ihm in Begleitung des Kapitularvikars, und als er zurückkehrte, steckte er die Brieftasche in den Rock zurück, bestimmt hatte er im Namen der bolivianischen Regierung einen fetten Scheck für die Reparatur der Kirche gespendet, vielleicht gab es auch so etwas wie eine Segnungstaxe. Danach sah ich den Herrn Botschafter der Republik Bolivien das Bambino di Praga durch den Dom tragen, wieder von Orgel und Chor begleitet, und wieder kam das Auto, und das Bambino di Praga wurde hineingelegt, doch wir hatten nichts mehr zu transportieren, denn alle, der Botschafter eingeschlossen, die ganze Suite, alle fuhren zum Hotel Steiner, und wir fuhren allein nach Hause, um die Vorbereitungen für das nächtliche Abschiedsmahl zu treffen.

Als dann um zehn die Bolivianer kamen, atmeten sie erst richtig auf, hier fingen sie an, Champagner und Kognak zu trinken und Austern und Hühner zu essen, und bis Mitternacht fuhren drei Autos vor und brachten Operettentänzerinnen, und in dieser Nacht hatten wir soviel Arbeit wie noch nie, noch nie hatten wir hier so viele Leute gehabt, und der Polizeipräsident, der unser Hotel kannte, stellte das falsche Prager Jesulein auf den Kamin des Herrenzimmers und schaffte das echte Jesulein heimlich in das Kinderhaus, wo das geweihte Bambino achtlos zwischen den Puppen und Marionetten und den Springseilen und Trommeln abgelegt wurde. Dann tranken alle, und die nackten Tänzerinnen umtanzten das falsche Bambino di Praga, und erst in der Morgendämmerung, als die Zeit gekommen war, daß der Herr Botschafter in seine Residenz zurückkehrte und die Vertreter Boliviens zum Flugplatz fuhren, um wieder heimzufliegen, da holte der Polizeipräsident das echte Bambino di Praga und tauschte es gegen das falsche Prager Jesulein ein, doch es war ein Glück, daß Herr Salamon einen Blick in das Köfferchen warf, denn in dem Freudenfest und in all dem Trubel hatte der Präsident eine schöne slowakische Trachtenpuppe hineingelegt, und so rannte alles zu dem Kinderhaus, wo das Bambino di Praga zwischen einer kleinen Trommel und drei Puppen lag. Rasch nahm man also das geweihte Bambino und setzte an seine Stelle die Puppe in der mährisch-slowakischen Tracht, und auf ging's nach Prag.

Drei Tage später erfuhren wir, daß die Vertreter der bolivianischen Republik den Abflug der Maschine hatten hinauszögern müssen, weil sie, um die Räuber in die Irre zu führen, das falsche Jesulein am Flughafeneingang abgestellt hatten, wo eine Reinemachefrau es zunächst zwischen Buchsbäumen deponierte, doch als die Mitglieder der Delegation unter Herrn Salamons Führung im Flugzeug, also bereits in Sicherheit, das Köfferchen aufmachten, stellten sie fest, daß sie nicht das echte, vom Herrn Erzbischof geweihte Jesulein bei sich hatten, sondern das falsche, nicht das aus Gold, sondern das andere, aus vergoldetem Gußeisen, nur die Kleidchen waren die gleichen... Und so rannten sie schnell hin und fanden das echte Jesulein, genau in dem Augenblick, als der Portier die Umstehenden fragte: »Wem gehört das Köfferchen hier?«, und das Bambino di Praga, als sich keiner meldete, auf dem Gehsteig abstellte... Genau in diesem Moment rasten die bolivianischen Repräsentanten herbei und schnappten das Köfferchen, und kaum wogen sie es in der Hand, da atmeten sie auf, öffneten es und sahen, daß es das echte Jesulein war... Hals über Kopf eilten sie zum Flugzeug zurück, um nach Paris zu fliegen und anschließend weiter in ihre Heimat, mit dem Bambino di Praga, das einer Indiolegende zufolge in Prag zur Schule gegangen war; wie es in ebendieser Legende hieß, war Prag die älteste Stadt der Welt... Reicht Ihnen das? Damit schließe ich für heute.

Ich habe den englischen König bedient

Passen Sie gut auf, was ich Ihnen jetzt erzählen werde:

Mein Glück bestand immer darin, daß mir ein Unglück widerfuhr. Ich verließ also weinend das Hotel Tichota, weil der Chef glaubte, ich sei es gewesen, der das Bambino di Praga absichtlich mit dem falschen Prager Jesulein verwechselt hatte, ich hätte die ganze Sache eingefädelt, um die vier Kilo Gold zu erbeuten, obwohl das nicht stimmte, und so erschien mit dem gleichen Koffer auch schon ein anderer Kellner, und ich machte mich auf den Weg nach Prag und hatte gleich auf dem Bahnhof das Glück, Herrn Walden zu begegnen. Er war gerade auf Tour und hatte wieder seinen Träger bei sich, jenen traurigen Mann, der in einem Laken auf dem Rücken die beiden Maschinen mitschleppte, die Waage und das Maschinchen zum Salamischneiden. Herr Walden gab mir ein Schreiben für das Hotel Paris mit, wieder verabschiedete ich mich von ihm, und irgendwie war ich ihm immer noch sympathisch, er streichelte mich und sagte immerfort: »Armes Kerlchen, halt dich tapfer, du bist klein. Damit aus dir, du armes Kerlchen, nur ja ein Großer wird, werde ich nach dir sehen...« So rief er, und ich blieb stehen und winkte ihm nach, der Zug war schon längst weg, und wieder stand mir ein Abenteuer bevor.

Nebenbei gesagt, mir war im Hotel Tichota doch schon bange geworden. Begonnen hatte es nämlich damit, daß der Hausknecht eine Katze hatte, die immerzu darauf wartete, daß er von seiner seltsamen

Plackerei heimkam, sie saß auf dem Hof und guckte zu, wie er Holz hackte, um von unseren Gästen gesehen zu werden. Diese Katze bedeutete dem Knecht alles, er schlief mit ihr zusammen, und eines Tages begann dieser Katze ein Kater nachzusteigen, und die Katze mauzte und kam nicht nach Hause, und unser Hausknecht war ganz fahl im Gesicht, er suchte sie, wo er ging und stand, hielt immerfort Ausschau, wo seine Míla blieb. Unser Knecht führte nämlich gern Selbstgespräche, und kam ich mal an ihm vorbei, dann hörte ich, wie das Unglaubliche Wirklichkeit geworden war... Ich entnahm diesem Selbstgespräch, daß er im Gefängnis gewesen war, er hatte mit der Axt einen Gendarmen erschlagen, der etwas mit seiner Frau gehabt hatte, und seine Frau hatte er mit einem Strick verprügelt, so daß sie ins Krankenhaus gebracht werden mußte, und dafür kriegte er fünf Jahre und saß sie mit einem Verbrecher aus Žižkov ab, der sein Töchterchen nach Bier geschickt hatte, und weil das Kind das Wechselgeld für fünfzig Kronen verloren hatte, war er so in Wut geraten, daß er die Hände seines Töchterchens auf einen Hauklotz legte und abhackte, und das war ein erster Beweis, wie das Unglaubliche Wirklichkeit wurde; der zweite Mithäftling wiederum war ein Mensch, der seine Frau zusammen mit einem Vertreter erwischt und daraufhin die Frau erschlagen hatte, er schnitt ihr die Schamteile heraus, und der Vertreter mußte sie, unter der Androhung, mit der Axt getötet zu werden, aufessen, worauf der Vertreter vor Entsetzen gestorben war und der Mörder sich gestellt hatte, und so war das Unglaubliche zum zweitenmal Wirklichkeit geworden, und das drittemal, wie das Unglaubliche Wirklichkeit wurde, das war der Knecht selbst, er hatte seiner Frau so sehr vertraut, daß er dem Gendarmen, den er mit ihr erwischte, die Schulter mit der Axt zerspaltete. Der Gendarm hatte ihm den Fuß kaputt geschossen, und so hatte unser Hausknecht fünf Jahre bekommen, auf daß das Unglaubliche Wirklichkeit werde...

Und eines Tages stieg der Kater der Katze des Knechtes nach, und dieser quetschte ihn mit einem Ziegel an die Wand und zerhackte ihm mit der Axt das Rückgrat, und die Katze fing an, über ihren Kater zu jammern, doch unser Knecht rammte den Kater so fest zwischen die Stäbe eines Gitterfensterchens, daß das Tier dort zwei Tage lang verreckte, genau wie dem Gendarm war es ihm ergangen, und der Knecht jagte die Katze davon, und diese lief auf der Mauer hin und her, durfte aber nicht mehr nach Hause, und dann war sie verschwunden. Vermutlich hatte der Hausknecht auch sie totgeschlagen, denn er war überaus zart und empfindsam und demzufolge penibel, und deshalb ging er auf alles gleich mit der Axt los wie auf seine Frau und auf seine Katze, denn er war auf den Gendarmen wie auf den Kater schrecklich eifersüchtig und hatte vor Gericht bedauert, daß er dem Gendarmen nur die Schulter zerhackt hatte und nicht den Kopf mitsamt dem Helm, denn der Gendarm hatte mit Helm und Koppel und Pistole bei seiner Frau im Bett gelegen...

Und ausgerechnet dieser Hausknecht war auf den Gedanken verfallen und hatte es dem Chef gesteckt, daß ich es gewesen sei, der das Prager Jesulein habe stehlen wollen, denn ich hätte nichts anderes im Kopf, als

möglichst schnell reich zu werden, auch um den Preis eines Verbrechens, und der Chef bekam einen Schreck, denn alles, was der Knecht sagte, war ihm heilig, obwohl keiner von uns sich je etwas herausgenommen hätte, denn der Hausknecht hatte eine Kraft wie fünf erwachsene Männer zusammen... Eines Tages dann und später fast täglich – sah ich den Hausknecht nachmittags im Kinderhaus sitzen, irgend etwas machte er da, vielleicht spielte er mit den Puppen und den Teddybären, nie bin ich dahintergekommen und habe mich auch nie darum bemüht, bis er mir eines Tages sagte, er wünsche nicht, daß ich noch einmal zum Kinderhaus gehe, wo er mich mit Zdeněk gesehen habe, und er fügte hinzu, das Unglaubliche könne sonst ein viertes Mal Wirklichkeit werden...
Dabei wies er auf den Kater, der gleich neben meinem Stübchen mit zerschmettertem Rückgrat zwei Tage lang verendet war, und jedesmal, wenn ich vorbeikam, machte mir der Hausknecht klar, wobei er mahnend auf die Mumie des Katers zeigte, wie es allen ergehen werde, die sich in seinen Augen – er deutete mit zwei Fingern auf seine Augen – versündigten... Allein dafür, daß ich mit seinen Puppen gespielt hätte, allein dafür schlüge er mich am liebsten auf der Stelle tot, doch nur halb, damit ich so lange stürbe wie der Kater hier, der seiner Katze nachgelaufen sei, wofür er nichts könne... Später dann, auf dem Bahnhof, wurde mir bewußt, wie verblödet ich während dieses halben Jahres im Hotel Tichota gewesen war. Die Zugbegleiter pfiffen, die Fahrgäste nahmen ihre Plätze ein, die Zugbegleiter gaben mit ihren Trillerpfeifen dem Herrn Zugabfertiger Zeichen, und ich lief von einem Schaff-

ner zum anderen und fragte: »Bitte?« Und als der Zugabfertiger mit einem Pfiff anfragte, ob bei den Schaffnern alles fertig sei, ob sie schon die Türen geschlossen hätten und so weiter, da lief ich zu ihm hin und fragte ehrerbietig: »Bitte?« Der Zug trug Herrn Walden davon, und ich schlenderte über die Prager Straßenkreuzungen, und zweimal widerfuhr es mir, daß der Polizist, der den Verkehr an einer Kreuzung regelte, so durchdringend pfiff, daß ich losrannte und ihm den Koffer auf die Füße setzte und fragte: »Bitte?« Und so ging ich weiter durch die Straßen, bis ich beim Hotel Paris ankam.

Das Hotel Paris war so schön, daß es mich fast umwarf. Die vielen Spiegel, Messinggeländer, Messingklinken und Messingleuchten waren so blankgewienert, daß man sich in einem goldenen Palast wähnte. Und überall rote Teppiche und Glastüren, ganz wie in einem Schloß. Herr Brandejs empfing mich zuvorkommend und führte mich zu meinem Kämmerchen, einem provisorischen Dachstübchen, von wo man einen so hübschen Ausblick auf Prag hatte, daß ich mir vornahm, alles dranzusetzen – allein schon des Ausblicks und der Ruhe wegen –, für immer hierzubleiben. Ich machte den Koffer auf, um meinen Frack und die Wäsche herauszulegen, öffnete den Schrank und sah, daß er voller Kleidungsstücke war, ich öffnete den zweiten Schrank, und der wiederum war voller Regenschirme, und im dritten Schrank gab es lauter Überzieher, und an den Innenwänden hingen über Schnüren, die mit großen Reißzwecken angepinnt waren, Hunderte von Krawatten...

Ich nahm einige Bügel heraus und hängte meine Sachen in den Schrank, dann sah ich auf Prag hinunter, über die Dächer, ich erblickte die strahlende Burg, und kaum hatte ich die Burg der böhmischen Könige im Blick, da kullerten mir die Tränen, und ich vergaß das Hotel Tichota völlig, und jetzt stimmte es mich froh, daß man geglaubt hatte, ich wolle das Prager Jesulein stehlen, denn hätte mein Chef dies nicht geglaubt, dann harkte ich jetzt noch immer Wege und setzte Heuhaufen und zuckte alleweil zusammen, wenn irgendwo ein Pfiff ertönte, denn nun war mir klar, daß auch der Hausknecht eine Pfeife besessen hatte, bestimmt war er das verlängerte Auge des Chefs gewesen, dem er auch die Füße ersetzte, natürlich hatte er uns nachspioniert und dann immer so gepfiffen wie der Chef...

Ich ging hinunter, es war gerade Mittag, und die Kellner lösten sich ab, auch sie aßen Mittag, ich sah sie Kartoffelklöße kauen, Klöße mit Semmelbröseln, ich sah, daß alle in der Küche diese Klöße bekamen, ich sah auch, daß der Chef diese Klöße bekam, daß er sie in der Küche aß, genauso wie die Kassiererin, nur der Chefkoch und seine Gehilfen hatten Pellkartoffeln zu Mittag. Ich bekam ebenfalls Klöße mit Semmelbröseln, der Chef winkte mich an seine Seite, und während ich aß, aß er auch, doch irgendwie vorsichtig, gewissermaßen zur Reklame, etwa in der Art: Was ich als Besitzer essen kann, das könnt auch ihr essen, ihr, meine Angestellten... Er wischte sich mit der Serviette den Mund ab und brachte mich an meinen Platz, wo ich zunächst den Auftrag erhielt, Bier zu servieren, also holte ich am Tresen die vollen Gläser ab, stellte mir ein ganzes Tablett damit voll und gab für jedes

Bier, wie es hier üblich war, ein rotes Glasplättchen ab, und der alte Oberkellner, der mit seinen grauen Haaren wie ein Komponist aussah, deutete mir mit Kinnbewegungen an, wem ich das Bier hinzustellen hätte, dann gab er mir seine Winke nur noch mit den Augen, und ich tappte nie daneben, überall dort, wo die Augen des schönen Oberkellners hinwiesen, stellte ich ein Bier hin, und bereits nach einer Stunde sah ich, daß mich der alte Oberkellner mit den Augen streichelte und mir damit zu verstehen gab, daß ich ihm gefalle.

Besagter Oberkellner war eine ausgemachte Persönlichkeit, der perfekte Filmschauspieler, ein Frackmann – noch nie hatte ich einen Menschen gesehen, dem der Frack so stand wie ihm, und er paßte auch in dieses Spiegelmilieu; selbst wenn die Mittagszeit vorüber war, brannte im Restaurant Licht, und die Leuchter in Kerzenform, unter jeder Kerze eine Glühlampe, überall hing Klimperzeug aus geschliffenem Glas, und so sah ich mich im Spiegel Pilsner Helles tragen, sah, daß ich hier ein anderer war, daß ich unter dem Eindruck dieser Spiegel meine Meinung über mich ändern müßte, weil ich häßlich und klein war, doch der Frack stand mir, und ich stellte mich neben den Oberkellner, der weißes, gelocktes, wie von einer Friseuse gekämmtes Haar hatte, und sah im Spiegel, daß ich nichts anderes hätte tun mögen, als hier zu sein und neben diesem Ober Dienst zu tun, der immerfort Ruhe ausstrahlte, der alles wußte, sich mit allem befaßte, die Bestellungen ergänzte und unablässig lächelte, als sei er auf einem Tanzvergnügen oder veranstaltete daheim einen Hausball.

Er wußte auch, wer an welchem Tisch noch kein Essen

erhalten hatte, und schritt sofort ein, und er wußte auch, wer zu zahlen wünschte; keiner, wie ich inzwischen beobachtete, keiner brauchte die Hand zu heben noch mit den Fingern zu schnipsen, noch mit dem Rechnungszettel zu wedeln, der Ober schaute so seltsam, als überblickte er eine große Menschenmenge, als sähe er von einem Ausguck übers Land oder von einem Dampfer übers Meer, er blickte gewissermaßen ins Leere, denn jede Bewegung eines Gastes sagte ihm augenblicklich, welcher Wunsch sich in ihm zu regen begann.

Ich hatte im Nu spitz, daß der Ober den Speisenkellner nicht mochte, allein mit den Augen bedeutete er ihm vorwurfsvoll, eine Speise verwechselt und den Schweinebraten statt an Tisch sechs an Tisch elf gebracht zu haben. Und als ich eine Woche lang Bier serviert hatte, hier in diesem prachtvollen Hotel, da bemerkte ich genau, daß der Speisenkellner, der das Essen auf einem Tablett aus der Küche holte, immer vor der Tür des Restaurants innehielt und, wenn er glaubte, ihn sähe keiner, das Tablett aus der Augenhöhe zur Brust heruntersenkte, voller Gier die Speisen betrachtete und immer ein Stückchen von hier und ein Stückchen von da abkniff. Er nahm nur ganz wenig, als habe er mit den Fingern nur die Speisen berührt und danach abgeleckt, und ich sah auch, wie der schöne Oberkellner ihn dabei erwischte, aber nichts sagte und ihn nur anblickte, worauf der Kellner abwinkte, das Tablett hochstemmte, mit einem Fußtritt die Schwingtür öffnete und ins Lokal eilte, denn eins konnte er: laufen, als gleite ihm das Tablett nach vorn weg, so warf er die Beine, und es stimmte auch, daß keiner so viele Teller zu tragen wagte wie dieser Karel, so hieß der Kellner. Zwanzig Teller lud er sich aufs Tablett, außerdem packte er sich, wenn er die Hand ausstreckte, acht Teller auf den ausgestreckten Arm wie auf ein schmales Tischchen, und er hielt dazu noch zwei in den fächerförmig gespreizten Fingern und nahm in die andere Hand drei Teller, eine geradezu artistische Nummer war das, und der Chef Brandejs mochte diesen Kellner offenbar sehr, denn seiner Ansicht nach diente das Tragen von so viel Speisen dem Ansehen des Hauses. Und so bekamen wir, das Personal, fast jeden Tag Klöße zu Mittag, einmal mit Mohn, dann mit Soße, beim drittenmal mit einem aufgebackenen Brötchen, einmal mit Butter und Zucker, dann wieder mit Himbeersaft übergossen, ein andermal mit Schmalz und gehackter Petersilie angemacht, und unser Chef aß jedesmal mit uns die Klöße in der Küche, doch immer nur wenig, er halte Diät, sagte er, um zwei Uhr aber brachte ihm ausgerechnet Kellner Karel ein Tablett, und darauf war alles in Silber, und den Wärmehauben nach zu schließen, war es stets eine Gans oder ein Huhn, eine Ente oder Wild, je nachdem, was man gerade entsprechend der Jahreszeit zu sich nahm, und immer wurde in einem Séparée aufgetragen, als speiste dort ein Mitglied oder ein Makler von der Früchtebörse, die gewöhnlich aus den Börsensälen zu uns, ins Hotel Paris, überwechselte.

Immer wieder schlüpfte unser Chef unauffällig in das Séparée, und kam er heraus, dann glänzte er und sah zufrieden drein, einen Zahnstocher im Mundwinkel. Und ebendieser Kellner Karel, der mußte etwas mit unserem Chef haben, denn wenn der Haupttag an der

Börse endete, das war jeden Donnerstag, dann kamen die Börsenjobber zu uns und begossen die abgeschlossenen Geschäfte mit Champagner und Kognak, es gab tablettweise Speisen für jeden Tisch, immer nur ein Tablett, doch so beladen, daß es ein Festschmaus war... Und obwohl es noch heller Tag war, saßen ab elf Uhr schon hübsch geschminkte Damen im Lokal, wie ich sie von Rajský her kannte, als ich noch in der Goldenen Stadt Prag gearbeitet hatte, und sie rauchten und tranken schweren Wermut und warteten auf die Börsenleute, und kamen diese, so verteilten sich die Mädchen, jede hatte bereits ihren Tisch, alle waren schon in die Chambres séparées bestellt, und wenn ich vorbeiging, drang durch die zugezogenen Vorhänge Gekicher und das Klingen von Gläsern, und das dauerte etliche Stunden, erst am Abend gingen die Börsenleute aufgeräumt davon, und die schönen Fräuleins kamen heraus und kämmten sich auf den Toiletten, malten sich ihre verschmierten, abgeschleckten Münder neu an. Sie zupften sich die Blusen zurecht und guckten hinten an sich herunter, fast renkten sie sich den Hals aus, um zu sehen, ob die wieder angezogenen Strümpfchen einen Strich hatten, eine Naht, die sich vom halben Schenkel bis zu den Absätzen hinunterzog, genau bis zur Fersenmitte.

Waren die Börsenleute gegangen, durfte ich ebensowenig wie die anderen ein Chambre séparée betreten, jeder von uns wußte nur – und wie oft habe ich durch die gerafften Vorhänge zugesehen –, daß Karel sämtliche Polster herauszog, und das war sein Reibach: Er sammelte die aus den Taschen gerutschten Kronen und Banknoten auf, manchmal gab es auch einen Ring oder abgerissene Berlocken, und alles gehörte ihm, was die Börsenleute oder die Damen, wenn sie sich dort aus- oder angezogen oder herumgesielt hatten, aus den Jacken- und Hosen- und Westentaschen verloren hatten oder was ihnen von den Kettchen an der Weste abgegangen war.

Und eines Tages um die Mittagszeit passierte es: Karel hatte sich wieder seine zwölf Teller samt Beilage auf das Tablett gestellt und erneut, wie es seine Gewohnheit war, an der Tür haltgemacht, um ein Stückchen vom Tafelspitz und dazu eine Fingerspitze Kraut zu nehmen, und als Mehlspeise ein Bröckchen von der Kalbsfülle, hatte danach das Tablett geschultert und war, wie gestärkt von der Speise, lächelnd in das Restaurant gestürmt. Ein Gast jedoch, der Tabak geschnupft hatte oder niesen mußte, ein Mann vom Lande, holte Luft durch die Nase und wurde, während er Luft holte, regelrecht an den Haaren hochgerissen, es zwang ihn geradezu, mit Macht hochzuschnellen, und während des geräuschvollen Niesens verhakte sich ein Zipfel seines Taschentuches am Tablettrahmen, so daß Karel, der das durch die Luft fliegende, einem fliegenden Teppich gleich, mit Tellern beladene Tablett gebückt unterlief, denn Karel trug die Speisen immer so durch die Luft des Restaurants, daß also das Tablett schneller oder Karels Füße langsamer wurden und ausglitten, das Tablett jedenfalls rutschte von seiner himmelwärts gedrehten Hand, vergebens griffen seine Finger danach, und wir alle, die wir vom Fach waren, auch der Chef, der hier das Gremium der Hoteliers zu Gast hatte, selbst Herr Šroubek saß mit an der Tafel, wir alle sahen, was dann geschah und was

wir vorausgesehen hatten: Karel machte noch einen
mächtigen Satz, kriegte das Tablett auch zu fassen,
doch zwei Teller rutschten ihm weg, zuerst der Spatz
à la Puszta und dann die Soße und danach der Teller,
und in genau der gleichen Reihenfolge, mit einer Se-
kunde Abstand, folgte sodann der zweite Teller,
Fleisch und Soße und am Schluß die Knödel, alles
platschte und pladderte auf einen Gast herunter, der
wie immer die ganze Speisenkarte durchstudiert hatte
und, ehe er auswählte, den Blick erhob, dann bestellte
und sich dabei des langen und breiten erkundigte, ob
das Fleisch auch nicht zäh und die Soße auch heiß genug und die Knödel auch schön locker seien; alles rann
und platschte auf des Gastes Rücken, und als dieser
sich unter der Soße aufrichtete, kullerten ihm die Knödel in den Schoß und dann unter die Tischdecke, und
ein Knödel thronte ihm auf dem Kopf wie ein Mütz-
chen, wie eine Jarmulka, wie ein Rabbinerkäppchen,
wie das Birett eines Geistlichen…
Und als Karel, der die restlichen zehn Essen gerettet
hatte, das alles sah und dazu Herrn Šroubek erblickte,
den Inhaber des Hotels Šroubek, da stemmte er das
Tablett noch höher in die Luft, warf es auf die andere
Hand, drehte sich dann um und schmiß alle zehn Teller auf den Teppich, um so wie auf einer Bühne oder
in einer Pantomime kundzutun, wie sehr ihn diese beiden Teller geärgert hatten. Daraufhin band er sich die
Schürze ab und warf auch diese zu Boden, entfernte
sich als gebrochener Mann, zog seine Zivilkleidung an
und ging weg, um zu saufen.
Ich begriff das alles noch nicht, doch jeder, der vom
Fach war, jeder meinte, wenn ihm das mit den zwei

Tellern zugestoßen wäre, dann hätte er die anderen zehn genauso behandelt, denn ein Kellner, ein Platzkellner kenne nur eine Ehre, nämlich die Regeln einer repräsentativen Bedienungskunst. Doch die Geschichte war noch längst nicht zu Ende. Herr Karel kam zurück und setzte sich, mit den Augen rollend, in die Küche, das Gesicht zum Restaurant gerichtet, sprang unversehens auf und wollte den großen Küchenschrank, der die Gläser für das ganze Restaurant enthält, umreißen, und die Kassiererin und die Köche sprangen herbei und schoben den Schrank, aus dem klirrend die Gläser rutschten, um auf dem Boden zu zerschellen, wieder an seinen Platz zurück, doch die beiden Teller hatten Herrn Karel eine solche Kraft verliehen, daß er um ein Haar den ganzen Schrank ganz langsam umgekippt hätte, doch die Köche, schon ganz rot im Gesicht, rückten den Schrank wieder ganz langsam an seinen Platz zurück, und als alle Luft schöpften, sprang Herr Karel auf den Küchenherd zu, der so lang war, daß das Feuer, wenn man beim Türchen anheizte, unter den Ringen fast schon erloschen war, ehe man die Röhre erreicht hatte – er packte also den Ofen und ruckelte an ihm herum, bis er das Rohr aus der Wand gerissen hatte. Im Nu war die Küche voll Ruß und Rauch, und alle husteten. Mühsam wurde das Rohr wieder eingesetzt, und die rußgeschwärzten Köche ließen sich auf die Stühle fallen und sahen sich um: Wo ist Herr Karel? Doch der war weg, und so atmeten wir alle auf, doch auf einmal gab's ein Geklirr, und Herr Karel kam stampfend durch den gläsernen Fußboden des Lichtschachtes über dem Herd und brach zu uns in die Küche durch und stand auch schon mit

einem Fuß, bis zum Hosenbein, in der Spezialkuttel-
flecksuppe für das Gabelfrühstück und mit dem anderen in der Gulaschkasserolle, kombiniert mit Fohlen-
Steinpilz-Tunke…

So watete er umher, und die Köche fielen in Ohnmacht,
und überall waren Scherben, deshalb wurde eilends der
Hausknecht geholt, ein ehemaliger Ringer, damit er
Gewalt anwende und Herrn Karel hinausschaffe, denn
dieser hatte anscheinend plötzlich etwas gegen das Hotel Paris… Der Hausknecht stellte sich also in Positur
und breitete die Pranken aus, als spannte er eine Woll-
docke zum Aufwickeln, und sagte: »Wo bleibst du
denn, du Rindvieh?« Doch Herr Karel versetzte dem
Knecht einen solchen Fausthieb, daß dieser umfiel und
die Polizei kommen mußte; obwohl sich Herr Karel
nun beruhigt hatte, schlug er auf dem Flur noch zwei
Polizisten nieder und trat gegen einen Helm, und der
Helm befand sich auf dem Kopf eines Polizisten, und
so schleppten sie Herrn Karel in ein Chambre séparée
und verprügelten ihn, bei jedem Schrei ruckten alle Gäste im Restaurant mit den Schultern, und schließlich
führte man Herrn Karel hinaus, er war grün und blau,
sagte jedoch zur Garderobenfrau, die beiden Teller
kommen euch noch teuer zu stehen… Und so war es
auch, kaum hatte die Nachricht die Runde gemacht, da
zertrümmerte er mir nichts, dir nichts das Waschbek-
ken aus Porzellan und riß die Rohre aus der Wand, so
daß das ganze Zimmer, einschließlich der Polizisten,
klatschnaß war, ehe man mit den Fingern die Löcher
in der Wand zuhalten konnte.

Und so wurde ich Platzkellner unter der Leitung des
Oberkellners Skřivánek, außer mir gab es noch zwei

Kellner hier, doch nur ich allein durfte mich mit dem Rücken an den Tisch in der Nische lehnen, wenn sich das Lokal nach dem Mittagessen schon ein wenig geleert hatte. Der Herr Oberkellner sagte zu mir, aus mir werde noch ein guter Kellner, ich müßte allerdings die Fähigkeit herausbilden, mir einen Gast zu merken, sobald er eingetreten sei, und dann wissen, wann er gehe, nein, nicht über Mittag, wenn die Garderobe besetzt sei, sondern am Nachmittag, wenn im Café serviert werde, damit ich lernte, wer nur essen und dann unbeobachtet, ohne Bezahlung, gehen wolle. Ich müßte auch abzuschätzen verstehen, wieviel Geld der Gast bei sich habe und ob er dementsprechend bestelle beziehungsweise bestellen werde. Das mache einen guten Oberkellner aus.

Hatten wir etwas Zeit, dann erklärte mir der Oberkellner leise, was für ein Gast soeben eingetreten sei und welcher gerade gehe. Mehrere Wochen lang trainierte er mich, bis ich mich getraute, selbst zu tippen. Ich freute mich schon auf diese Nachmittage, als befände ich mich auf einer abenteuerlichen Expedition, so aufgeregt war ich jedesmal, wie ein Jäger, der auf dem Anstand das Wild belauert, und mochte der Herr Oberkellner auch rauchen, er hatte die Augen halb geschlossen und nickte befriedigt oder schüttelte den Kopf und korrigierte mich und ging selber hin, um mir an einem Gast zu demonstrieren, daß er recht hatte, und er hatte immer recht, wahrhaftig. Und so erlebte ich zum erstenmal, als ich dem Herrn Oberkellner die zusammenfassende Frage stellte: »Woher wissen Sie denn das alles?«, daß er antwortete und sich hoch aufrichtete: »Weil ich den englischen König bedient habe.« »Einen König?« fragte ich und schlug die Hände zusammen, »du lieber Himmel, Sie haben… den englischen König bedient?« Der Ober nickte zufrieden.

Damit begann für uns die zweite Periode, die mich in Begeisterung versetzte, es war so ähnlich wie eine Klassenlotterie, wo man darauf wartet, daß die eigene Losnummer herauskommt, wie die Tombola zum Fasching oder bei einem öffentlichen Fest. Trat am Nachmittag ein Gast ein, dann nickte der Herr Oberkellner, wir gingen in die Nische, und ich sagte: »Das ist ein Italiener.« Der Herr Oberkellner schüttelte den Kopf und sagte: »Das ist ein Jugoslawe aus Split oder Dubrovnik«, und wir sahen uns einen Moment in die Augen und nickten sodann, und ich legte zwanzig Kronen auf ein Tablett in der Nische, und der Herr Oberkellner tat dies ebenfalls. Ich ging hin und fragte, was der Gast wünschte, und als ich die Bestellung entgegennahm, schob der Herr Oberkellner, noch während ich zurückkam, meinem Gesichtsausdruck entsprechend, beide Zwanzigkronenscheine zusammen und legte sie in seine riesige Brieftasche, für die er sich eine Tasche vom selben Leder in die Hose hatte einarbeiten lassen, und ich fragte verwundert: »Woran erkennen Sie das bloß, Herr Oberkellner?« Und er sagte bescheiden: »Ich habe den englischen König bedient.«

So wetteten wir, und ich verlor jedesmal, doch nun schärfte mir der Oberkellner ein, ich müsse, wollte ich ein guter Ober sein, nicht nur die Nationalität des Gastes erkennen, sondern auch wissen, was dieser bestellen werde. Als dann ein Gast ins Restaurant herunterkam, nickten wir uns zu und betraten die Nische und legten dort je einen Zwanziger auf den Serviertisch, und ich sagte, der Gast nehme bestimmt die Gulaschsuppe oder das Kuttelfleck Spezial, und der Herr Oberkellner meinte, der Gast nehme Tee und dazu gebackene Brotscheiben ohne Knoblauch, und ich ging hin, um die Bestellung aufzunehmen, wünschte einen guten Morgen und erkundigte mich nach den Wünschen des Gastes, und tatsächlich, er bestellte Tee und Toast, und noch während ich zurückging, nahm der Herr Oberkellner schon die beiden Zwanziger und sagte: »Einen Gallenleidenden mußt du sofort erkennen, sieh dir den Gast nur genau an, der hat sicherlich schon eine kaputte Leber...«

Ein andermal wieder schätzte ich einen Gast so ein, daß er Tee sowie Butter und Brot wünschte, doch der Herr Oberkellner behauptete, er nehme Prager Schinken mit Gurke und ein Glas Pilsner, und tatsächlich, als er mich kommen sah, warf er mir einen Blick zu, hob das Schiebefensterchen und rief statt meiner in die Küche: »Prager Schinken...«, und als ich vor ihm stand, fügte er, zur Küche gewandt, hinzu: »Und dazu eine Gurke.« Und ich war glücklich, so lernen zu dürfen, zwar vertat ich auf diese Weise sämtliche Trinkgelder, denn wann immer wir konnten, wetteten wir, und ich verlor dauernd, doch jedesmal fragte ich: »Woher, Herr Oberkellner, wissen Sie das nur alles?« Er verstaute die beiden Zwanzigkronenscheine in der Brieftasche und sagte: »Ich habe den englischen König bedient.« Gekannt hatte ich also schon Karel und zuvor noch den Ober Zdeněk, der so gern bei Nacht das Dorf aufgeweckt und alles Geld verschleudert hatte, als wäre er ein bankrotter Aristokrat, doch erst hier kam mir wieder der Oberkellner der Goldenen Stadt Prag in den Sinn, mein erster Oberkellner erschien mir auf einmal wieder vor Augen, Málek hieß er, und er war ein entsetzlicher Knicker, keiner hatte eine Ahnung, wo er sein Geld ließ, doch jeder wußte, daß er Geld hatte, daß er sogar viel davon haben mußte, daß er sicherlich für ein kleines Hotel sparte. Wenn er nicht mehr Oberkellner war, dann kaufte oder pachtete er sich sicherlich ein kleines Hotel irgendwo im Böhmischen Paradies.

Die Geschichte war jedoch ganz anders, er hatte sie mir einmal anvertraut, bei einer Hochzeit hatten wir uns betrunken, er war weich gestimmt und erzählte mir, seine Frau habe ihn vor achtzehn Jahren zu ihrer Freundin geschickt, um einen Gruß auszurichten, er habe also geklingelt, die Tür sei aufgegangen, und vor ihm habe ein schönes Weib gestanden, sie sei rot geworden und er auch, und so hätten sie verdattert in der Tür gestanden, sie mit einer Stickerei in der Hand. Er sei eingetreten, habe kein Wort gesagt und sie umarmt, und sie habe weitergestickt und sei dann aufs Sofa geglitten und habe hinter ihm weitergestickt, und er habe sich ihrer als Mann bemächtigt, so drückte er sich aus, und seither sei er verliebt und spare, und in diesen achtzehn Jahren habe er schon hunderttausend beisammen, um seine Familie, die Frau und die Kinder, auszuzahlen und sicherzustellen, nächstes Jahr bekämen sie von ihm ein Häuschen, und dann werde er, bereits grauhaarig, gemeinsam mit seiner grauhaarigen Schönen zu seinem Glück kommen...

Das erzählte er mir und schloß dabei seinen Schreibtisch auf, der hinten einen doppelten Boden hatte, wo die gestapelten Hunderter lagen, alles, womit er sich sein Glück erkaufen wollte... Ich guckte ihn an, nie hätte ich das von ihm geglaubt, eines seiner Hosenbeine war hochgerutscht, so daß man seine uralten Unterhosen sah, die ganz unten, über dem Knöchel, rundum mit einem weißen, an einem Zipfel des Beinkleids angenähten Senkel zusammengebunden waren, und diese Unterhosen schienen aus der Zeit meiner Kindheit zu stammen, die ich bei meiner Großmutter in den städtischen Mühlen verbracht hatte, wo die Reisenden ihre Wäsche aus dem Pissoir des Karlsbades warfen. Genau solche Unterhosen hatte ich dort einmal gesehen, sie hatten sich ausgebreitet und waren einen Augenblick in der Luft stehen geblieben... So war jeder Kellner anders, und Málek vom Goldenen Prag, der schien plötzlich neben dem Oberkellner des Hotels Paris zu stehen, und er kam mir vor wie ein Heiliger, so wie der Maler und Dichter Jódl, der das Leben Jesu Christi verkaufte und seinen Rock oder Überzieher dauernd aus- und anzog, ewig mit dem Staub der Pülverchen bepudert, und um dessen Mund Spuren von einer gelben Flüssigkeit zu sehen waren, weil er sein Neurasthenin trank... Was wird wohl dereinst aus mir werden?

Und so bediente ich jetzt jeden Donnerstag die Börsenjobber. Karel kam nicht mehr. Wie alle reichen Leute, so waren auch die Börsenjobber verspielt und heiter wie junge Hündchen, und hatten sie ein Geschäft unter Dach und Fach gebracht, brachten sie es fertig, ihre Geldscheine genauso auszugeben und zu verschenken wie Metzger, die beim Färbel gewonnen hatten. Wenn Metzger jedoch Färbel spielten, dann ging es ihnen auch so, daß sie erst drei Tage später heimgingen, ohne Britschka, ohne Pferde und ohne das Vieh, das sie gekauft hatten, alles hatten sie beim Färbel verloren, und daheim kamen sie nur noch mit der Peitsche an. Auch die Börsenleute verloren zuweilen, und waren sie dann alles Geld los, saßen sie im Chambre séparée und guckten sich die Welt an wie Jeremias das brennende Jerusalem, und sie verpulverten auch noch das Geld des Börsengewinners, weil er so ein Schwein gehabt hatte.

Nach und nach wurde ich ebenfalls zum Vertrauten der Fräuleins, die im Café das Schließen der Börse abwarteten, um dann aufgetakelt hinunterzusteigen, ins Chambre séparée, gleichgültig, ob es elf Uhr vormittags war oder Nachmittag, wenn es bereits dämmerte, oder in tiefer Nacht oder am Morgen. Von früh an war das Hotel beleuchtet, im ganzen Gebäude brannte ununterbrochen Licht, wie ein Lüster, den man zu löschen versäumt hatte. Am liebsten hatte ich das Chambre séparée, das von den Mädchen das Visitationskabinett genannt wurde, den Visitationspavillon, die interne Abteilung. Während die Börsenleute, die noch bei Kräften waren, danach trachteten, die Fräuleins schnellstens betrunken zu machen und ihnen dann in aller Ruhe Blusen und Röcke auszuziehen, um sich dann mit ihnen, so wie Gott sie erschaffen hat, auf den gepolsterten Couches und Sesseln herumzuwälzen, was für die Börsenleute mit völliger Erschöpfung endete – manche sahen aus, als hätten sie einen Herzanfall erlitten, so müde hatte die Liebe sie in den ungewohnten Stellungen gemacht.

In der internen Abteilung oder im sogenannten Visitationspavillon ging es immer nur fröhlich zu. Die Mädchen, denen die Aufgabe zufiel, die Gäste zu animieren, waren stets darauf bedacht, dies gut zu tun; wie ich sah, machten sie am meisten Gewinn, und die alten Börsenjobber lachten und scherzten immerfort, sie betrachteten das Ausziehen der Damen als kollektives Pfänderspiel. Ohne aufzuhören, an den geschliffenen Champagnerkelchen zu nippen und zu schnuppern, zogen sie das Fräulein nach und nach auf dem Tisch aus, auf den es sich selbst hingelegt hatte, und rings um ihren Leib stellten die Börsianer die Gläser und Schüsseln mit Kaviar und Salat und ungarischen Salamischeiben ab, setzten sich die Brillen auf und betrachteten jede Falte dieses schönen Frauenleibes und baten das Mädchen, wie auf einer Modenschau oder wie im Atelier einer Malerakademie, sich hinzustellen, aufzurichten, sich hinzuknien, die Beine vom Tisch hängen zu lassen und mit den bloßen Füßchen zu baumeln, als bade sie die Füße in einem Bach, und nie gerieten die Börsenleute in Streit, weil ihnen dieses oder jenes Glied hingestreckt wurde oder welcher Körperteil auch immer. Mit heller Begeisterung waren sie bei der Sache, mit der Begeisterung eines Landschaftsmalers, eines Zeichners, der auf die Leinwand überträgt, was ihn an der Landschaft erregt. Mit unverminderter Begeisterung beschauten sich diese Greise aus der Nähe und durch die Brille hindurch hier einen angewinkelten Ellenbogen, dort von unten her die gelöste Haarfülle, da einen Spann und einen Knöchel, dann wieder den Bauch, ein anderer wieder schob sanft die schönen Gesäßbacken auseinander und betrachtete voll kindlicher Bewunderung, was sich seinen Augen darbot, ein anderer wieder schrie vor Begeisterung auf und blickte zur Zimmerdecke hinauf, als wolle er Gott selber dafür danken, daß er zwischen die gespreizten Beine des Fräuleins sehen und mit Fingern oder Lippen berühren durfte, was ihm ganz besonders gefiel...

So erstrahlte das Chambre séparée nicht allein im scharfen Licht, das durch den Trichter des pergamentenen Lüsters an der Decke herabschoß, sondern auch vom Hin und Her der Gläser und vor allem vom Glitzern der vier Paar Brillengläser, die sich gleich Schleierschwänzen in einem erleuchteten Aquarium bewegten. Und hatten sich die Börsenleute satt gesehen, beendeten sie die Leibesvisitation, schenkten dem Fräulein, das auf dem Tisch saß, Champagner ein, stießen mit ihr an und nannten sie beim Vornamen, während sie sich vom Tisch nahm, worauf sie Lust hatte, und die Börsenleute scherzten und waren galant, während aus den anderen Chambres séparées fröhliches Gelächter herüberklang, das immer wieder abgelöst wurde von Totenstille, so daß ich oft glaubte hineinstürzen zu müssen, weil ich schon eine Leiche daliegen sah oder einen sterbenden Börsenmann... Dann zogen meine alten Herren das Fräulein wieder an, das Ganze verlief wie in einem zunächst vorwärts, dann rückwärts laufenden Film, und bei alledem war keine Spur von Gleichgültigkeit, die für gewöhnlich danach einzusetzen pflegt, nein, bis zum Schluß vollzog sich alles mit der gleichen Höflichkeit wie zu Beginn... Hatten sie dann bezahlt – immer zahlte nur einer der Börsenmänner, der Kellner bekam ein Trinkgeld und ich jedesmal einen Hunderter –, entfernten sie sich,

strahlend, versöhnt, voll schöner Bilder, von denen sie
stets eine Woche lang zehrten, und schon ab Montag
freuten sie sich darauf, am Donnerstag die Visitation
eines anderen Fräuleins vorzunehmen, denn diese Gäste visitierten niemals ein und dasselbe Fräulein, sondern immer ein anderes, vielleicht um in der Halbwelt
der Prager Prostituierten Renommee zu gewinnen.
Jedesmal aber blieb das Fräulein, das visitiert worden
war, im Chambre séparée zurück, wartete, und wenn
ich den Tisch abräumte, wenn ich das letzte Besteck
wegschaffte, wußte ich schon, daß das, was jetzt geschah, hier üblich war; das Fräulein war durch die Visitation so erregt, daß es keuchte, daß es außerstande
war zu gehen, und so geschah es am ersten und dann
an jedem Donnerstag, daß ich zu Ende führen mußte,
was die Alten begonnen hatte, immer und immer wieder warfen sich die Mädchen mit einer solchen Leiden-
schaft auf mich, gaben sich mir mit einer solchen Gier
hin, als wäre es das erste Mal...
Ich kam mir in diesen paar Minuten schön und groß
und lockenköpfig vor; nicht den Eindruck, nicht das
Gefühl hatte ich, sondern die Gewißheit, der König
dieser Schönen zu sein. Das kam daher, daß diese
Weibsbilder, weil sie durch die Visitation ihres Körpers mit Augen, Händen und Zungen so sehr erregt
worden waren, von der Beschau einfach nicht wegge-
hen konnten; erst wenn ich merkte, daß sie wieder zu
sich kamen, nachdem sie ein-, zweimal den Höhepunkt erreicht hatten, daß ihre Augen wiederkehrten,
daß der Schleier verschwand, der auf ihren Augen gelegen hatte, der Nebel sich auflöste, in den sie getrie-
ben worden waren, und daß sie wieder normal guck-

ten, da war ich für sie wieder der kleine Kellner, jemand, der an Stelle eines schönen und starken Mannes
auftragsgemäß ausgeführt hatte, was jeden Donnerstag auszuüben war, mit immer größerer Lust und
Routine, denn eins hatte ich dem auserwählten Kellner
vor mir, dem Karel, lassen müssen: Anlagen und Fä-
higkeiten und Sinn für die Liebe hatte er gehabt, doch
die hatte ich auch... Anscheinend war ich auch sonst
gut, denn alle Fräuleins grüßten mich schon vorher.
Wenn wir uns im Haus oder auf der Straße begegne-
ten, neigten sie schon von ferne den Kopf, winkten
schon von weitem, wenn sie mich sahen, mit dem Taschentüchlein oder mit dem Täschchen, und hatten sie
nichts bei sich, dann schüttelten sie mir wenigstens
freundschaftlich die Hand, und ich verbeugte mich vor
ihnen oder entbot mit einem tiefen Hutschwenken de-
vote Grüße, richtete mich wieder auf und hob das
Kinn, um vor mir selbst auf meinen doppelt besohlten
Schuhen noch größer zu wirken, wenigstens um ein
paar Zentimeter.
Mit der Zeit begann ich überhaupt mehr auf mich zu
achten. Hatte ich frei, legte ich eine Krawatte an, ich
hatte mich in Krawatten vernarrt, denn erst die Krawatte macht den feinen Mann und schließlich machen
Kleider Leute, deshalb kaufte ich mir Krawatten, als
ich sah, daß auch unsere Gäste welche trugen; doch
das reichte mir nicht. Ständig dachte ich an früher und
öffnete in der Erinnerung den Schrank mit den Sachen
und Kleidungsstücken, die unsere Gäste bei uns im
Hotel vergessen hatten, und dort sah ich Krawatten,
die ich nie und nirgends zu Gesicht bekommen hatte,
Krawatten mit einem Zettel an einem dünnen Faden.

Eine davon hatte zum Beispiel Alfred Karniol, Großhändler aus Damaskus, hier vergessen, eine andere wieder Salamon Pihovaty, Generalvertreter aus Los Angeles, und eine dritte Jonathan Shapliner, Besitzer von Wäschereien in Lwów, und eine vierte und eine fünfte – dutzendweise Krawatten, und ich hatte den Wunsch, mir eine von ihnen umzubinden.

Bald dachte ich an nichts anderes mehr. Ich hatte drei Krawatten zur Auswahl, eine war blau wie aus Metall, die zweite war dunkelrot und aus dem gleichen Stoff wie die blaue, sie glänzten wie die Panzer seltener Käfer oder wie Schmetterlingsflügel, ach, eine leicht geöffnete Sommerjacke, eine Hand in der Tasche und dazu solch eine Krawatte, vom Hals bis zum Gürtel herunterhängend, eine erstaunliche Qualität. Als ich sie mir zur Probe vor dem Spiegel umband, hielt ich den Atem an, nie hatte ich solche Krawatten gesehen außer an mir, doch ich blickte mich an und sah mich den Wenzelsplatz hinabgehen und die Nationalstraße hinunter, und plötzlich erschrak ich. Mir entgegen kam ich selbst, ich sah, daß auch die anderen Spaziergänger, vor allem die in den eleganten Kleidern, zusammenzuckten und vor meiner schönen Krawatte zurückwichen, die sie noch nie gesehen hatten, nirgendwo und bei keinem, und ich schritt lässig in meiner aufgeknöpften Jacke dahin, damit alle Kenner die Krawatte sahen, dann stand ich vor dem Spiegel in der Mansarde des Hotels, nahm gemächlich meine glänzende bordeauxrote Krawatte ab, und dann fiel mein Blick auf eine Krawatte, die ich nie zuvor bemerkt hatte, und dieses Schmuckstück gehörte mir. Weiß war sie, genäht aus einem grobstrukturierten, rauhen, seltenen Stoff und besetzt mit blauen Punkten, hellblau wie Vergißmeinnicht, und die Pünktchen waren eingewebt, obwohl sie wie aufgeklebt wirkten, sie schimmerten wie Eisenspäne, und an einem Faden hing ein Zettel, den ich mitsamt dem Faden abnahm, und darauf stand geschrieben, diese Krawatte habe ein Fürst Hohenlohe hier vergessen, und genau diese Krawatte band ich mir um, und als ich mich im Spiegel besah, war ich so verschönt, daß ich das Empfinden hatte, ein wenig von dem Duft des Fürsten von Hohenlohe sei aus dieser Krawatte auf mich übergegangen.

Ich puderte mir ein wenig die Nase und das rasierte Kinn, verließ das Repräsentationshaus und schlenderte dann einfach so den Graben hinunter, besah mir die Schaufenster, und wahrhaftig, ich war ein Hellseher, denn was ich im Spiegel meiner Mansarde gesehen hatte, war Wirklichkeit. Ach, was bedeutete schon Geld – Geld hatte gewiß jeder, der eine besondere Krawatte und gut geschnittene Kleider und Sämischlederschuhe und wie ein Lord einen Regenschirm trug, aber eine solche Krawatte, wie ich sie hatte, die besaß keiner hier, und so ging ich in ein Herrenwäschegeschäft, und kaum war ich eingetreten, stand ich im Zentrum aller Blicke, der Mittelpunkt war die Krawatte, denn ich wußte, wie man eine solche Krawatte zu knüpfen hatte, und so war ich Mittelpunkt des Interesses. Ich ließ mir ein paar Musselinehemden vorlegen und musterte sie und bat sodann, um mir zusätzlich Glanz zu verleihen, man möge mir weiße Taschentücher zeigen, und dann bat ich die Verkäuferin, aus dem Dutzend eins zu nehmen und mir so in das Täschchen zu stekken, wie man es jetzt trage, und sie lachte und sagte: Sie scherzen – Sie, der Sie so schön Ihre Krawatte zu binden verstehen… Sie nahm ein Taschentuch – jetzt sah ich, was ich fertiggebracht hatte –, sie nahm es und legte es auf den Tisch. Mit drei Fingern, als nähme sie eine Prise aus einem Salznapf, faßte sie das Taschentuch in der Mitte, hob es ein wenig an, schüttelte das Gewebe, das herrliche Falten schlug, zog die Falten mit der anderen Hand straff, stülpte das Tüchlein um und schob es mir in das Rocktäschchen, zog die Ecken heraus, und ich bedankte mich, bezahlte und bekam zwei Päckchen mit einem schönen Hemd und mit den fünf Taschentüchern, die von einem goldenen Band zusammengehalten wurden; darauf ging ich noch in ein Geschäft mit Herrenstoffen, wo ich mit meiner weißen, blaugepunkteten Krawatte und mit dem weißen Tuch, dessen weiße Tütchen und Öhrchen spitz waren wie die Blattspitzen zusammengerollten Lindenlaubs, nicht nur die Blicke der Verkäufer, sondern auch zweier eleganter Herren auf mich zog, die, als sie meiner ansichtig wurden, taumelten, versteinerten und eine Weile brauchten, ehe sie das eingebüßte Vertrauen zu ihren Krawatten und Kavalierstüchlein wiedergewonnen hatten…

Ich wählte mir einen Anzugstoff aus, für den ich kein Geld bei mir hatte, ich entschied mich für einen Eszterházy, ein englisches Tuch, das ich nach draußen zu bringen bat, damit ich sah, wie es im Sonnenlicht wirkte, und sogleich hielt man mich für einen Kunden, der sich auf Stoffe verstand, und der Kommis trug mir den ganzen Ballen nach draußen, schlug einen Zipfel um, damit ich mich ausreichend überzeugen konnte, wie meine künftige Kleidung in den Straßen der Stadt aussehen werde, und ich bedankte mich und war unentschlossen, doch der Kommis meinte, ein Kunde wie ich überlege ganz zu Recht und zögere mit dem Kauf, und morgen sei auch noch ein Tag, dieses Tuch könne ich jederzeit haben, denn die Firma Heinrich Pisko sei unbesorgt, da nur sie in Prag diesen Stoff führe.

So bedankte ich mich und ging hinaus, auf die andere Straßenseite, ich war regelrecht verdattert von alldem, ich legte sogar den Kopf ein wenig auf die Seite und runzelte die Stirn, um edle Falten zu bekommen, als sei ich in Gedanken, und dann geschah etwas, was mir die Gewißheit gab, daß diese Krawatte mich gründlich verändert hatte, denn es erschien Fräulein Vera, jene Dame aus dem Chambre séparée, die letzten Donnerstag mit den Börsenmännern im Visitationszimmer gewesen war, die mich vom Café her kannte, sie erblickte mich, und ich sah, daß sie mir schon mit dem Täschchen und den weißen Handschuhen, mit denen sie den Taschenriemen umfaßt hielt, freundschaftlich zuwinken wollte, doch plötzlich besann sie sich, als hätte sie sich geirrt, sie wußte nicht mehr so genau, ob ich das war, derselbe, der sich ihr hatte überlassen müssen, damit sie, die von den alten Herren so in Erregung versetzt worden war, überhaupt heimgehen konnte... Ich tat, als sei ich ein Fremder, sie drehte sich nach mir um und ging dann weiter, von ihrem Irrtum überzeugt.

All das hatten das Tüchlein und die weiße Krawatte bewirkt. Doch beim Pulverturm, wo ich wieder auf die andere Seite wechselte, um erneut und noch selbstbewußter den Graben hinunterzuflanieren, wobei mich meine Kostümierung, die durch Accessoirs herbeigeführt worden war, fast jubeln ließ, beim Pulverturm kam mir mit dem weißen Haarschopf seiner alten Jahre mein Oberkellner Herr Skřivánek entgegen, er ging, sah mich nicht an, doch ich wußte, daß er mich sah. Ich blieb stehen, als hätte er mich angesprochen, und blickte Herrn Skřivánek nach, und er blieb gleichfalls stehen, drehte sich um und kam zu mir zurück, sah mir in die Augen, und ich spürte, daß er allein die Krawatte an mir sah, nur die weiße Krawatte, die den Graben entlangspazierte, allein die spazierende Krawatte, sonst nichts... Und der Herr Oberkellner, der alles wußte, sah mich an, als wüßte er, woher die Krawatte stammte, als wüßte er, daß ich sie mir unerlaubt entliehen hatte. Er schaute mich an, und ich fragte mich im stillen: Woher wissen Sie das alles, Herr Oberkellner? Und er lachte und antwortete laut: »Woher ich das weiß? Schließlich habe ich den englischen König bedient!«

Obwohl die Sonne schien, war mir, als sei es dunkel geworden, als sei ich eine brennende Lampe und als habe der Herr Oberkellner meinen Docht heruntergedreht, als wäre ich ein aufgepumpter Autoreifen mit gelockertem Ventil, ich hörte förmlich, wie die Luft aus mir entwich, sah, daß ich nicht mehr mit meinem Licht den Weg beleuchtete, und weil ich nichts mehr erkannte, hatte ich das Gefühl, daß gleich mir auch die Krawatte und das Tüchlein die Fasson verloren hatten, als wäre ich in einen Regenguß geraten.

Ich hatte das Glück, daß das ruhmvollste Ereignis und die Ehre, die unter allen Hotels und Restaurationen nur einem Hause widerfahren konnte, dem Hotel Paris zuteil wurde. Man hatte festgestellt, daß der Präsident auf seiner Burg keine goldenen Bestecke besaß, und dies, weil ein Gast, der zu einem sogenannten offiziellen Besuch nach Prag kam, eine Vorliebe für Gold hatte. Der Oberkämmerer des Präsidenten und der Herr Kanzler persönlich verhandelten mit privaten Persönlichkeiten, um sich Goldbestecke auszuleihen, denn vielleicht wären die Fürsten Schwarzenberg oder Lobkowicz imstande, solche zur Verfügung zu stellen. Es erwies sich jedoch, daß diese adligen Herren zwar Goldbestecke besaßen, aber nicht genug, und außerdem waren überall Initialen und in die Löffelstiele und Messergriffe die Zeichen der erzherzoglichen Vliese eingraviert, zu denen diese Geschlechter gehörten. Der einzige, der dem Herrn Präsidenten Goldbestecke hätte leihen können, war der Fürst Thurn und Taxis, doch der hätte eigens nach Regensburg schicken lassen müssen, wo sie letztes Jahr auf einer Hochzeit dieser reichen Familie benutzt worden waren, die in Regensburg nicht nur eigene Hotels, nicht nur eigene Straßen, sondern sogar ganze Viertel und eine eigene Bank besaß.

So entfielen alle Kandidaten, und schließlich erschien der Herr Kanzler persönlich bei uns, und als er den Chef verließ, war er erbost, und das war ein gutes Zeichen. Ohne es zu wissen, hatte nämlich Herr Skřivánek, der den englischen König bedient hatte, dies alles geahnt, und der Miene des Herrn Kanzlers und danach dem Gesicht von Herrn Brandejs, dem das Hotel gehörte, entnahm er, daß der Chef es abgelehnt hatte, seine goldenen Bestecke außer Haus zu geben; wenn überhaupt, dann solle das Festmahl hier, bei uns, stattfinden, erst dann werde er seine goldenen Messer und

Gabeln und Löffel und Löffelchen aus dem Safe holen. So erfuhr ich, was mich beinahe umwarf, daß unser Hotel Goldbestecke für dreihundertfünfundzwanzig Personen besaß, und so kam es, daß auf der Burg beschlossen wurde, das feierliche Mittagessen für den seltenen Gast aus Afrika und für seine Suite hier bei uns zu veranstalten. Daraufhin fing man an, das ganze Hotel zu putzen. Kolonnen von Reinemacherinnen kamen mit Eimern und Scheuerlappen, und sie reinigten nicht nur die Fußböden, auch die Wände und Decken sowie sämtliche Lüster, und das Hotel erstrahlte und glänzte wie neu.

Dann kam der Tag, da der abessinische Kaiser mit seinem Gefolge bei uns eintreffen und Quartier nehmen sollte, einen ganzen Tag lang hatte ein Lastauto sämtliche Rosen und Asparagusse und Orchideen in den Prager Blumenläden aufgekauft, doch im letzten Augenblick war der Herr Burgkanzler erschienen und hatte die Unterkunft abgesagt, das feierliche Mittagessen aber bestätigt, doch dem Chef war das egal, denn er hatte alle Kosten einkalkuliert, die das Quartier betrafen, auch das Saubermachen, und so bereiteten wir uns also auf das Prunkmahl für dreihundert Personen vor. Wir entliehen uns Kellner und Ober aus dem Hotel Steiner, und für diesen Tag schloß Herr Šroubek sein Hotel und überließ uns seine Kellner, und von der Burg kamen Detektive, dieselben, die mit mir zusammen das Bambino di Praga transportiert hatten, und sie brachten drei Kochmonturen und zwei Kellnerfräcke mit und zogen sich sogleich um, um zu trainieren und sich in der Küche umzusehen, damit keiner den Kaiser vergiftete, und die Kellner wiederum prüften, von wo man in den Restauranträumen den Kaiser am besten im Auge habe, doch als der Chefkoch gemeinsam mit dem Kanzler und Herrn Brandejs die Speisekarte für die dreihundert Gäste zusammenstellte, arbeiteten sie ganze sechs Stunden daran, und Herr Brandejs ließ daraufhin seine Eiskeller mit fünfzig Kalbskeulen, sechs Rindern für die Suppe, mit sechs Fohlen für die Beefsteaks und mit einem Wallach für die Soße bestücken, mit sechzig Schweinen, nicht schwerer als sechzig Kilogramm, mit zehn Spanferkeln, dreihundert Hühnern, die Rehböcke und beide Hirsche nicht gerechnet...

An der Seite des Herrn Oberkellners Skřivánek stieg ich zum erstenmal in unsere Kellergewölbe hinab, und der Kellermeister zählte noch einmal unter der Kontrolle des Oberkellners die Vorräte an Weinen und Kognaks und anderen Destillaten durch... Mich schauderte, als ich sah, wie gut bestückt der Keller war, als wären wir die Firma Oplt Weine und Branntweine en gros. Zum erstenmal sah ich eine ganze Wand, die von Henkell Trocken starrte und vom Schampus der Witwe Cliquot bis zur Firma Deinhardt in Koblenz, ganze Wände voller Kognak der Marken Martell und Hennessy, Hunderte Flaschen aller möglichen Sorten an Schottischem Whisky, doch ich sah auch seltene Mosel- und Rheinweine, auch hiesigen Bzenec aus Mähren sowie tschechischen Wein aus Mělník und Žernoseky, und als der Herr Oberkellner Skřivánek so von Keller zu Keller ging, streichelte er immer nur die Flaschenhälse, so hübsch streichelte er sie, als wäre er ein Alkoholiker, obgleich er eigentlich gar keinen Alkohol trank, noch nie hatte ich gesehen,

daß der Herr Skřivánek getrunken hätte, und im Keller wurde mir auch bewußt, daß ich den Oberkellner Skřivánek nie hatte sitzen sehen, immer stand er, zündete sich eine Zigarette an, doch immer im Stehen, hier im Keller sah er mich an und las mir vom Gesicht ab, woran ich dachte, denn er sagte urplötzlich: »Merk dir eins, willst du ein guter Oberkellner sein, dann darfst du dich nie setzen, denn sonst täten dir die Füße weh, und die Schicht würde für dich zur Hölle…«
Der Kellermeister löschte hinter uns das Licht, und wir verließen die Gewölbe, doch selbigen Tags kam die Nachricht, der Kaiser von Abessinien habe eigene Köche mitgebracht, die hier bei uns, weil wir die gleichen Goldbestecke besaßen wie er in Abessinien, eine abessinische Spezialität zubereiten wollten… Und am Tag bevor das Festmahl steigen sollte, trafen die Köche ein, sie waren schwarz und glänzten, doch sie bibberten und hatten einen Dolmetscher mit, und unsere Köche sollten ihre Gehilfen sein, doch der Chefkoch nahm die Schürze ab und ging für diesen Tag weg – er schmollte, war beleidigt, die Köche aus Abessinien aber begannen ein paar hundert Eier hart zu kochen und lachten und grinsten, und dann wieder schleppten sie zwanzig Truthähne herbei und brieten sie in unseren Öfen und rührten in großen Schüsseln irgendwelche Füllungen an, für die sie dreißig Körbe Brötchen und dazu ganze Händevoll Gewürze benötigten. Danach schafften sie auf einer Karre Petersilie herbei, und unsere Köche hackten sie ihnen, und wir alle waren neugierig, was diese schwarzen Jungs machen würden, und als sie Durst bekamen, brachten wir ihnen Pilsner Bier, und sie freuten sich und gaben uns dafür von ih-

rem Likör zu trinken, aus irgendwelchen Gräsern war er und furchtbar stark und duftete nach Pfeffer und gestoßenem Piment, doch dann bekamen wir einen Schreck, denn sie ließen zwei Antilopen herbeischaffen, die bereits ausgeweidet waren, zogen sie im Nu ab, im Zoologischen Garten hatten sie sie gekauft, und die größten Pfannen, die wir hatten, in denen brieten sie die Antilopen, warfen ganze Batzen Butter dazu, streuten aus einem Sack ihr Gewürz drüber.

Sämtliche Fenster mußten wir offenlassen, soviel Bratendunst gab es, dann füllten sie die Antilopen mit den halbfertig gebratenen Truthähnen samt Fülle, stopften die Hohlräume mit Hunderten von hartgekochten Eiern aus und brieten alles auf einmal – dann jedoch brach fast das ganze Hotel zusammen, sogar der Chef erschrak, weil er darauf nicht vorbereitet war, denn die Köche zogen ein lebendiges Kamel vor das Hotel und wollten es schlachten, doch davor hatten wir Angst.

Der Dolmetscher aber beschwichtigte Herrn Brandejs, und so erschienen Zeitungsleute, und die sorgten dafür, daß unser Hotel ins Blickfeld der Presse geriet. Man fesselte das Kamel, das klar und deutlich blökte: näääh, näääh, was soviel hieß, man solle es nicht töten, doch ein Koch schnitt ihm mit einem Schächtermesser die Gurgel durch, und der Hof war voller Blut, und schon stieg das Kamel an einem Flaschenzug in die Höhe, man riß ihm mit dem Messer die Innereien heraus und löste dann die Knochen, genauso wie bei den Antilopen, und ließ drei Wagen voll Holz anfahren, und der Chef mußte Feuerwehrleute kommen lassen, und die standen mit der Spritze bereit und sahen zu, wie die Köche hurtig Feuer anfachten, ein großes

Feuer, als solle Holzkohle gemacht werden, und über diesem Feuer, nachdem die Flamme erloschen und nur die glühende Kohle geblieben war, drehten sie das ganze Kamel über einem Dreibein am Spieß und brieten es, und als sie fast fertig waren, gaben sie in das Kamel die beiden Antilopen hinein, in denen die Truthähne als Fülle steckten, und in diesen waren ohnehin schon eine Füllung und auch Fische, und sie stopften den freien Raum mit Eiern aus und streuten dauernd ihr Gewürz dazu und tranken Bier, denn trotz des Feuers war ihnen immerzu kalt, es erging ihnen wie Brauereikutschern, die im Winter kaltes Bier trinken, um sich aufzuwärmen. Und diese schwarzen Köche, als für die dreihundert Gäste gedeckt war und die Autos vorfuhren und die Portiers die Limousinen öffneten, brachten es nicht nur fertig, auf dem Hof Spanferkel und Lämmer zu backen, sondern sie bereiteten in den Kesseln auch noch Suppen aus so viel Fleisch zu, daß der Chef nicht bedauerte, so viele Vorräte angeschafft zu haben...

Und dann fuhr Haile Selassie vor in Begleitung des Ministerpräsidenten, und alle unsere Generäle und sämtliche Potentaten der abessinischen Truppen, jeder mit Orden behängt, doch der Kaiser kam und nahm uns alle für sich ein, er trug nur eine weiße Uniform, ohne Orden, ganz schlicht, dagegen trugen seine Regierungsmitglieder oder die Atamane seiner Stämme weiße Umhänge, einige hatten große Schwerter dabei, doch als sie Platz nahmen, sah man, daß sie Erziehung hatten, so ungezwungen waren sie. In allen Sälen des Hotels war gedeckt, und neben jedem Teller funkelte das goldene Besteck, reihenweise Gäbelchen und Messer und Löffelchen, und dann wurde Haile vom Ministerpräsidenten herzlich willkommen geheißen. Haile sprach, als bellte er, und der Dolmetscher übersetzte, der Kaiser von Abessinien gebe sich die Ehre, seine Gäste zu einem abessinischen Mahl einzuladen... Ein Mann in einem Kattungewand, die dicke Gestalt von Dutzenden von Metern Stoff umwickelt, klatschte in die Hände, und wir trugen die Vorspeisen auf, welche die schwarzen Köche in unserer Küche zubereitet hatten, kaltes Kalbfleisch mit schwarzer Tunke, ich hatte nur mit dem Finger einen Tropfen von diesem Gebräu gekostet und mußte husten, so scharf war der Extrakt, und ich sah zum erstenmal, wie sich, kaum daß die Kellner elegant die Tellerchen gereicht hatten, unsere goldenen Gabeln hoben, dreihundert goldene Gabeln und Messer blinkten in den Sälen des Restaurants... Und der Oberkellner gab ein Zeichen und hieß die Gläser mit weißem Moselwein füllen, und schon war mein Augenblick gekommen, denn wie ich sah, hatte man versäumt, dem Kaiser einzuschenken. Ich schob eine Flasche in eine Serviette und – ohne zu wissen, was nun zu geschehen hatte, wenn ich zum Kaiser trat – sank ich aufs Knie wie ein Ministrant, senkte den Kopf, doch als ich aufstand, sahen mich alle an, und der Kaiser drückte mir auf die Stirn, nein in die Stirn, ein Kreuz, so segnete er mich, und ich schenkte ihm ein...

Und hinter mir stand der Oberkellner des Hotels Šroubek, der der Säumige war, und ich war erschrokken über das, was ich angestellt hatte, und suchte mit den Augen den Oberkellner Herrn Skřivánek und sah, daß er nickte, denn er war froh darüber, daß ich so aufmerksam war... Ich stellte die Flasche ab und sah, wie langsam der Kaiser aß, wie er nur ein Stückchen kaltes Fleisch in die Soße tunkte, als koste er nur, er nickte und kaute gemächlich und machte mit der Gabel ein Kreuz zum Zeichen, daß er genug habe. Er nahm einen Schluck Wein und wischte sich lange den Bart mit der Serviette ab, und dann wurde die Suppe aufgetragen, und wieder waren diese schwarzen Köche so flink dabei, vielleicht weil sie dauernd froren und Bier tranken, wir kamen kaum nach, die Suppentassen hinzustellen, so rasch folgte eine Kelle auf die andere, sogar die als Köche verkleideten Detektive staunten nicht schlecht...

Ach ja, fast hätte ich's vergessen: Die Geheimen hatten sich mit den schwarzen Köchen zum Andenken fotografieren lassen, und inzwischen hatten unsere Köche auf dem Hof langsam über der Kohlenglut das gefüllte Kamel am Spieß gedreht, das sie mit einem in Bier getauchten Minzebüschel bestrichen, die schwarzen Köche hatten sich das ausgedacht, als dem Chefkoch die Idee zu dieser Pinselei kam, freute er sich und sagte, wie uns der Dolmetscher übersetzte, dafür könnten die Köche wohl mit dem Maria-Theresia-Orden rechnen, und nach diesem Gang, da fiel allen Köchen und Küchenmägden und Obern und Hilfskellnern und Kellnern ein Stein von der Seele, weil die Schwarzen das alles geschafft hatten, obwohl sie immerfort Bier in sich reingegossen hatten... Ich wurde dadurch ausgezeichnet, daß mich, wie der Dolmetscher sagte, der Kaiser persönlich dazu ausersehen habe, ihm auch weiterhin die Speisen und Getränke zu reichen, und jedesmal sank ich im Frack aufs Knie, servierte und trat dann wieder zurück und gab acht, daß ich auf einen

Wink rechtzeitig nachschenkte oder den Teller wegnahm, doch der Kaiser aß so wenig, kaum daß er seine Lippen benetzte, wie ein Obervorkoster schnupperte er nur, aß eine Winzigkeit und nippte vom Wein, um sich dann weiter mit dem Ministerpräsidenten zu unterhalten, und die Gäste rückten in Reihenfolge und Würde immer weiter von dem ab, der dieses Festmahl gab, und je länger es dauerte, um so mehr und gieriger aßen und tranken sie, und ganz unten am Tischende und in den Nischen und in den Nebenräumen aßen sie, als hätten sie immer noch Hunger, sie vertilgten auch die Brötchen, ein Gast verspeiste sogar von drei Blumentöpfen die Blüten der Alpenveilchen, die er mit Salz und Pfeffer bestreute... und die Detektive standen befrackt wie die Kellner, die Servietten über den angewinkelten Arm gelegt, in den Ecken und Winkeln der Räume und gaben acht, daß keiner eins von unseren Goldbestecken stahl...

So näherte sich das Mahl seinem Höhepunkt, die schwarzen Köche schliffen ihre langen Säbel, richtige Schächtermesser, dann schulterten zwei Neger den Bratspieß, ein dritter rieb mit Minzebüscheln den eingepfefferten Bauch des Kamels ab, und hinein ging es in die Restaurationsräume... Sie durchschritten einen Saal und einen Vorraum, und der Kaiser erhob sich und wies mit der Hand auf das gebratene Kamel, und der Dolmetscher übersetzte, das sei eine afrikanische und arabische Spezialität... eine kleine Aufmerksamkeit des Kaisers von Abessinien... und zwei Helfer trugen mitten ins Hotel zwei Holzplatten, wie man sie beim Schweineschlachten verwendet, schoben sie aneinander und nagelten sie mit zwei Krampen zusammen, und auf diesen Riesentisch legten die Männer das Kamel, dann brachten sie Messer und schnitten das Kamel mit langen Schnitten in zwei Hälften, und die Hälften wieder in Hälften, und ein gewaltiger Duft breitete sich aus, und in einem jeden der Schnitte befanden sich Teile vom Kamel und von der Antilope und in der Antilope der Truthahn und im Truthahn die Fische und die Füllung und die zusammengebackenen Kränze gekochter Eier... und die Kellner hielten die Teller hin und servierten vom Kaiser abwärts nach und nach das geröstete Kamel, und ich kniete nieder, und der Kaiser gebot mir mit den Augen, und ich reichte ihm sein Nationalgericht, das vorzüglich sein mußte, denn alle Gäste wurden still, und man hörte nur, was zugleich schön anzusehen war, das Klingen unserer goldenen Gabeln und Messer...

Dann geschah etwas, was weder wir noch ich und vielleicht nicht einmal der Herr Oberkellner Skřivánek je erlebt hatten: Zuerst erhob sich irgendein Regierungsrat, ein bekannter Feinschmecker, er war so begeistert von dem Essen, dem Kamel, daß er aufstand und zu schreien begann, er schrie, und sein Gesicht loderte vor Begeisterung darüber, wie sehr es ihm schmecke, doch da ihm die Grimassen nicht ausreichten, begann er gewissermaßen herumzuturnen wie auf einem Sportfest, er schlug sich vor die Brust und nahm sich wieder ein Stück aus der Tunke, und jetzt wirkte das Essen so auf ihn, daß sogar die schwarzen Köche mit ihren Schächtermessern innehielten und zum Kaiser hinsahen, doch der Kaiser war derlei anscheinend gewöhnt, er lächelte nur, also lächelten auch die schwarzen Köche, sie lächelten, und auch die Häuptlinge nickten, die in teure Stoffe gewickelt waren mit Mustern, wie Großmutter sie immer auf der Schürze hatte, oder in farbigem Duvetine, und der Regierungsrat konnte sich nicht fassen und lief hinaus und schrie auf dem Gang und stürzte wieder herein und nahm sich noch ein Stück mit der Gabel, und das war der Höhepunkt, denn er rannte wieder hinaus und schrie, er rannte bis vor das Hotel und schrie dort und tanzte und jauchzte und schlug sich an die Brust und kam wieder zurückgerannt, und in seiner Stimme war Gesang und in seinen Beinen ein Tanz der Danksagung für das so gut zubereitete gefüllte Kamel, und urplötzlich verbeugte er sich vor den drei Köchen, tief, zuerst nach russischer Sitte bis zum Gürtel und dann bis zur Erde...

Ein anderer Schlemmer wiederum, irgendein pensionierter General, sah nur zur Decke hinauf und gab einen langgezogenen, bangen Ton von sich, ein langes, wonniges Wimmern, das in Kadenzen anstieg. Immer wenn er einen weiteren Bissen nahm, kaute, winselte und wimmerte er und biß von dem Fleisch ab, und nahm er dazu einen Schluck vom Žernoseker Riesling, dann richtete er sich auf und winselte so sehr, daß selbst die schwarzen Köche begriffen und fröhlich riefen: »Yes, yes, Samba, yes.« Und das war anscheinend auch der Grund dafür, daß die Stimmung so weit anstieg, daß der Ministerpräsident und der Kaiser sich die Hände reichten und die Fotografen hereinstürzten und alles fotografiert wurde. Ununterbrochen klackte scharfes Licht, und in seinem bengalischen Glanz drückten sich unsere und die abessinischen Vertreter die Hände...

Nachdem sich Haile Selassie unter Verbeugungen zurückgezogen hatte, verneigten sich alle Gäste ebenfalls, die Generäle beider Armeen tauschten Orden, dekorierten sich gegenseitig, und Regierungsräte hefteten sich Sterne an die Frackbrust, Sterne und Brustschärpen, die sie vom Kaiser erhalten hatten, und ich, der Kleinste, wurde stracks bei der Hand genommen und zum Kanzler des Kaiserreiches geführt. Er dankte mir mit einem Handschlag für die vorbildliche Bedienung und heftete mir den an Rang gewiß niedrigsten, der Größe nach aber höchsten Orden an, mit einer blauen Schärpe für Verdienste um den Thron des Kaisers von Abessinien, und ich trug den Orden am Frackaufschlag, die blaue Schärpe über der Brust, schlug die Augen nieder, und alle beneideten mich, und wie ich sah, am meisten der Oberkellner vom Hotel Šroubek, der diesen Orden eigentlich hätte bekommen sollen. Als ich seine Blicke bemerkte, hätte ich ihm den Orden am liebsten überlassen, denn er stand kurz vor der Pensionierung und hatte vielleicht nur darauf noch gewartet, denn mit solch einem Orden konnte man irgendwo am Riesengebirge oder im Böhmischen Paradies ein Hotel aufmachen, das Hotel zum Orden des abessinischen Kaiserreiches, die Journalisten und Reporter aber knipsten mich und notierten sich meinen Namen, und so stolzierte ich mit dem Orden und der blauen Schärpe umher, und wir sammelten das Geschirr ein und trugen es in die Küche, all die Bestecke und all die Teller.

Wir arbeiteten bis spät in die Nacht, und als die Frauen unter der Aufsicht der Detektive, die als Köche und Kellner verkleidet waren, die dreihundert Goldbe-

stecke gespült und abgetrocknet hatten und der Herr Oberkellner Skřivánek sie mit Hilfe jenes Oberkellners aus dem Hotel Šroubek durchgezählt hatte, da mußten sie noch einmal zählen und dann noch einmal, und dann zählte der Chef selber die kleinen Kaffeelöffel, und als er fertig war, erbleichte er, denn ein Löffelchen fehlte. Sie zählten noch einmal und berieten dann, und ich sah, wie der Ober vom Hotel Šroubek leise etwas zum Chef sagte, und dann taten sie befremdet, und die Lohnkellner wuschen sich die Hände, und jetzt ging alles in den Nebensaal, denn es war genug zu essen da, und nun erschienen auch die Chefs und dann die Köche und Serviermädchen. Alle kamen, nicht um sich satt zu essen, sondern um von der Menge der Speisen, die übriggeblieben waren, in Ruhe zu kosten. Sie wollten vor allem unseren Köchen zusehen, die den Geschmack analysierten und rätselten, mit welchen Gewürzen diese oder jene Soße gewürzt sei und welche Handgriffe so, wie sie es gesehen hatten, vonnöten gewesen seien, um eine so köstliche Speise entstehen zu lassen, daß der Regierungsrat Konopásek, der Vorkoster der Speisen auf der Prager Burg war, so vor Begeisterung habe schreien können...
Ich selbst bekam kaum einen Bissen herunter, ich bemerkte, daß der Chef nicht mehr zu mir herübersah, weil er unfroh über meinen Orden war. Ich entdeckte, daß auch der Ober von Šroubek leise mit unserem Oberkellner Herrn Skřivánek sprach, und auf einmal war mir klar, daß sie über das goldene Löffelchen redeten, anscheinend vermuteten sie, daß ich dieses Löffelchen gestohlen hatte. Ich schenkte mir einen Kognak ein, der nur für uns bereitstand, und trank, schenkte

mir noch einmal ein und ging zu meinem Oberkellner hin, der den englischen König bedient hatte. Ob er böse auf mich sei, fragte ich, und sagte, ich hätte den Orden, der eigentlich dem Oberkellner vom Hotel Šroubek zustünde oder ihm selber oder unserem Chef, zu Unrecht erhalten, doch keiner hörte mir zu, ich sah sogar, daß Herr Skřivánek auf meine Fliege guckte, so starr guckte er hin, daß ich den gleichen Blick wie vor einigen Tagen verspürte, als er meine Krawatte angeschaut hatte, die weiße mit den blauen Pünktchen, die wie die Tüpfelchen auf den Flügeln der Edelfalter aussahen, die Krawatte, die ich mir unerlaubt aus dem Schrank mit den Sachen und Kleidern genommen hatte, die unsere Gäste liegengelassen hatten.

Ich sah in den Augen des Herrn Oberkellners den Gedanken: Wenn er sich schon unerlaubt die Krawatte genommen hat, warum sollte er dann nicht auch das goldene Löffelchen gemaust haben, das er zuletzt vom Tisch des Kaisers von Abessinien abgeräumt hatte, und das stimmte auch – aber ich hatte es in die Küche getragen und sogleich in den Abwasch gegeben. Mich überkam eine tiefe Scham, als ich so mit dem ausgestreckten Glas dastand, mit dem ich mit dem Oberkellner anstoßen wollte, der für mich das Größte auf der Welt war und das Höchste, höher als selbst der Kaiser oder der Ministerpräsident, und er hob das Glas ebenfalls, zögerte aber einen Augenblick ... Ich hegte immer noch die Hoffnung, er werde mit mir auf meinen unglückseligen Orden anstoßen, doch er, der stets alles wußte, war ratlos, er prostete dem Ober vom Šroubek zu, der genauso alt war wie er, und sah mich nicht mehr an, und ich trug das ausgestreckte Glas weg und trank es aus, und in mir begann es zu brennen, und ich glühte und schenkte mir noch einen Kognak ein... und rannte, so wie ich war, aus dem Hotel hinaus in die Nacht, aus meinem ehemaligen Hotel, denn ich wollte nicht mehr auf der Welt sein, und bestieg ein Taxi.

Der Fahrer fragte mich, wohin ich wolle, und ich sagte ihm, er möge mich in den Wald fahren, ich wolle frische Luft schnappen. So fuhren wir, alles glitt hinter mir weg, zuerst die Lichter, unzählige Lichter, dann nur hier und da eine Laterne und dann nichts mehr, nur hinten oder in einer Kurve rückte mir das Auto Prag wieder ins Blickfeld, und dann machte es an einem richtigen Wald halt... Ich entlohnte ihn, und er erblickte meinen Orden mit der blauen Schärpe und sagte, er wundere sich nicht, daß ich so durcheinander sei, er kenne das, viele Kellner ließen sich zum Baumgarten fahren oder sonstwohin, um sich die Füße zu vertreten, ich aber mußte lachen und sagte ihm, ich wolle nicht spazierengehen, ich würde mich wohl aufhängen. Doch der Taxifahrer glaubte mir das nicht. »Wirklich?« fragte er lachend. »Und womit?« Und tatsächlich, ich hatte nichts Geeignetes mitgenommen und sagte: »Mit dem Taschentuch.«

Der Taxifahrer stieg aus, hob die Haube vom Kofferraum hoch und kramte darunter herum und reichte mir dann im Schein eines Laternchens einen Strick, ein Stück Strippe, und er lachte und machte eine Schlinge und zog den Strick durch den Knoten und gab mir lachend den Rat, wie ich mich am besten aufzuhängen hätte... Und dann kurbelte er noch die Scheibe herunter und rief: »Viel Glück beim Aufhängen!« und fuhr ab und blinkte zum Gruß mit den Scheinwerfern, und

als er das Wäldchen verließ, hupte er noch... Ich ging einen Waldpfad entlang und setzte mich auf eine Bank, und als ich die ganze Geschichte noch einmal durchdachte, vor allem als ich zu dem Schluß kam, der Herr Oberkellner könne mich nicht mehr ausstehen, da sagte ich mir, es sei mir nicht mehr möglich, auf der Welt zu leben. Ja, wenn es nur um ein Mädchen ginge, für eine allein scheint die Sonne nicht, doch für einen Oberkellner, der den englischen König bedient hat und der glaubt, ich sei imstande, ein Löffelchen zu stehlen, das zwar fehlte, das aber ein anderer gestohlen haben mußte... Das wollte mir nicht in den Sinn...
Zwischen den Fingern spürte ich den Strick, und es war auf einmal so dunkel, daß ich die Hände tastend ausstrecken mußte und gegen Bäume stieß, doch es waren nur kleine Bäumchen. Dann kam ich aus dem Wald heraus und erkannte am Himmel, daß ich zwischen noch kleineren Fichten hindurchging, durch Gebüsch, und danach stieß ich erneut auf ein Wäldchen, doch das waren lauter Birken, hohe Birken, um auf einen Ast zu gelangen, hätte ich eine Leiter haben müssen... Ich erkannte, daß die Sache nicht ganz einfach war, und als ich dann in einen richtigen Wald kam mit ganz niedrigen Ästen, da waren es Kiefern, doch die alten Äste ragten so weit vor, daß ich auf allen vieren kriechen mußte... Ich tat dies also, und der Orden schlug mir ans Kinn und ins Gesicht, und das machte die Erinnerung an das goldene Löffelchen, das im Hotel verlorengegangen war, nur noch stärker. Auf allen vieren, so wie ich war, hielt ich inne, durchdachte noch einmal alles und gelangte wieder zu dem schmerzlichen Punkt im Gehirn, über den ich nicht hinwegkam,

zu der Tatsache, daß Herr Skřivánek mich nicht mehr mochte, daß er mich nicht weiter erziehen würde, daß wir nicht mehr miteinander wetten würden, was sich welcher Gast bestellen oder auch nicht bestellen würde oder sich eigentlich bestellen müßte, welcher Nationalität der Gast sei, der gerade eintrat... Und so jammerte ich wie der Oberrat Konopásek, nachdem er ein paar Bissen von dem köstlichen gefüllten Kamel gegessen hatte, und beschloß, mich aufzuhängen, doch als ich mich aufrichten wollte, berührte etwas meinen Kopf. Eine Weile verharrte ich auf den Knien, dann hob ich die Hände und ertastete Schuhe, zwei Schuhspitzen, tastete ein Stückchen höher und berührte zwei Knöchel und Strümpfe an kalten Waden...

Ich erhob mich und stieß mit der Nase an die Taille eines Erhängten, und ich kriegte einen solchen Schreck, daß ich wegrannte und mir an den scharfen dürren Ästen die Kleider zerfetzte, mir das Gesicht zerkratzte und die Ohren blutig riß. Ich schlug mich bis zu einem Pfad durch, fiel um und wurde ohnmächtig, den Strick in der Hand... und dann weckten mich Laternen und Menschenstimmen, und als ich die Augen aufschlug, da sah ich, nein, ich sah nicht, sondern wußte, daß ich in den Armen des Herrn Oberkellners Skřivánek lag, er streichelte mich, und ich sagte immerzu: »Dort, dort«, und so fanden sie den Erhängten, der mir das Leben gerettet hatte, und ich hätte mich ein Stückchen weiter oder neben ihm aufgehängt, und der Herr Oberkellner strich mir übers Haar und wischte mir das Blut ab... und ich weinte und rief: »Das goldene Löffelchen...« Und der Herr Oberkellner flüsterte mir zu: »Keine Angst, es hat sich angefunden«, und ich fragte: »Wo?«, und er sagte leise: »Das Abwaschwasser ist nicht abgelaufen, da hat man's Rohr aufgeschraubt, und das Löffelchen steckte schon im Abflußknie... Verzeih mir, alles wird wieder gut, so wie es früher war.« Ich fragte: »Aber von wem haben Sie erfahren, wo ich bin?« Der Oberkellner sagte, der Taxifahrer hätte es gesagt, dem habe das Gewissen geschlagen, er sei ins Hotel zurückgefahren und hätte die Kellner gefragt, wer denn von ihnen sich habe aufhängen wollen, und in diesem Augenblick sei der Hausmeister mit dem Löffelchen gekommen...

So kam es, daß ich mich im Hotel Paris wieder wohl fühlte wie die Erbse in der Hülse. Der Herr Oberkellner Skřivánek vertraute mir sogar die Schlüssel zu den Weinkellern und zu den Likören und Kognaks an, als wolle er alles, was mit dem goldenen Löffelchen geschehen war, wiedergutmachen. Der Chef indes hat mir nie verziehen, daß ich den Orden mit der Brustschärpe bekommen habe, er sah durch mich hindurch, als wäre ich nicht vorhanden, doch ich hatte bereits so viel Geld verdient, daß ich damit schon den ganzen Fußboden auslegen konnte; alle drei Monate trug ich sozusagen einen mit Hundertern ausgelegten Fußboden in die Sparkasse, denn ich hatte mir in den Kopf gesetzt, Millionär zu werden, mit allen gleichzuziehen und mir später ein kleines Hotel, ein winziges Schmuckkästchen irgendwo im Böhmischen Paradies zu pachten oder zu kaufen. Dann würde ich heiraten, mir eine reiche Braut nehmen und mein Geld und das meiner Frau zusammenlegen. Man würde mich achten wie andere Hoteliers auch, doch selbst wenn man mich nicht als Mensch anerkannte, als Millionär, als Hotel-

und Realitätenbesitzer würde man mich anerkennen müssen, man wäre quasi dazu verurteilt, mit mir zu rechnen...

Doch wieder gab es einen unangenehmen Zwischenfall. Ich mußte ein drittes Mal zur Musterung, wurde aber auch diesmal nicht Soldat, weil ich nicht die entsprechenden Körpermaße hatte, und obwohl ich die Herren Militärs zu bestechen versuchte, wurde ich nicht eingezogen. Im Hotel lachten alle darüber, auch Herr Brandejs fragte mich aus, wodurch er mich erneut herabwürdigte, weil ich klein war und wußte, daß ich bis zum Tode klein bleiben würde, da ich nicht mehr wuchs. Größer werden konnte ich nur so, wie ich es bisher getan hatte, mit doppelten Absätzen nämlich und mit erhobenem Kopf, als sei mir stets der Kragen zu eng, als bestünde meine einzige Chance, einen längeren Hals zu kriegen, darin, immer nur hohe Kautschukkragen zu tragen. Die Folge war, daß ich Deutschstunden nahm, mir deutsche Filme ansah und deutsche Zeitungen las, und es wunderte mich überhaupt nicht, daß die Studenten in weißen Strümpfen und grünen Tirolerjacken auf den Prager Straßen herumspazierten und daß ich schließlich im Hotel fast der einzige war, der die deutschen Gäste bediente.

Alle unsere Kellner gingen mit den deutschen Gästen um, als verstünden sie kein Deutsch, selbst der Herr Oberkellner Skřivánek sprach mit den Deutschen nur englisch oder französisch oder tschechisch, und als ich im Kino einmal einer Frau auf das Schühchen trat und sie deutsch sprach, da habe ich mich auf deutsch bei ihr entschuldigt und habe die Frau, die hübsch angezogen war, ein Stück begleitet, und aus Dank dafür, daß sie deutsch mit mir sprach, habe ich zu ihr gesagt, es sei schrecklich, was die Tschechen mit den armen deutschen Studenten anstellten, mit eigenen Augen hätte ich gesehen, wie man ihnen auf der Nationalstraße die weißen Kniestrümpfe von den Füßen gezerrt und die braunen Hemden heruntergerissen habe. Und sie sagte, ich sähe das ganz richtig, Prag sei altes Reichsgebiet, und das Recht, hier durch die Straßen zu gehen und sich nach eigenem Brauch zu kleiden, sei unveräußerlich, die ganze Welt verhalte sich gleichgültig dazu, doch die Stunde werde kommen, und der Tag, daß die Geduld des Führers zu Ende sei, dann werde er kommen und alle Deutschen vom Böhmerwald bis zu den Karpaten befreien und...

Ich bemerkte jetzt erst, daß ich ihr, während sie dies sagte, von Auge zu Auge ins Gesicht schaute, daß ich nicht aufblicken mußte wie zu den anderen Frauen; immer hatte ich das Pech, daß die Frauen, die es in meinem Leben gab, alle größer waren als ich, wahre Riesinnen waren unter ihnen, denn im Stehen guckte ich ihnen immer auf den Hals oder auf den Busen. Nun aber sah ich eine Frau, die genauso klein war wie ich, deren grüne Augen leuchteten und die genauso mit Sommersprossen gesprenkelt war wie ich. Die braunen Sommersprossen harmonierten so gut mit ihren grünen Augen, daß mir auf einmal klar wurde, wie schön sie war, und ich bemerkte zugleich, daß sie mich genauso ansah. Ich trug wieder die schöne weiße Krawatte mit den blauen Pünktchen, und sie betrachtete mein Haar, das hellblond war wie Stroh, und dazu meine blauen Kalbsaugen, und dann sagte sie zu mir, die Deutschen aus dem Reich brauchten so nötig sla-

wisches Blut, brauchten so nötig die Weite und die slawische Natur, schon seit tausend Jahren seien sie bemüht, sich im guten wie im bösen mit diesem Blut zu vermischen, und sie vertraute mir an, daß ein großer Teil des preußischen Adels slawisches Blut in sich habe, und dieses Blut mache diese Adligen in den Augen des übrigen Adels wertvoller als die anderen...
Ich stimmte dem zu und wunderte mich, wie gut sie mich verstand, denn hier hatte ich keinen Gast danach zu fragen, was er zum Mittag oder zum Abendessen wünsche, ich konnte mit diesem Fräulein sprechen, dem ich auf das schwarze Schühchen getreten hatte, und so sprach ich ein bißchen deutsch und viel tschechisch, hatte aber fortwährend das Gefühl, deutsch zu sprechen, im deutschen Geiste... Ich erfuhr von dem Fräulein, daß sie Lisa heiße, aus Eger, also Cheb, stamme, dort Lehrerin für Leibesübungen sei, Gaumeisterin im Schwimmen, und sie schlug die Jacke auf, und an ihrer Brust war ein Abzeichen aus vier kreisförmig angebrachten F, wie ein Vierklee, und sie lächelte mich an und sah immer nur auf mein Haar, bis ich unruhig wurde, doch sie gewann mein Vertrauen und sagte, ich hätte das schönste helle Haar auf der Welt. Fast geriet ich ins Stolpern und erzählte ihr dafür, daß ich Ober im Hotel Paris sei; das sagte ich und war schon aufs Schlimmste gefaßt, sie aber legte mir die Hand auf den Ärmel, und als sie mich berührte, glänzten ihre Augen, so daß ich erschrak, doch sie sagte, ihr Vater besitze in Eger das Restaurant Stadt Amsterdam...
So verabredeten wir uns und gingen ins Kino. »Liebe im Dreivierteltakt« wurde gegeben, und sie kam mit

einem Tirolerhütchen und so, wie ich es seit meiner Kindheit mochte, in einer Art grüner Tirolerjacke, eigentlich einem grauen Kamisol mit grünem Kragen, der mit Eichenlaub bestickt war, und draußen fiel Schnee, kurz vor Weihnachten war es, und sie kam danach mehrmals zu mir ins Hotel Paris und aß zu Mittag oder zu Abend, und als sie das erstemal erschien, blickte der Herr Oberkellner Skřivánek erst sie an, dann mich, wir gingen wieder wie sonst in die Nische, und ich lachte und sagte: »Also wetten wir um zwanzig Kronen, was das Fräulein bestellt?« Denn ich sah, daß sie wieder in ihrer Tirolerjacke und heute sogar in weißen Strümpfen erschienen war, und ich zog einen Zwanziger heraus und legte ihn auf den Serviertisch, doch der Herr Oberkellner Skřivánek sah mich mit fremden Augen an, genau wie damals, als ich mit ihm hatte anstoßen wollen an dem Abend, als ich den abessinischen Kaiser bedient hatte und das goldene Löffelchen verlorengegangen war; ich hatte die Finger auf den zwanzig Kronen, und er ließ mich absichtlich in dem Glauben, daß alles in Ordnung sei, er zog ebenfalls zwanzig Kronen hervor, legte sie langsam hin, doch plötzlich, als könne sich sein Geld an meinen zwanzig Kronen schmutzig machen, schob er es rasch wieder in die Tasche, warf noch einmal einen Blick auf Fräulein Lisa und winkte ab, und von da an sprach er mich nicht mehr an, nahm mir nach der Schicht die Schlüssel vom Magazin ab und sah durch mich hindurch, als wäre ich nicht vorhanden... als hätte er nie den englischen König bedient und ich nie den abessinischen Kaiser.

Doch das kümmerte mich nicht mehr, denn ich sah

und wußte, wie ungerecht alle Tschechen zu den Deutschen waren, in diesem Augenblick begann ich mich sogar dafür zu schämen, ein zahlendes Mitglied des Sokol zu sein, denn Herr Skřivánek war ein großer Sokol-Anhänger, ebenso Herr Brandejs, alle waren sie gegen die Deutschen eingenommen und vor allem gegen Fräulein Lisa, die meinetwegen, ausschließlich meinetwegen erschienen war und die ich nicht bedienen durfte, da ihr Tisch zum Revier eines anderen Kellners gehörte. Ich bemerkte wohl, daß sie niederträchtig zu ihr waren, daß der Kellner ihr kalte Suppe brachte und dabei den Daumen in den Teller stippte... und so erwischte ich hinter der Tür den Kellner, wie er beim Hereintragen des gefüllten Kalbsgerichtes auf den Teller spuckte, und ich sprang hinzu, um ihm den Teller wegzunehmen, doch der Kellner stülpte mir den Teller ins Gesicht und spuckte mir dann auf die Backe. Als ich mir die klebrige Sauce aus den Augen wischte, spuckte er noch einmal, damit ich sah, wie er mich haßte, doch das war wie ein Signal, und alle kamen aus der Küche zur Tür gerannt, und alle Hilfskellner liefen zusammen, und jeder spuckte mir ins Gesicht, und sie bespuckten mich so lange, bis Herr Brandejs erschien und als Sokol-Führer für Prag-eins mich ebenfalls anspuckte und zu mir sagte, ich sei entlassen... Ich lief so wie ich war, bespuckt und besudelt vom Kalbsbratensaft, ins Lokal an Fräulein Lisas Tisch und zeigte auf mich, zeigte mit beiden Händen, was die Sokol-Leute und die Tschechen mir ihretwegen angetan hatten, und sie sah mich an und wischte mir mit einer Serviette das Gesicht ab und sagte, von der tschechischen Soldateska konnte und könne man nichts anderes erwarten, und sie habe mich lieb für alles, was ich für sie erduldete…

Und dann, als wir hinausgingen, nachdem ich mich umgezogen hatte, um sie zu begleiten, kamen gleich beim Pulverturm tschechische Rabauken angerannt und hieben Lisa eine runter, daß ihr Tirolerhütchen auf die Fahrbahn flog, und als ich mich vor sie stellte und auf tschechisch schrie: »Was macht ihr da, ihr wollt Tschechen sein? Pfui!«, da stieß mich einer von der Soldateska beiseite, und zwei andere packten Lisa und warfen sie nieder, und wieder zwei andere hielten ihr die Arme fest, einer von ihnen schlug ihr den Rock hoch, und schon zogen sie ihr mit roher Gewalt die weißen Strümpfe von den braungebrannten Schenkeln und Waden, und ich schrie, während sie auf mich einschlugen: »Was macht ihr da, ihr tschechische Soldateska«, so lange schrie ich, bis sie von uns abließen und Fräulein Lisas Strümpfe wie einen weißen Skalp, wie eine weiße Trophäe davontrugen.

Durch eine Passage kamen wir auf einen kleinen Platz, und Lisa weinte und kreischte: »Das werdet ihr mir bezahlen, ihr bolschewistisches Pack, eine deutsche Lehrerin aus Eger zu schänden…«, und ich, ich fühlte mich als großer Mensch. Sie hielt sich an mir fest, und ich war so erbittert, daß ich den Mitgliedsausweis des Sokol suchte, um ihn zu zerreißen, doch ich fand ihn nicht, und sie sah mich plötzlich an, die Augen voller Tränen, und fing auf der Straße erneut an zu weinen nd schmiegte ihre Wange an mein Gesicht und preßte sich mit dem ganzen Körper an mich, und ich wußte, daß ich diese kleine Egerländerin vor allen Tschechen beschützen und bewahren mußte, die Tochter des

Wirts vom Hotel und Restaurant Zur Stadt Amsterdam in Cheb, das bereits letztes Jahr im Herbst als Reichsgebiet annektiert worden war. Das ganze Sudetenland war dorthin gewandert, wo es vor so vielen Jahren gewesen war, heim ins Reich, und jetzt verübte man hier in dem Sokol-Prag an den armen Deutschen Gewalttätigkeiten, die ich mit eigenen Augen gesehen hatte, die allesamt bestätigten, warum die Sudeten besetzt worden waren und warum wahrscheinlich auch Prag genauso enden mußte, wo Leben und Ehre der deutschen Menschen bedroht und mit Füßen getreten wurden...

Und so geschah es dann auch, daß ich nicht nur aus dem Hotel Paris entlassen, sondern auch nirgendwo auch nur als Hilfskellner genommen wurde, immer folgte mir schon tags darauf die Nachricht, ich sei ein deutsch gesinnter Tscheche und obendrein ein Sokol, der sich eine deutsche Turnlehrerin angelacht habe. So war ich so lange ohne Stellung, bis endlich die deutschen Truppen einrückten und nicht nur Prag, sondern das ganze Land besetzten...

Fräulein Lisa verlor ich für zwei Monate aus den Augen, und nachdem ich an sie und nicht nur an sie, sondern auch an ihren Vater vergeblich geschrieben hatte, ging ich am Tag nach der Besetzung Prags spazieren und sah zu, wie die Reichsarmee auf dem Altstädter Ring in Feldküchen eine schmackhafte Suppe kochte und in Eßgeschirr an die Bevölkerung verteilte, und als ich so guckte, wen sah ich da im gestreiften Kleidchen, ein rotes Abzeichen an der Brust und eine Suppenkelle in der Hand? Lisa. Ich sprach sie nicht an, schaute eine Weile zu, wie sie die Eßgeschirre füllte und lächelnd verteilte, erst dann besann ich mich und stellte mich in der Schlange an, und als ich dran war, reichte sie mir einen Napf mit warmer Suppe, doch als sie mich ansah, bekam sie keineswegs einen Schreck, sondern freute sich und ließ sich voller Stolz bewundern, denn sie trug die Militärkleidung einer barmherzigen Frontschwester oder wie die Uniform sonst hieß, und ich sagte, ich hätte seit damals, da ich am Pulverturm ihre Ehre verteidigt hatte, damals mit den weißen Strümpfen, keine Anstellung mehr bekommen; daraufhin ließ sie sich ablösen und hakte mich sogleich unter und lachte und freute sich, und ich hatte das Gefühl und sie auch, die Armee des Reiches habe eigentlich nur wegen ihrer weißen Strümpfe und weil man mich im Hotel angespuckt hatte, Prag besetzt, und so spazierten wir den Graben entlang, Soldaten in Uniform grüßten Lisa, wobei ich mich jedesmal verbeugte, und plötzlich kam mir und wohl auch Lisa ein und derselbe Gedanke, wir bogen hinter dem Pulverturm ab, überschritten die Stelle, wo sie drei Monate zuvor auf dem Gehsteig gelegen hatte, als ihr die weißen Strümpfe heruntergezogen wurden, und im Hotel Paris angekommen, tat ich, als suchte ich einen Tisch, überall saßen bereits deutsche Offiziere, und ich stand neben Fräulein Lisa, die die Uniform einer barmherzigen Schwester trug, und die Kellner und der Herr Skřivánek waren bleich und bedienten schweigend die deutschen Gäste.

Ich setzte mich ans Fenster und bestellte auf deutsch Kaffee, einen Wiener Weißen mit einem Gläschen Rum, wie wir ihn früher, nach dem Vorbild des Hotels Sacher, gereicht hatten, Wiener Kaffee mit »gespritztem Nazi«, es war ein schönes Gefühl, als dann Herr

Brandejs eintrat und sich verneigte, besonders höflich verbeugte er sich vor mir und knüpfte unversehens ein Gespräch mit mir an, erwähnte das peinliche Geschehnis damals und entschuldigte sich bei mir... doch ich sagte, ich nähme die Entschuldigung nicht an, wir würden noch sehen, und als ich bei dem Herrn Oberkellner bezahlte, sagte ich: »Nun, da sehen Sie, einen Dreck hat es Ihnen geholfen, daß Sie den englischen König bedient haben...«, und ich erhob mich und schritt zwischen den Tischen hinaus, und die Offiziere der deutschen Wehrmacht grüßten Fräulein Lisa, und ich verneigte mich vor ihnen, als hätten diese Grüße auch mir gegolten...

In selbiger Nacht nahm Fräulein Lisa mich mit nach Hause, zuvor war ich mit ihr in einem Militärkasino am Graben, in irgendeinem braunen Haus, wir tranken Champagner auf die Besetzung Prags, die Offiziere stießen mit Lisa und auch mit mir an, immer wieder erzählte sie, wie tapfer ich mich verhalten und ihre germanische Ehre gegen die tschechische Soldateska verteidigt hätte, und ich verneigte mich und dankte für die Zurufe und die erhobenen Gläser, doch ich wußte nicht und konnte auch nicht wissen, daß diese Zurufe ausschließlich Lisa galten, daß man mich einfach übersah und hinnahm, daß man mich nur als Lisas Anhängsel respektierte, die die Anführerin der Sanitätsschwestern war, wie ich einer Anrede bei den Toasts entnahm... Ich fühlte mich herrlich, weil ich an dieser Feier teilnehmen durfte, weil ich mich unter Hauptleuten und Obersten befand, unter jungen Leuten mit ebenso blauen Augen und ebenso blonden Haaren, wie ich sie hatte, ich, der zwar nicht fließend deutsch sprach, doch wie ein Deutscher fühlte, der wie Dornröschen dem Fräulein Lisa hatte begegnen müssen, ihr auf den schwarzen Schuh hatte treten müssen, um sich wie im Märchen zu fühlen. Und so kehrten wir von dem Fest irgendwohin zurück, wo ich noch nicht gewesen war. Lisa bat mich, in meinem Stammbaum nachzusehen, dort müsse es bestimmt irgendwo einen deutschen Vorfahren geben, ich sagte ihr, auf dem Grabstein meines Großvaters stehe der Name Johann Ditie, er sei herrschaftlicher Stallmeister gewesen, ich hätte mich immer für diesen Pferdeknecht geschämt, doch als Lisa dies vernahm, war ich in ihren Augen gewachsen, war ich mehr als ein böhmischer Graf, mit dem Wort Ditie schienen alle Wälle und dünnen Wände, die uns getrennt hatten, einzustürzen, den ganzen Weg über schwieg sie, schloß dann ein altes Haus auf, und wir stiegen die Treppe hinauf.

In jedem Stockwerk küßte sie mich lange, streichelte mir die Hose im Schritt, und als wir in ihr Zimmerchen kamen, knipste sie die Tischlampe an und war ganz naß um Augen und Lippen, über ihre Augen legte sich etwas Weißes, ein Häutchen, sie warf mich auf das Sofa und küßte mich wieder lange, betastete und zählte mit der Zunge alle meine Zähne und winselte und stöhnte unablässig wie eine ungeschmierte Gartenpforte, die sich immerzu im Winde öffnet und schließt, und dann gab es nichts anderes mehr zu tun als das, worauf ich gewartet hatte, doch diesmal machte nicht ich den Anfang, sondern vielmehr sie, die meiner bedurfte und mir alles gestattete. Langsam zog sie sich aus, sah zu, wie auch ich mich entkleidete, ich hatte gedacht, sie werde, da sie doch beim Militär war, auch

Unterwäsche oder eine Hemdhose nach Art einer Uniform tragen, denn bestimmt mußten die Schwestern im Lazarett Wäsche fassen, doch bei ihr war alles genauso wie bei den Fräuleins, die zur Visitation durch die Herren Börsianer ins Hotel Paris gekommen waren, wie auch bei den Dämchen bei Rajský, und dann schmiegten sich unsere nackten Leiber aneinander, mir kam es vor, als wären wir in flüssigem Zustand, als wären wir Schnecken und klebten nur mit unseren feuchten, aus den Häusern geschlüpften Leibern aneinander. Lisa zitterte und bebte entsetzlich, und mir wurde zum erstenmal bewußt, daß ich verliebt war und geliebt wurde, es war ganz anders als früher, sie bat mich gar nicht erst, aufzupassen oder vorsichtig zu sein, alles hatte nur den einen Sinn, so zu sein, wie es war, die Bewegungen und das Verschmelzen und der Weg bergan und das Aufleuchten und das Aufblitzen von Licht und von gedämpften Schnaufern und Klagetönen, auch dann fürchtete sie sich nicht vor mir, nicht einen Augenblick.

Sie wölbte ihren Leib meinem Gesicht entgegen, zwang mit ihren Beinen meinen Kopf so fest in ihren Schoß herab, ohne sich auch nur einen Augenblick zu schämen, im Gegenteil, sie hob, als gehöre das dazu, ihren Leib und ließ sich mit der Zunge so lange reiben und lecken, bis sie sich aufbäumte und mich schwelgen, mich mit der Zunge und in der Zunge alles miterleben ließ, was sich in ihrem Körper abspielte... und als sie danach mit verschränkten Armen auf dem Rükken lag, die Beine gespreizt, zwischen denen ein blonder, zum Hahnenkamm hochgekämmter Haarbusch loderte, da glitten meine Augen hinüber zum Tisch, auf dem ein Strauß aus Frühlingstulpen und jungen Birkenzweigen und etwas Fichtenreisig stand. Wie im Traum – nicht so sehr in der Erinnerung, die setzte erst später ein – entsann ich mich des wiederkehrenden Motivs, nahm die Zweige aus der Vase, zerbrach sie in Stückchen und umlegte mit den Zweiglein ihre Scham. Wunderschön war das, ihr Bauch über und über mit Fichtenreisern bedeckt, sie sah mich aus den Augenwinkeln an, und als ich mich vorbeugte und sie durch die Zweiglein hindurch küßte, verspürte ich um den Mund die stichigen Nadeln. Zärtlich nahm sie meinen Kopf zwischen die Hände und hob den Leib und preßte mir ihren Schoß so heftig gegen das Gesicht, daß ich vor Schmerz aufstöhnte. Nach ein paar kräftigen Stößen ihres Bauches geriet sie in eine solche Erregung, daß sie gellend aufschrie und auf die Seite rollte und so heftig atmete, daß ich glaubte, sie täte den letzten Atemzug, doch es war weder das eine noch das andere, sie beugte sich nur über mich und spreizte alle zehn Finger und drohte, mir die Augen auszukratzen, mir das Gesicht und alles zu zerkratzen, so dankbar war sie und zufrieden, und erneut spreizte sie ihre Nägel über mir und schloß sie wie im Krampf, um nach einer Weile weinend niederzusinken, wobei ihr stilles Weinen in ein leises Lachen überging.

Ich war ruhig und still. Erschlafft lag ich da und sah, wie sie mit raschen Fingern die Reste von den Fichtenzweiglein abriß, von jenen Bruchreisern, die die Jäger sich brechen, wenn sie ein Wild erlegt haben, und ich sah, wie sie meinen Bauch bedeckte, mein schlaffes Glied, mein ganzer Schoß war mit Zweiglein belegt, und dann richtete sie mich auf und streichelte mich mit den Händen und küßte mir die Weichen, und nach und nach bekam ich eine Erektion, und auf einmal hoben sich die Zweige, und mein Glied stieß hindurch und wurde dicker und dicker und warf die Ästchen ab, doch Lisa ordnete die Ästchen rundherum mit der Zunge, dann hob sie den Kopf und stieß sich meinen Schwanz tief in den Mund, bis hinunter in den Hals. Ich wollte sie wegdrängen, doch sie legte mich zurück, schob meine Hände weg, ich sah zur Decke, und wieder war ich es, der sie tun ließ, was sie mit mir tun wollte, nie hätte ich soviel Rabiatheit in ihrem Tun vermutet, geradezu brutal saugte sie mich bis ins Mark aus, mit mächtigen Stößen und Bewegungen ihres Kopfes, ohne die Ästchen wegzunehmen, die ihr die Lippen blutig rissen, doch anscheinend ist das so Brauch bei den Germanen..., fast hatte ich Angst vor ihr... Nachdem sie mir dann mit der Zunge über den Bauch gefahren war, wie eine Schnecke eine Schleimspur hinterlassend, küßte sie mich, und ihr Mund war voller Samen und Fichtennadeln, und sie hielt das für nichts Unsauberes, im Gegenteil, es war für sie der Höhepunkt, ein Teil der Messe, das ist mein Leib, und das ist mein Blut, und das ist mein Speichel, und das ist dein und mein Saft, und das hat uns verbunden und verbindet uns auf ewig, wie sie sagte, denn wir haben es gegenseitig ausgetauscht, auch im Duft der Säfte und Härchen...

Das reicht jetzt, damit schließe ich für heute.

Ihr Kopf war nicht mehr aufzufinden

Geben Sie acht, was ich Ihnen jetzt erzählen werde!
Meine neue Anstellung als Kellner und anschließend
als Oberkellner fand ich irgendwo in den Bergen bei
Tetschen. Als ich in dem Hotel eintraf, bekam ich einen Schreck. Das war nicht das kleine Hotel, auf das
ich gefaßt gewesen war, sondern eine kleine Stadt oder
ein großes Dorf inmitten von Wäldern und heißen
Waldquellen; hier wehte eine frische Luft, die man aus
dem Glas hätte trinken können, man brauchte sich nur
dem angenehmen Luftzug zuzuwenden und langsam
wie die Fische mit ihren Kiemen zu schlucken, und
schon spürte man ganz deutlich und vernehmbar, wie
sich Lungen und Bauch langsam vollpumpten, als habe
man, ehe man herkam, irgendwo im Tal eine Reifen-
panne gehabt, als wäre der Reifen schon längst kaputt
gewesen und pumpte sich erst hier, in dieser Luft, au-
tomatisch wieder auf, bis der Druck erreicht war, mit
dem man nicht nur sicherer, sondern auch angenehmer
fuhr. Lisa, die mich in einem Militärauto hergebracht
hatte, benahm sich hier wie zu Hause, sie lächelte immer nur, als sie mich die lange Allee entlangführte, die
den Haupthof umschloß. Lauter gehörnte deutsche
Standbilder gab es da, Standbilder von Königen und
Kaisern, alles aus frischem Marmor oder weißem
Kalkstein, der wie Zucker glitzerte, und genauso sahen
auch die Verwaltungsgebäude aus, die wie Akazien-
blätter von der Hauptkolonnade abzweigten. Und
auch dort überall befanden sich weitere Kolonnaden,
vor jedem Gebäude schritt man durch sie hindurch,

ehe man eintrat, oder man mußte eine Baumreihe mit den gleichen gehörnten Standbildern passieren, und auch die Wände waren mit Reliefs aus der ruhmvollen deutschen Vergangenheit geschmückt, als die Leute noch mit Keulen herumliefen und sich in Felle kleideten, alles wirkte so ähnlich wie in Jiráseks »Alten tschechischen Sagen«, nur die Bekleidung war deutsch.

Lisa erklärte mir alles, und ich konnte mich nicht genug wundern und entsann mich des Hausknechtes im Hotel Tichota, der immer und gern darüber gesprochen hatte, wie das Unglaubliche Wirklichkeit werde. Genauso war es auch hier, Lisa erläuterte mir voll Stolz, daß es hier die gesündeste Luft von Mitteleuropa gebe, einen zweiten solchen Ort gebe es bei Ouholičky und Podmořání in der Nähe von Prag, und hier befände sich die erste europäische Station zur Edelzucht von Menschen, die Nationalsozialistische Partei habe hier die erste Kreuzung des edlen Blutes deutscher Mädchen und vollblütiger Soldaten aus der Wehrmacht wie aus der SS vorgenommen, all das vollziehe sich auf wissenschaftlicher Grundlage, hier werde nicht nur täglich der nationalsozialistische Beischlaf vollzogen, so scharf wie bei den alten Germanen, sondern vor allem kämen hier die künftigen Gebärerinnen, die in ihren Schößen die neuen Menschen Europas tragen, nieder und kehrten erst ein Jahr später nach Tirol und Bayern und dem Schwarzwald oder zu den Meeren heim, um dort in den besten Krippen und Kindergärten in der Erziehung des neuen Menschen fortzufahren, der von nun an allerdings nicht mehr der Obhut der Mutter, sondern der neuen Schule unterstehe.

Lisa zeigte mir die schönen kleinen Häuschen, die in der Art von Bauernhäusern errichtet waren, mit Blumen, die sich über die Brüstungen der Fenster und Terrassen und hölzernen Galerien ergossen, und ich sah werdende Mütter und Mütter, lauter blonde Mädchen, stattlich und wie aus bäuerlichem Geschlecht, sozusagen nicht aus unserem Jahrhundert stammend, als kämen sie aus der Gegend von Humpolec oder aus der Haná, doch aus so hinterwäldlerischen Dörfchen, wo man noch gestreifte Unterröcke trug und Blusen wie unsere Sokol-Turnerinnen oder wie auf dem Bild die Božena, als sie Wäsche wusch und Oldřich, auf dem Pferde vorbeireitend, Gefallen an ihr fand. Alle hatten hübsche Brüste, und wenn sie gingen, denn hier spazierten diese Mädchen immerfort gemächlich umher und wanderten durch die Standbildalleen, dann betrachteten sie, als gehöre dies zu ihrem Beruf, die Statuen der gehörnten Kämpfer, oder hielten vor den schönen deutschen Königen und Kaisern inne und prägten sich deren Gesichter und Gestalten und auch die Historie dieser ruhmvollen Menschen aus der Vergangenheit ins Gehirn. Das erfuhr ich dann später und hörte es aus den Fenstern der Lehrräume, wo man Vorlesungen über diese legendären Männer hielt und wo man die werdenden Mütter prüfte, ob sie sich der Geschichte nicht nur erinnerten, sondern ob sie sie auswendig konnten, denn dies mußten die Frauen wissen, wie Lisa sagte, denn diese Bilder sollten von den Köpfen der Mädchen her allmählich ihren ganzen Körper durchdringen bis nach unten, wo sich sozusagen erst einmal nur die Spucke, die spätere Kaulquappe, später dann gewissermaßen der Frosch oder

die Kröte heranbildete, die dann schon ein kleines
Menschlein wurde, der Homunkulus, der Monat für
Monat bis zum neunten Monat langsam als kleiner
Zwerg heranwachse, bis aus ihm ein Mensch werde,
und dann werde sich all dieses Lernen und Betrachten
notwendig und gesetzmäßig auch an dem neuen Ge-
schöpf niederschlagen müssen...
Lisa ging mit mir überall hin und hielt sich sogar an mir
fest, und ich bemerkte, daß sie um so freudiger aus-
schritt, je öfter sie nach meinen hellen Haaren schielte,
und als sie mich ihrem Abteilungsvorstand vorstellte,
tat sie das mit dem Namen Ditie, der auf dem Grab
meines Großvaters in Cvikov stand, und ich wußte,
Lisa hatte den Wunsch, hier neun Monate und länger
leben zu dürfen und dem Reich ebenfalls einen rein-
blütigen Nachkömmling zu schenken... Und als ich
mir vorstellte, daß alles, was das künftige Kind betraf,
sich genauso abspielen sollte wie früher bei uns, wo
man mit der Kuh zum Stier und mit der Ziege zum Ge-
meindebock ging, da schaute ich die Säulen- und Sta-
tuenallee hinunter und erkannte schließlich, daß alles,
was ich sah, erschreckend war, ein kleines Wölkchen
eines großen Schreckens, das mich ganz und gar ein-
hüllte... Und als ich daran dachte – und damit rettete
ich mich –, wie klein ich war, so klein, daß man mich
weder in den Sokol noch in eine Sportriege aufgenommen hatte, obwohl ich am Barren und an den Ringen
genauso hurtig war wie die Großen, und als ich daran
dachte, wie es mir mit dem goldenen Teelöffel im Hotel Paris ergangen war und wie mich am Schluß alle angespuckt hatten, weil ich mich in eine deutsche Turnlehrerin verliebt hatte, und als mir jetzt der Leiter des

nationalsozialistischen Adelslagers höchstselbst die Hand reichte und als ich sah, wie er auf mein strohblondes Haar guckte, wie er freundlich lächelte, als sähe er ein schönes Mädchen, als trinke er einen Likör oder Schnaps, der ihm unter allen Getränken das liebste war, da richtete ich mich hoch auf. Obwohl ich keinen steifen Kragen zum Frack trug, empfand ich vielleicht zum erstenmal, daß man nicht von großer Statur sein, sondern sich groß fühlen müsse, und so hielt ich ruhig Umschau und hörte nicht nur auf, ein kleiner Hilfskellner zu sein, sondern auch ein Pikkolo, ein kleiner Kellner, der daheim dazu verurteilt worden war, bis an sein Lebensende klein zu sein, sich Däumling und Knirps titulieren zu lassen und sich Verunstaltungen meines Zunamens Dítě, was Kind heißt, anhören zu müssen. Hier war ich Herr Ditie, für die Deutschen hatte sich das Kind aus diesem Namen verflüchtigt, gewiß verbanden sie ihn mit etwas ganz anderem, nicht mal im Deutschen vermochten sie ihn mit etwas zu verbinden, deshalb begann ich hier zu einem angesehenen Menschen zu werden, allein dadurch, daß ich Ditie hieß, und wie mir Lisa sagte, würden mich um diesen Namen sogar die Adligen aus Preußen und Pommern beneiden, die in ihren Namen immer den Ansatz einer slawischen Wurzel hätten, genau wie ich, Herr von Ditie, Kellner in Abteilung fünf, zuständig für fünf Tische beim Mittag- und Abendessen und für fünf schwangere deutsche Mädchen, wann immer sie nach mir läuteten, damit ich ihnen Milch brachte, Gläser mit kaltem Bergwasser, Tiroler Kuchen oder kalte Fleischplatten und überhaupt alles, was hier auf der Speisekarte stand...

Hier blühte ich so richtig auf, mochte ich im Bedienen bei Tichota oder im Hotel Paris auch noch so gut gewesen sein, hier wurde ich so etwas wie ein Liebling dieser schwangeren Deutschen. Übrigens hatten sich genauso auch die Damen in der Bar des Hotels Paris zu mir verhalten, wenn Donnerstag war und die Börsenleute ins Chambre séparée kamen... Diese deutschen Frauen jedoch, übrigens auch Lisa, sie alle betrachteten wohlgefällig mein Haar, meinen Frack, und Lisa erwirkte sodann für mich, daß ich, wenn ich am Sonntag oder an Feiertagen die Speisen reichte, die blaue Brustschärpe anlegen durfte mit dem Orden in Form zerspritzenden Goldes, das in der Mitte einen roten Stein mitsamt der Aufschrift Viribus Unitis hatte, denn erst hier erfuhr ich, daß die Grundlage des Geldes in Abessinien der Mariatheresientaler war...
Hier in diesem Waldstädtchen, wo sich Abend für Abend Soldaten aller Waffengattungen mit guten Speisen stärkten und mit speziellen Rhein- und Moselweinen in Stimmung brachten, tranken die Mädchen nur Milch aus Bechern, um von den Männern dann Nacht für Nacht, fast bis zur letzten Stunde, unter wissenschaftlicher Aufsicht gedeckt zu werden. Hier hatte ich das Prädikat eines Kellners, der den abessinischen Kaiser bedient hatte, hier war ich genauso angesehen wie der Herr Oberkellner aus dem Hotel Paris, Herr Skřivánek, der den englischen König bedient hatte, und hier hatte ich auch einen jüngeren Hilfskellner, den ich ebenso anzulernen hatte wie der Herr Skřivánek mich, damit er begriff, aus welchem Landstrich dieser und jener Soldat komme, was er wohl bestellen werde, und wir wetteten auch um zehn Mark und leg-

ten das Geld ebenfalls auf ein Tischchen, und ich gewann fast immer und stellte fest, das Gefühl des Sieges, das war das Ausschlaggebende, denn wenn der Mensch kleingläubig wird oder sich zu einem Kleingläubigen machen läßt, dann läuft er das ganze Leben im gleichen Trott und rafft sich nie auf, vor allem nicht in seinem Heimatort und in seiner Umgebung, wo man ihn als Knirps betrachtete, als ewigen Pikkolo, der ich daheim hatte sein sollen, wogegen ich hier von den Deutschen geschätzt und anerkannt wurde...

Also servierte ich jeden Nachmittag, wenn die Sonne schien, Milchgläser oder Speiseeis, manchmal aber auch, je nach Bestellung, Gläser mit warmer Milch oder Tee an den blauen Schwimmbecken, wo die schönen deutschen Schwangeren mit aufgelöstem Haar schwammen, ganz nackt; man sah mich, und das tat mir wohl, als einen der Ärzte an, ich konnte sie betrachten, wie ihre hellen Leiber dahinwogten, wie sie Arme und Beine spreizten, wie sich in Schwung und Rhythmus der ganze Körper streckte, damit Hände und Füße wieder in die schönen Schwimmbewegungen übergingen. Doch ich hatte kein rechtes Auge mehr für diese Leiber, ich hatte mich – und wurde dabei von Schauern erfaßt – in das schwimmende Haar verliebt, das wie ein strohheller Rauch hinter diesen Leibern herfloß und glitt, in dieses Haar, das sich während der kräftigen Arm- und Beinschläge streckte, um für einen Moment gewissermaßen innezuhalten, so daß sich die Spitzen leicht wellten wie Wellblech, und dazu über allem die schöne Sonne und dazu im Hintergrund die blauen oder grünen Kacheln, gegen die leichte Wellen schlugen, zerplatzenden Bläschen, wo sich Sonne und Wellen trafen, ein sirupgleiches Tropfen, und die Schatten und die Körperbewegungen an den Wänden und an dem blauen Bassingrund, und wenn sie zu schwimmen aufhörten und die Beine anzogen und sich aufrichteten und mit ihren Brüsten und Bäuchen, an denen das Wasser herunterrann, wie die Wassernymphen dastanden, dann reichte ich ihnen die Gläser, und sie tranken oder aßen langsam, um dann wieder ins Wasser zu tauchen, die Hände wie zum Gebet zu falten und mit den ersten Stößen das Wasser zu teilen, wobei sie nie für sich schwammen, sondern für die werdenden Kinder, und innerhalb mehrerer Monate sah ich, wenn auch schon im überdachten Schwimmbecken, wie nicht mehr nur Mütter schwammen, sondern auch die kleinen Kinder, diese drei Monate alten Knirpse; sie hielten schon mit den Frauen, ihren Müttern mit, so wie Bärenmütter mit ihren Jungen oder Robben noch am selben Tag schwimmen, oder Entchen, die kaum geschlüpft sind.

Eins hatte ich aber bereits begriffen: Diese Frauen, die hier schwanger wurden und ihre Kinder im Leib trugen, die badeten, hielten mich für einen richtigen Diener, für nicht mehr als einen Diener. Wenn ich auch im Frack war, schien ich doch für sie überhaupt nicht vorhanden zu sein, so als wäre ich ihr Kleiderständer, denn sie schämten sich nicht im geringsten vor mir. Ich war ein Bediensteter, gleich einem Narren oder Gnomen, wie Königinnen ihn sich hielten. Wenn sie aus dem Wasser stiegen, gaben sie acht, daß niemand ihnen durch den verschalten Zaun zusah. Als einmal ein betrunkener SS-Mann sie überraschte, da quietschten sie und hielten sich die Handtücher vor den Bauch, beschirmten die Brüste mit den Armen und flüchteten in die Kabinen; brachte dagegen ich das Tablett mit den Gläsern, so blieben sie ruhig stehen, nackt wie sie waren. Sie unterhielten sich, stützten eine Hand auf das Geländer und trockneten sich mit der anderen langsam den behaarten Bauch. Mit ganz lockeren, sorgfältigen Bewegungen trockneten sie sich ausgiebig zwischen den Beinen ab und dann zwischen den Gesäßhälften, und ich stand daneben, und sie griffen nach den Gläsern und tranken, als wäre ich ein Abstelltisch. Ich konnte meine Augen nach Lust und Laune wandern lassen, nichts vermochte sie aufzustören oder aus der Ruhe zu bringen, sie frottierten sich weiterhin behutsam und sorgfältig zwischen den Beinen und hoben dann die Hände und rieben sich sorgsam alle Falten der Brüste trocken, als stünde ich überhaupt nicht neben ihnen, wohingegen sie, als sich einmal in einem solchen Augenblick ein Flugzeug herabsenkte, quietschend vor Lachen in die Kabinen flitzten, um nach einer Weile wieder die gleichen Positionen einzunehmen wie zuvor, und ich stand daneben und hielt das Tablett mit den abkühlenden Gläsern...

Hatte ich frei, schrieb ich lange Briefe an Lisa, sie hatte bereits eine Adresse irgendwo bei Warschau, das sie erobert hatten, dann Briefe nach Paris, und eines Tages wurden – vielleicht weil die Siege auch hier die Ordnung lockerten – hinter dem Städtchen allerlei Panoptika und Schießbuden und Karussells und Schaukeln und überhaupt lauter solche Sachen aufgestellt, die auch zur Matthäi-Kirchweih in Prag zu sehen waren, alle möglichen Attraktionen, doch während die Wände unserer Buden mit Nymphen und Sirenen und allerlei allegorischen Weibern und Tieren bemalt waren, wimmelte es auf diesen Schießständen und Schildern der Karussells und auf den Füllungen der Schiffsschaukeln von Germanenregimentern mit gehörnten Helmen, und anhand dieser Bilder erlernte ich die deutsche Heimatkunde, ein ganzes Jahr lang ging ich von einem zum anderen, wenn ich frei hatte, und fragte den Kulturreferenten aus, worauf dieser mir freudig Auskunft gab und mich mit »mein lieber Herr Ditie« anredete, so schön sprach er dieses »Ditie« aus, daß ich immer und immer wieder bat, mich die ruhmreiche deutsche Geschichte anhand dieser Bilder und Reliefs zu lehren, damit vielleicht auch ich einmal ein deutsches Kind zeugen könne, wie Lisa und ich es beschlossen hatten, denn Lisa war, unter dem Eindruck des Sieges über Frankreich, gekommen und hatte mir gesagt, sie biete mir ihre Hand, um die ich aber bei ihrem Vater, dem Inhaber des Restaurants Zur Stadt Amsterdam in Eger, anhalten müsse.

So wurde das Unglaubliche Wirklichkeit, und ich mußte mich in Eger einer Untersuchung beim Obersten Gericht unterziehen, vor einem Richter und einem Arzt der Waffen-SS, und in einem Ersuchen, das ich schriftlich eingereicht und in dem ich meine ganze Familie bis zurück zu dem Friedhof in Cvikov, dort, wo Opa Johann Ditie lag, aufgeführt hatte, bat ich unter Berufung auf seine arische und germanische Herkunft ehrerbietig, mit Lisa Elisabeth Papanek die Ehe eingehen zu dürfen, und beantragte entsprechend den Gesetzen des Reiches, in physischer Hinsicht untersucht zu werden, ob ich nach Maßgabe der Nürnberger Gesetze als Angehöriger einer anderen Nationali-

tät auch befähigt sei, nicht nur den Beischlaf auszuüben, sondern auch arisch-germanisches Blut zu befruchten. Und während in Prag wie auch in Brünn und
bei den übrigen Gerichten, die das Exekutionsrecht
besaßen, die Hinrichtungskommandos exekutierten,
stand ich nackt vor dem Arzt, der mir mit einem
Stöckchen das Geschlechtsteil anhob, mich umzudrehen befahl und mir mit Hilfe des Stöckchens in den
Hintern guckte; darauf wog er meine Hoden in der
Hand und diktierte laut, was er gesehen und beurteilt
und tastend begutachtet hatte, und bat mich dann, zu
onanieren und ihm ein wenig Samen zum Zwecke der
wissenschaftlichen Forschung zu liefern, denn wie
dieser Arzt in seinem fürchterlichen Egerländer-
deutsch sagte, das ich zwar nicht verstand, aus dem ich
aber sehr wohl herausspürte, was er da wütend sagte,
müsse bei so einem Scheißtschechen, der eine Deutsche heiraten wolle, der kalte Bauer mindest doppelt
so wertvoll sein wie der Samen des letzten Hausknechts im letzten Hotel der Stadt Eger, und er fügte
hinzu, die Spucke, die mir eine deutsche Frau zwischen die Augen speie, sei für sie genauso eine Schande
wie für mich eine Ehre...
Ich sah auf einmal, wie aus weiter Ferne, die Zeitungs-
berichte, daß an ein und demselben Tag die Deutschen
Tschechen erschossen und ich hier an meinem Glied
herumspielte, um für würdig befunden zu werden,
eine Deutsche zu heiraten. Plötzlich packte mich ein
Entsetzen darüber, daß ich hier, während anderswo
Hinrichtungen stattfanden, vor dem Doktor stand,
den Schwanz in der Hand und außerstande war, eine
Erektion und ein paar Spermatropfen zu liefern. Und

dann ging die Tür auf, der Doktor stand vor mir, meine Akten in der Hand, anscheinend hatte er sie erst jetzt gründlich gelesen und festgestellt, um wen es hier ging, deshalb sagte er liebenswürdig: »Herr Ditie, was ist denn los?« Er tätschelte mir die Schulter und gab mir ein paar Fotografien und machte das Licht an, und mein Blick fiel auf nackte Pornogruppen, das alles war mir nicht neu, doch früher hatte ich, wenn ich mir dergleichen ansah, wenn ich solche Fotos in den Fingern hielt, immer gleich einen Steifen gekriegt, doch je länger ich mir die Pornofotos ansah, desto deutlicher sah ich die Schlagzeilen und Nachrichten in der Zeitung, in denen mitgeteilt wurde, daß diese und vier weitere Personen verurteilt und erschossen worden seien, jeden Tag mehr und immer andere unschuldige... Und ich stand hier, in der einen Hand mein Glied, mit der anderen die pornographischen Fotos auf den Tisch legend, ohne daß ich fertigbekam, worum ich gebeten worden war, um die Befähigung zu erlangen, eine deutsche Frau zu befruchten, meine Braut Lisa, und schließlich mußte eine junge Schwester kommen und ein paar Handgriffe an mir vornehmen, bei denen ich an nichts mehr denken konnte und zu denken brauchte, da die Hand der jungen Schwester so hurtig war, daß sie nach ein paar Minuten auf einem Blatt Papier zwei Tropfen meines Samens wegtragen konnte, der binnen einer halben Stunde als ausgezeichnet befunden wurde, als allein fähig, auf würdige Weise eine arische Vagina zu schwängern...

Also hatte das Amt zum Schutze deutscher Ehre und deutschen Blutes nichts dagegen einzuwenden, daß ich eine Arierin deutschen Blutes nahm, und man fertigte mir mit kräftigen Stempelhieben eine Heiratsgenehmigung aus, während tschechische Patrioten mit den gleichen Hieben und den gleichen Stempeln zum Tode verurteilt wurden. Die Hochzeit fand in Eger statt, in einem roten Saal der städtischen Behörde, überall hingen rote Fahnen mit den Hakenkreuzzeichen, auch die Beamten trugen braune Uniformen mit roten Armbinden, und auf den Armbinden war das Hakenkreuz. Ich hatte den Frack angezogen und die blaue Schärpe mit dem Orden angelegt, den ich von dem abessinischen Kaiser erhalten hatte, und meine Braut Lisa wiederum erschien in ihrem Jägerkostüm, dessen Jacke mit Eichenlaub verziert war, und am Aufschlag trug sie das Hakenkreuz auf weißrotem Grund, es war nicht etwa eine Hochzeit, sondern ein militärischer Staatsakt, auf dem unablässig von Blut und Ehre und Pflicht geredet wurde, und endlich forderte der Bürgermeister der Stadt, ebenfalls in Uniform und Stiefeln und Braunhemd, uns, die Brautleute, auf, zum Altar vorzutreten. Darüber hing frei eine lange Hakenkreuzfahne, und auf dem Tischchen stand eine von unten angestrahlte Büste Adolf Hitlers, der ein grimmiges Gesicht machte, da die Glühbirnen vom Kinn her Schatten über seine Falten warfen, und der Bürgermeister nahm meine Hand und die Hand der Braut und legte sie in die Fahne und reichte uns durch das Tuch die Rechte und tat feierlich, denn jetzt kam der Vermählungsakt, und der Bürgermeister sagte, von nun an gehörten wir einander und hätten die Pflicht, immer nur an die Nationalsozialistische Partei zu denken und Kinder zu zeugen, die ebenfalls im Geiste dieser Partei erzogen werden müßten, und dann brach der Bürgermeister fast in Tränen aus und sagte uns feierlich, wir sollten uns nichts daraus machen, daß wir beide nicht im Kampf für das Neue Europa fallen könnten, sie dagegen, die Soldaten und die Partei, würden in diesem Kampf fortfahren bis zum Endsieg...

Und dann spielte das Grammophon Die Fahne hoch, die Reihen dicht geschlossen, und alle sangen zusammen mit ihr, der Schallplatte, auch Lisa, und mir fiel plötzlich ein, daß ich früher immer Auf den Strahover Schanzen und Wo ist mein Heim gesungen hatte, aber trotzdem sang ich leise mit. Lisa berührte mich leicht mit dem Ellenbogen, und ihre Augen schleuderten Blitze, und so sang ich weiter mit den anderen: SA marschiert..., und ich sang mit Gefühl und schließlich so, als wäre ich selber ein Deutscher. Ich sah, wer alles Zeuge auf meiner Hochzeit war, selbst Obersten waren da und sämtliche hohen Würdenträger der Partei in Eger; ich wußte, hätte ich daheim Hochzeit gefeiert, dann wäre das so gewesen, als sei nichts geschehen, doch in Eger war das fast ein historisches Ereignis, weil Lisa hier bekannt war...

Und dann war die Hochzeitszeremonie vorbei, und ich stand da und hielt meine Hand den Gratulanten hin, mir tropfte der Schweiß, denn obwohl ich die Hand ausstreckte, drückte sie keiner der Offiziere von Wehrmacht und SS, wieder war ich für sie nur der Pikkolo, der tschechische Knirps, der Däumling, doch alle stürzten sich geradezu auf Lisa und gratulierten ihr so provokativ, daß ich allein blieb. Niemand reichte mir die Hand, nur der Bürgermeister klopfte mir auf die Schulter, und ich streckte ihm die Hand hin, doch er nahm sie nicht, darauf blieb ich eine Weile stehen,

als hätte mir das Handreichen den ganzen Körper ge-
lähmt, und der Bürgermeister nahm mich bei den
Schultern und führte mich in seine Kanzlei, damit ich
für den Akt unterzeichnete und die Taxe bezahlte, und
ich versuchte es noch einmal und ließ auf dem Tisch
hundert Mark mehr liegen, doch einer der Beamten
sagte mir in gebrochenem Tschechisch, obwohl ich
deutsch mit ihm sprach, hier gebe man keine Trinkgelder, hier sei man weder in einem Restaurant noch in
einer Kantine, noch in einer Kneipe, noch in einem
Wirtshaus, sondern in einem Amt der Schöpfer des
Neuen Europa, in dem Blut und Ehre entscheidend
seien und nicht wie in Prag Terror und Bestechung
und sonstige kapitalistischen und bolchewistischen
Mores.

Das Hochzeitsmahl fand im Restaurant Zur Stadt Amsterdam statt, und erneut widerfuhr mir, daß mir zwar
alle zutranken, sich alles aber dennoch nur um Lisa
drehte, und ich begann mich in die Rolle des zwar ge-
duldeten, aber immer noch als Böhmaken empfunde-
nen Ariers einzuleben, obwohl ich goldgelbes Haar
hatte, über der Brust die Schärpe und an der Frackbrust den Orden in Form zerspritzenden Goldes trug.
Doch ich ließ mir nichts anmerken, so als spürte ich
nichts, ich lächelte, und es tat mir sogar wohl, der
Mann einer so berühmten Frau zu sein, alle diese Offiziere, die bestimmt ledig waren, hätten um sie buhlen
oder um ihre Hand anhalten können, doch keiner
hatte sie bekommen. Ich war es, der sie umgarnt hatte,
anscheinend sind diese Soldaten zu nichts anderem in
der Lage, als gestiefelt zu einer Frau ins Bett zu springen und allenfalls deren Blut und Ehre zu beschützen,

ohne daran zu denken, daß im Bett auch Liebe und Spiel und Verspieltheit vonnöten waren, wozu ich die Fähigkeit besaß, wohinter ich schon längst bei Rajský gekommen war, als ich den Bauch der nackten Kellnerin mit Maßliebchen und mit den Blütenblättern von Alpenveilchen geschmückt hatte... und zuletzt vor zwei Jahren auch den Bauch dieser selbstbewußten Deutschen, dieser Anführerin der Sanitätsschwestern, dieser hohen Parteigenossin.

Und während sie die Glückwünsche entgegennimmt, vermag sich niemand vorzustellen, was ich sehe, nämlich Lisa nackt auf dem Rücken liegend, während ich ihr den Bauch mit grünen Fichtenästchen schmücke, was sie mit derselben Ehrerbietung, ja möglicherweise mit noch größerer Ehrerbietung entgegennimmt als den Glückwunsch des Bürgermeisters, der uns beiden die Hand durch das Fahnentuch gedrückt und uns bedauert hat, weil wir beide nicht im Kampf für das Neue Europa fallen könnten, für den neuen nationalsozialistischen Menschen. Und als Lisa sah, daß ich lächelte, weil ich das Spiel akzeptierte, zu dem mich diese Behörde verurteilt hatte, nahm sie das Glas und blickte mich an. Alle erstarrten bei dieser Zeremonie, und ich stand auf, um noch größer zu sein, wir standen einander gegenüber, das Glas in der Hand, und die Offiziere rissen die Augen auf, um besser zu sehen, sie stierten, taxierten, als wären wir hier auf einem Verhör, und Lisa fing an zu lachen, so wie sie gelacht hatte, als wir zusammen im Bett lagen und ich auf französische Weise galant zu ihr war. Wir blickten uns an, als wäre sie nackt und ich auch, und wieder überzog dieses Weiß ihre Augen, dieses Häut-

chen, wie immer, wenn die Frauen nicht etwa in
Ohnmacht fallen, sondern wenn sie die letzten Waf-
fen strecken und zulassen, daß man sie so behandelt,
wie es der Augenblick erfordert, wie immer, wenn
sich eine andere Welt auftut, eine Welt der Liebes-
spiele und Liebkosungen…
So küßte sie mich lange vor allen Gästen, und ich
schloß die Augen. Wir hielten die Champagnergläser,
und als wir uns küßten, neigten sich unsere Gläser,
und der Sekt floß langsam auf das Tischtuch, und die
ganze Gesellschaft verstummte, und von nun an waren
alle wie vor den Kopf geschlagen, sie sahen mich bereits ehrfürchtig an, musterten mich unentwegt und
stellten dabei fest, daß sich das deutsche Blut weit lieber des slawischen Blutes bediente als des deutschen,
und ich wurde in diesen paar Stunden zwar zu einem
Fremdling, doch zu einem Fremdling, den alle achte-
ten, wenn auch mit leichtem Neid oder Haß. Sogar die
Frauen sahen mich an, als schätzten sie ab, was ich
wohl so im Bett und mit ihnen zu leisten vermochte.
Und schließlich befanden sie, daß ich zu mancherlei
besonderen Spielen und Rabiatheiten fähig sein müsse,
worauf sie schmachtende Seufzer ausstießen und gie-
rige Augen bekamen und sich mit mir ins Gespräch
einließen, und obwohl ich der, die, das verwechselte,
plauderte ich mit ihnen, und die Frauen, die mit mir
in ihrem fürchterlichen Deutsch so langsam sprechen
mußten, als artikulierten sie Sätze in einem Kindergar-
ten, ergötzten sich an meinen Antworten und befanden, die Mängel meines Konversationsdeutsch hätten
einen Reiz, der sie zum Lachen brachte und ihnen den
Zauber der slawischen Ebenen und Birken und Auen

einflößte... Doch alle Soldaten, ob von der Wehrmacht oder von der SS, alle verhielten sich mir gegenüber ablehnend, sie wurden fast wütend, denn ihnen allen war sehr wohl bewußt, auf welche Weise ich mir die schöne blonde Lisa so geneigt gemacht hatte, daß sie der elementaren und schönen Liebe den Vorzug vor deutscher Ehre und deutschem Blut gab, gegen die sie, wenn auch mit Orden und Auszeichnungen aus den Feldzügen gegen Polen und Frankreich behängt, machtlos waren.

Als wir dann von der Hochzeitsreise in das Städtchen bei Tetschen zurückgekehrt waren, wo ich Kellner war, äußerte Lisa den Wunsch, ein Kind mit mir zu haben. Aber das war nicht das Rechte für mich, als echter Slawe war ich Stimmungen unterworfen, ich konnte alles unter dem Eindruck des Augenblicks tun, doch als sie mir sagte, ich solle mich bereithalten, da wurde mir so zumute wie damals, als mich der Reichsdoktor entsprechend den Nürnberger Gesetzen bat, ihm auf weißem Papier ein wenig Samen zu liefern, genauso war es, als Lisa mir sagte, ich solle mich bereithalten, an diesem Abend sei sie in der Verfassung, den neuen Menschen, den künftigen Begründer des Neuen Europas zu empfangen, denn schon eine Woche lang hatte sie sich Grammophonplatten von Wagner vorgespielt, Lohengrin und Siegfried, diese hatte sie ausgesucht, denn wenn es ein Knabe würde, dann solle er Siegfried Ditie heißen. Die ganze Woche über war sie umhergegangen, um sich all die Szenen auf den Reliefs in den Laubengängen und Säulenalleen anzusehen. Zur Abendzeit, während die deutschen Könige und Kaiser, die germanischen Helden und Halbgötter zum

Himmel ragten, hatte sie vor ihnen gestanden, während ich daran dachte, daß ich ihr wieder den ganzen Bauch mit Blumen schmücken, daß wir vorher wie die Kinder spielen würden, zumal wir jetzt das Ehepaar Ditie waren.

Am Abend erschien Lisa in einem langen Gewand, die Augen liebeleer, doch erfüllt von der Pflicht und von Blut und Ehre, sie gab mir die Hand und murmelte etwas auf deutsch und sah zum Himmel, als schauten alle Götter aus dem Germanenhimmel von der Decke und durch die Decke hindurch auf uns herab, sämtliche Nibelungen und sogar Wagner persönlich, den Lisa aufforderte, ihr beizustehen, damit sie schwanger werde, wie sie es sich wünschte, der neuen germanischen Ehre entsprechend, auf daß ihr durch ihren Bauch die Gnade widerfahre, das neue Leben des neuen Menschen einzuleiten, der eine neue Ordnung neuen Blutes, neuen Denkens und neuer Ehre begründen und leben werde, und als ich das mit anhörte, da spürte ich alles, was den Mann zum Manne macht, aus mir entweichen, und so lag ich da und guckte zur Decke hinauf, träumte vom verlorenen Paradies und dachte daran, wie schön es vor unserer Ehe gewesen war, als ich mich noch allen Frauen wie ein Hundebastard genähert hatte, während ich jetzt wie ein edler Hund neben einer edlen Hündin vor eine Aufgabe gestellt war, und das wußte ich und sah, was für eine Pein damit verbunden war, wie die Züchter tagelang auf den richtigen Augenblick warten mußten, wie bei uns ein Züchter vom anderen Ende der Republik mit einer Hündin angereist war und wieder hatte wegfahren müssen, weil der preisgekrönte Foxterrier sie nicht

183

wollte, und als sie dann zum zweitenmal kamen, mußten sie die Hündin über einen kleinen Zuber im Stall legen, und die Dame mußte mit dem Handschühchen das Glied des Hundes einführen, und dieser wurde mit der Peitsche über dem Kopf gezwungen, die Fähe zu begatten, obwohl sich diese edle Fähe wiederum mit großer Lust von jedem beliebigen Straßenköter bespringen ließ, oder wie der Herr Stabsarzt seinen Bernhardiner einen ganzen Nachmittag lang nicht mit einer Hündin anfreunden konnte, die extra vom Böhmerwald angereist war, denn die Hündin war größer als der Rüde... Schließlich brachte Ingenieur Martin die Tiere zu dem Abhang im Garten und hob eine Grube aus, eine Stunde lang richtete man das Terrain für die Bernhardinerhochzeit her, und erst am Abend, als sie völlig kaputt mit der letzten Schaufel den Hang in Ordnung gebracht hatten, war es soweit, sie stellten den einen Hund eine Stufe tiefer, so daß er, um eine Stufe kleiner, die Höhe ausglich, und sokam es zu der Vereinigung, doch durch Muß, also gezwungenermaßen, wogegen der Natur nach sich ein Wolfshund mit großer Lust mit einer Dackelhündin vermischt oder eine irische Setterhündin mit einem Stallpinscher...

Genauso ging es auch mir... Und so wurde das Unglaubliche Wirklichkeit: Nach einem Monat mußte ich mir eine Spritze abholen, stärkende Injektionen, immer einen ganzen Satz Nadeln, stumpf wie die Nägel, in den Hintern, damit ich meine Psyche stärkte, und als ich zehnmal einen solchen Satz absolviert hatte, gelang es mir, Lisa in einer Nacht vorschriftsmäßig zu schwängern... Und so empfing sie, doch jetzt mußte wiederum sie sich die stärkenden Spritzen holen, denn die Doktoren hatten die Befürchtung, sie könne den neuen Menschen nicht austragen, könne ihn verlieren, von unserer ganzen Liebe war also nichts geblieben, und das nationalsozialistische Beilager war nur noch eine Art von Akt im langen Gewande, Lisa hatte nicht einmal mein Glied berührt, und ich wurde nur entsprechend der Vorschrift und der Ordnung des neuen Europäers zugelassen, was mir nicht gut bekam. Überhaupt war das alles mit diesem Kind nur Wissenschaft und Chemie und hauptsächlich Injektionen, Lisas Allerwertester war von den nagelstumpfen Spritzen so zerstochen, daß wir uns lieber der Pflege der Narben und vor allem einer von den Injektionen immer noch nässenden Wunde bei mir widmeten, statt ein schönes neues Kind zu zeugen.

Zu jener Zeit widerfuhr mir eine unangenehme Sache, ich hatte nämlich schon mehrmals bemerkt, daß in dem Hörsaal, in dem über die ruhmreiche Vergangenheit der alten Germanen doziert wurde, jetzt Russischstunden abgehalten wurden, hier lernten die Soldaten, nachdem sie ihre Züchtungsverpflichtungen erfüllt und die schönen blonden Mädchen geschwängert hatten, zusätzlich Russisch, ein paar grundlegende Sätze, und da fragte mich ein Hauptmann, was ich dazu meinte, als ich unter den Fenstern einem Russischkurs lauschte, und ich sagte, allem Anschein nach gäbe es wohl Krieg mit Rußland, und da fing er an zu brüllen, ich wiegele die Öffentlichkeit auf, doch ich sagte, außer ihm und mir sei niemand da, doch er brüllte: »Wir haben einen Pakt mit Rußland, das ist Aufruhr und Verbreitung von Falschmeldungen...«, und ich bemerkte erst jetzt, daß er der Hauptmann war, der für Lisa den Trauzeugen gemacht hatte, der mir weder die Hand gegeben noch gratuliert hatte, er hatte sich vor mir um Lisa beworben, doch ich hatte ihm den Wind aus den Segeln genommen, und jetzt war die Zeit gekommen, wo er sein Mütchen an mir kühlen konnte, und er zeigte mich an, und ich stand vor dem Chef unseres Städtchens, in dem das Neue Europa gezüchtet wurde... Und als dieser mich ebenfalls anschrie, gab es Alarm im Lager, und als der Kommandeur den Hörer abnahm, wurde er blaß – ja, es stimmte, der Krieg war da, wie ich es vorausgesagt hatte, und der Kommandeur fragte mich nur noch auf dem Flur, wie ich das erraten hätte, und ich sagte, bescheiden, ich hätte ja immerhin mal den abessinischen Kaiser bedient...

Tags darauf wurde mir ein Sohn geboren, und Lisa ließ ihn taufen und ihm den Namen Siegfried geben, so wie sie es aus den Wänden der Laubengänge herausgelesen und aus der Musik von Wagner herausgehört hatte, durch den sie zu dem Söhnchen inspiriert worden war. Doch ich wurde trotzdem entlassen und angewiesen, nach dem Urlaub eine neue Stelle im Restaurant Košíček, also Körbchen, im Böhmischen Paradies anzutreten. Tief unten im Felsengrund lagen Restaurant und Hotel wie in einem Körbchen, eingetaucht in Frühnebel und in die letzte durchsichtige Luft, ein kleines Hotel, wie geschaffen für verliebte Leute, für Paare, die verträumt über Felsen und Aussichtspunkte spazierten, um Hand in Hand oder untergehakt zum Mittagessen oder zum Abendbrot heimzukehren; die Bewegungen unserer Gäste waren alle gelassen und ru-

hig. Obwohl dieses Körbchen ebenfalls für die Wehrmacht und für die Waffen-SS bestimmt war, für die
Offiziere, die sich hier, bevor sie an die Ostfront ab-
gingen, ein letztes Mal mit ihren Frauen, ihren Geliebten trafen, war alles hier so ganz anders als in dem
Städtchen, in dem die neue Rasse gezüchtet wurde, wo
die Soldaten nur als Herdbuchhengste oder Zuchteber
anreisten, um am selben Abend oder binnen zwei Tagen auf wissenschaftliche Art deutsche Weibchen mit
germanischem Samen zu schwängern...
Im Körbchen war alles ganz anders, so ganz nach meinem Gusto, und deshalb herrschte hier nicht Froh-
sinn, sondern melancholische Trauer vor, eine Ver-
träumtheit, auf die ich bei Soldaten nie gefaßt gewesen
wäre: Fast alle unsere Gäste glichen Dichtern, die sich
anschicken, ein Gedicht zu schreiben, doch das lag
nicht daran, daß sie wirklich Dichter waren, nein, sie
waren bestimmt genau solche Grobiane und genauso
anmaßend und arrogant wie die anderen Deutschen,
waren ewig besoffen von dem Gedanken, Frankreich
geschlagen zu haben, mochte auch ein Drittel der Offiziere von der Division Großdeutschland in diesem gal-
lischen Feldzug gefallen sein... diesen Offizieren hier
stand ein anderer Weg bevor, eine andere Berufung,
andere Kämpfe, denn es war schon etwas anderes, an
die russische Front zu gehen, deren Keil im November
bereits bis vor Moskau vorgestoßen war, weiter allerdings nicht, so daß sich die Armeen weiter und weiter
ergossen, bis Woronesch und hinunter zum Kaukasus,
und diese Ferne und dann die Berichte von der Front,
vor allem die Berichte aus dem Hinterland, wo die Par-
tisanen den Weg zur Front so ungemütlich machten,

daß die Front eigentlich im Rücken der Soldaten lag, wie mir Lisa erzählte, die von der Front kam und keinerlei Freude über diese russische Kriegführung zeigte. Sie brachte mir auch ein kleines Köfferchen mit, und ich wußte anfangs nicht, welchen Wert sein Inhalt hatte, es war ein Köfferchen voller Briefmarken; wo sie das wohl entdeckt hat, dachte ich, doch Lisa hatte schon in Polen und in Frankreich, in den jüdischen Wohnungen, nur nach Marken gefahndet und in Lemberg, bei der Durchsuchung deportierter Juden, dieses Köfferchen erbeutet, von dem sie sagte, es werde nach dem Krieg einen solchen Wert haben, daß wir uns dafür jedes beliebige Hotel an beliebigem Ort kaufen könnten...

Mein Söhnchen, das ich bei mir hatte, war ein sonderbares Kind. Nicht einen einzigen Zug konnte ich in ihm von mir erkennen, kein einziges Merkmal, weder von mir noch von Lisa, ganz zu schweigen von dem, was die Walhalla verheißen hatte. In dem Kind war nicht mal eine Spur der Wagnerschen Musik, ganz im Gegenteil, es war ein verschüchtertes Wesen, das schon nach drei Monaten Krämpfe bekam. Ich bediente Gäste aus allen deutschen Landen, erkannte und erriet und bestimmte schließlich mit absoluter Treffsicherheit, ob ein deutscher Soldat aus Pommern, ob er ein Bayer oder ob er ein Soldat aus dem Rheinland war, ich unterschied genau einen Soldaten von der Küste von dem aus dem Binnenland, wußte, ob er ein Arbeiter war oder ein Bauer... das war mein einziges Vergnügen, von früh bis spät und bis in die Nacht Dienst zu tun, ohne auszuruhen, ohne Freizeit, denn ich vermochte mich nur dadurch zu vergnügen, daß ich schätzte, wer was bestellte und woher er kam, und das nicht nur bei den Männern, sondern auch bei den Frauen, die hier ebenfalls in geheimer Mission erschienen, doch diese Mission war Trauer und Angst und ein feierliches Verlangen, nie wieder habe ich später in meinem ganzen Leben Ehe- und Liebespaare gesehen, die so zärtlich und rücksichtsvoll zueinander waren und in deren Augen so viel Bangigkeit und Zärtlichkeit lag; wie seinerzeit bei uns daheim war das, als die Mädchen sangen: Schwarze Augen, warum weint ihr... oder Es rauschten die Wälder... und so.

Rings um das Körbchen gingen bei jedem Wetter Pärchen spazieren, jeweils ein junger Offizier in Uniform und eine junge Frau, still und ineinander verschränkt, und ich, der den abessinischen Kaiser bedient hatte, habe so etwas weder kennengelernt noch erahnen können, erst jetzt kam ich dahinter, was gesetzmäßig die Ursache dafür war: die Möglichkeit nämlich, daß sich zwei Menschen nie mehr wiedersehen könnten... ja, diese Möglichkeit machte diese Menschen zu schönen Menschen, das war der neue Mensch, nicht der siegesbewußte und heiser gebrüllte und hochfahrende, sondern im Gegenteil: der demütige und nachdenkliche Mensch mit den schönen Augen eines verschreckten Tierchens... Auch ich lernte es, mit den Augen dieser Liebespaare – denn auch Eheleute wurden hier unter dem Blickwinkel der Front wieder zu Verliebten –, ich lernte es, mit ihren Augen die Landschaft zu sehen, die Blumen auf dem Tisch, die spielenden Kinder, die Tatsache, daß jede Stunde ein Allerheiligstes ist, denn am Tag und in der Nacht vor der Abreise an die Front schliefen die Liebenden nicht mehr, nicht daß sie nicht im Bett gewesen wären, doch hier war noch etwas mehr als das Bett, hier waren Augen und eine menschliche Beziehung, die ich fast in meinem ganzen Leben als Kellner nie mit der Kraft erlebt hatte, die ich hier sehen und erfahren mußte...

Eigentlich wähnte ich mich hier, obwohl ich Kellner und manchmal auch Oberkellner war, wie in einem großen Theater oder Kino in einem traurig-verliebten Stück oder Film... Und ich erkannte auch, daß die innerlichste Beziehung eines Menschen zum anderen die Stille war, erst eine stille Stunde, dann ein Viertelstündchen und der Geruch der letzten paar Minuten, wenn die Kutsche vorfuhr, manchmal ein Pritschenwagen, dann wieder ein Auto, und zwei stille Menschen erhoben sich, sahen sich lange an, seufzten und dann ein letzter Kuß, und die Gestalt des Offiziers ragte in dem Pritschenwagen auf, setzte sich dann, und das Fuhrwerk rollte bergan. Ein letztes Umdrehen, ein Tüchleinwinken, und dann, wenn sich Kutsche oder Auto langsam wie die Sonne über die Hügelkante schob, dann war nichts mehr da. Vor der Tür zum Körbchen blieb eine Frau zurück, eine Deutsche, ein tränenüberströmter Mensch, und sie winkte immer noch, wippte mit den Fingern, denen das Taschentüchlein entfallen war... dann drehte sie sich um und rannte, von Weinen geschüttelt, treppauf in ihr Zimmerchen und fiel gleich einer Barnabiterin, die einen Mann im Kloster erblickt hat, mit dem Gesicht in die Federn und versank mit einem langen, stärkenden Schluchzen im Bett... Am nächsten Tag dann fuhren die Liebsten mit geröteten Augen zur Bahn, dieselbe Kutsche oder derselbe Pritschenwagen oder dasselbe

Auto brachte weitere Liebende aus allen Himmelsrichtungen herbei, von allen Standorten aller Städte und Dörfer, damit sie hier ihr letztes Stelldichein vor der Abreise an der Front hätten, denn die Berichte von der Front waren trotz des schnellen Vorrückens der Armeen so schlecht, daß Lisa besorgter und immer besorgter über diesen Blitzkrieg war, sie halte es hier nicht mehr aus, sie nehme Siegfried nach Eger mit, ins Restaurant Zur Stadt Amsterdam, und sie gehe an die Front, dort sei ihr wohler...

Und so wurde das Unglaubliche wieder einmal Wirklichkeit, ich war nämlich nicht mehr im Körbchen, das war jetzt ein Jahr her, auch ich hatte Abschied genommen, auch ich hatte so lange gewinkt, bis die Kutsche sich über die Hügel schob, auch ich hatte geweint und war dann mit dem Zug zu meiner neuen Wirkungsstätte gefahren. Die wertvollen Marken führte ich in einem ganz gewöhnlichen Köfferchen mit Proviant bei mir, in einem Vulkanfiberkoffer, den ich gefunden hatte, denn ich hatte den Wert einiger Marken aus dem Zumstein-Katalog erfahren und sofort gewußt, daß ich es nicht mehr nötig haben würde, mein Zimmer mit Hundertkronenscheinen auszulegen, selbst wenn ich mir aus den Hundertern Tapeten machte, selbst wenn ich sie an die Decke heftete und im Flur und auf dem Abort oder in der Küche, selbst wenn ich die ganze Wohnung mit den grünen Kacheln der Hundertkronenscheine vollklebte, nichts käme der Summe gleich, die ich eines Tages für diese Marken kassieren würde, allein für vier Marken bekäme ich laut Zumstein so viel, daß ich Millionär wäre, und so berechnete ich im Geiste, daß die Deutschen den Krieg bereits verloren hatten, wenn ich eines Tages heimkehrte. Das Ende war nicht mehr weit, denn wann immer ein hoher Offizier eintrat, las ich seinem Gesicht ab, wie die Lage war. All meine Zeitungen und Nachrichten von den Kriegsschauplätzen las ich von diesen Gesichtern ab. Mochten sie sich auch blitzende Monokel vor die Augen klemmen, ich erkannte es dennoch, selbst wenn sie dunkle Brillen trugen, sah ich deutlich, wie es enden würde, und selbst wenn sie sich über das Gesicht eine Kapuze gezogen hätten, eine schwarze Maske, ich hätte an Haltung und Benehmen des Generals erraten, wie es um den Kriegsschauplatz bestellt war...

Und so ging ich auf dem Bahnsteig auf und ab und sah mich durch Zufall in einem Spiegel, und als ich mich so anschaute, sah ich mich auf einmal als fremden Menschen, genau so wie diese Deutschen aus allen Teilen ihres Landes, diese Deutschen mit all den Nuancen, ihren Berufen und Krankheiten und Vorlieben, die ich durchschaute, da ich den abessinischen Kaiser bedient hatte, denn letzten Endes war ich durch die Schule des Herrn Oberkellners Skřivánek gegangen, der wiederum den englischen König bedient hatte, und so schaute ich mich an und sah mich selbst mit dem gleichen durchdringenden Blick, wie ich mich gesehen hatte, als Sokol, der sich, während tschechische Patrioten hingerichtet wurden, von Nazidoktoren hatte untersuchen lassen, ob er fähig sei, einer deutschen Turnlehrerin beizuwohnen; ja, und als die Deutschen den Krieg gegen Rußland begannen, hatte ich Hochzeit gehalten und Die Reihen dicht geschlossen gesungen, und während daheim die Leute leiden, lasse ich's mir wohl sein in deutschen Hotels und Absteigen, wo ich der deutschen Armee und der Waffen-SS diene, und wenn der Krieg zu Ende ist, kann ich nie wieder zurück nach Prag…

Ich sah, wie man mich, nein, wie ich mich selber an der erstbesten Laterne aufhängte, allenfalls zehn Jahre und mehr gab ich mir, und so stand ich da und sah auf dem morgendlich leeren Bahnhof mich selber an wie einen Gast, der mir entgegenkam und sich dann wieder von mir entfernte, doch ich, der ich den abessinischen Kaiser bedient hatte, war nun auch zur Wahrheit verurteilt, und so wie ich mich neugierig an dem Leid und an den Intimitäten fremder Menschen geweidet hatte, betrachtete ich mich jetzt nach genau der gleichen Methode, und mir wurde schlecht angesichts dieses Bildes, vor allem angesichts meines Traumes, Millionär zu werden und Prag und den Hoteliers zu zeigen, daß ich einer von ihnen war und nicht irgendwer, daß ich vielleicht sogar über ihnen stand und daß es nun ausschließlich an mir lag, was ich tun mußte, um heimzukehren und mir das größte Hotel zu kaufen und auf einer Stufe wie Šroubek, wie Herr Brandejs, wie die Sokoln zu stehen, die mich ignorierten und mit denen nur aus der Position der Stärke zu reden war, aus der Position meines Köfferchens hier, aus dem ich mir für nur vier Marken, die Lisa in Warschau oder irgendwo in Lemberg erbeutet hatte, ein Hotel kaufen würde… das Hotel Ditie… Dítě… oder sollte ich mich lieber nach etwas in Österreich oder in der Schweiz umsehen?

So beriet ich mich mit meinem Spiegelbild, und leise rollte hinter mir der Schnellzug ein, ein Militärlazarett von der Front…, und als er hielt, sah ich im Spiegel herabgelassene Rollos, und jetzt ging ein Rollo in die Höhe, die Hand, welche die Kordel hielt, ließ los, und auf dem Bett lag eine Frau im Nachthemd, und als sie sich die Augen gerieben hatte, guckte sie verschlafen nach, wo der Zug denn gehalten habe. Und ich guckte, und sie guckte mich an – und es war Lisa, meine Frau, ich sah, wie sie aufsprang und an den Abteilen entlanghuschte, und sie kam herausgestürzt, so wie sie war, und ehe ich mich versah, hing sie mir am Hals und küßte mich wie vor der Ehe, und ich, der ich den abessinischen Kaiser bedient hatte, sah, daß sie sich verändert hatte, so wie sich alle diese Offiziere verändert hatten, die von der Front kamen und im Körbchen eine schöne Woche mit der Ehefrau oder mit der Liebsten verlebten, und auch Lisa mußte unglaubliche Dinge gesehen und erlebt haben, die Wirklichkeit geworden waren...

Jetzt war sie wieder die Turnlehrerin, sie schaffte einen Militärtransport von Krüppeln dorthin, wo auch ich hin wollte, nach Komotau, nach Chomutow, in das Soldatenlazarett am See, und kaum war ich mit meinem Köfferchen eingestiegen, da ruckte der Zug auch schon an, und ich ging zu Lisa ins Abteil, und als ich ihr hinter zugezogenen Vorhängen, hinter verschlossener Tür das Hemd auszog, bebte sie so wie vor der Ehe, denn dieser Krieg hatte sie anscheinend frei und demütig gemacht, dann zog sie mich aus, und wir lagen uns nackt in den Armen, und sie ließ sich von mir den Bauch küssen, alles im Rhythmus der Fahrt, der sich bewegenden und einander berührenden und an den Kupplungen federnden Puffer...

Auf dem Bahnhof von Komotau warteten schon Sanitätsautos und Wagen und ganze Autobusse, fahrbare Krankenhäuser auf sechs Rädern, und ich hörte nicht auf Lisa und stand am Ende des geräumten Perrons, man ließ mich nur deshalb dort stehen, weil ich mit Lisa ausgestiegen war, die sich beim Bahnhofskommandanten meldete, wonach man auslud, was dieser Zug von der Front mitgebracht hatte, frische und transportfähige Krüppel, lauter Leute, die nicht gehen konnten, denen ein oder beide Beine amputiert worden waren, und alle diese Soldaten wurden auf die Autos und Transporter geladen, ein ganzer Bahnsteig voller Krüppel, und als ich sie anschaute, da erkannte ich nicht, sondern wußte, daß dies alle jene waren, die man in dem Städtchen bei Tetschen hatte beischlafen lassen, alles Leute, die im Körbchen Abschied genommen hatten, und das hier, das war das letzte Bild ihrer Komödie, ihres Theaters, ihres Kinos... Ich fuhr mit dem ersten Transport zu dem Ort, an den ich beordert war, zur Kantine des Militärkrankenhauses, das Köfferchen auf dem Schoß, während ich den Lederkoffer auf den Dachgepäckständer zwischen die Soldatenrucksäcke und -ranzen geworfen hatte. An diesem Tag durchwanderte ich die Umgebung und das Lager selbst, das sich am Fuße eines Hügels hinzog, in einem bis zum Alaunsee abfallenden Kirschen- und Pflaumengarten; der See glich jetzt dem See Genezareth oder dem heiligen Ganges, denn über lange Molen fuhren die Pfleger die Krüppel, deren Wunden nach den Amputationen eiterten, zum See hinunter, in dem kein einziges Getier war, kein einziges Fischchen, einfach alles war in diesem See krepiert, und solange das Wasser aus dem Alaunsteinbruch quoll, würde es hier auch nie Leben geben. In diesem Wasser lagen die Verwundeten, die bereits leicht geheilt waren, sie schwammen langsam, ihnen fehlte ein Bein oder beide unterhalb des Knies, manche hatten überhaupt keine Beine mehr und bewegten deshalb nur die Rümpfe, wie Frösche wedelten sie mit den Händen im Wasser, und ihre Köpfe ragten aus dem blauen See; wie in den Schwimmbecken bei Tetschen sah das aus, und sie waren wieder die stattlichen Kerle, doch wenn sie genug geschwommen, wenn sie so lange in dem See gelegen hatten, wie der Arzt es angeordnet hatte, zogen sie sich mit den Armen aufs Ufer und krochen heraus wie die Schildkröten, blieben liegen und warteten, bis die Pfleger sie in Bademäntel und warme Decken legten und sie nach und nach zu Hunderten, einen nach dem andern, von den strahlenförmigen Molen her zum Hauptplateau vor dem Restaurant schafften, wo eine Damenkapelle aufspielte und das Essen serviert wurde...

Am meisten rührte mich die Abteilung mit den Querschnittsgelähmten, die das ganze Unterteil des Körpers mitschleppten und die an Land wie im Wasser Seejungfrauen glichen, und die Beinlosen erst, die hatten einen so kurzen Rumpf, daß sie aussahen, als säße ihnen der Kopf direkt auf den Beinen. Diese allerdings spielten gern Pingpong, sie hatten zusammenklappbare verchromte Rollstühle, mit denen sie sich so schnell zu bewegen verstanden, daß sie sogar Fußball spielten, nur benutzten sie statt der Beine die Arme und, überhaupt, kaum hatten sie sich ein bißchen erholt, da zeigten die Einbeinigen und Armlosen und die mit den versengten Köpfen eine unbändige Lebenslust, sie spielten Fußball und Pingpong und ihren Handball, bis es dunkel wurde... Ich blies immer auf der Trompete, das war der Abendgruß, mit dem ich sie zum Essen rief, und wenn sie auf ihren Wägelchen herbeirollten oder sich auf Krücken herschleppten, dann strahlten sie alle vor Gesundheit, denn hier in dieser Abteilung, wo ich das Essen servierte, hier war schon sie sogenannte Rehabilitation, während in den drei anderen Abteilungen die Ärzte operierten und den Verwundeten dann Strom und Iontophorese zugleich verabreichten... Und diese Krüppel verursachten mir zuweilen eine umgekehrte Vision: Weil ich dauernd die Glieder vor mir sah, die sie verloren hatten, erblickte ich zwar die fehlenden Glieder, doch dafür entschwanden die wirklichen meinem Blick, und so fragte ich mich erschrocken, was ich da eigentlich sah... Und dann hielt ich immer den Finger an den Mund und sagte mir: Warum siehst du das so? Weil du den abessinischen Kaiser bedient hast, weil du durch die Schule des Oberkellners Skřivánek gegangen bist, der den englischen König bedient hat...

Einmal in der Woche fuhren Lisa und ich zu unserem Söhnchen nach Eger, ins Hotel Zur Stadt Amsterdam... Lisa war jetzt wieder zu ihrer Schwimmerei zurückgekehrt, und das war ihre Welt, dauernd planschte sie in dem See herum und war von dem Schwimmen so straff und schön geworden wie eine Bronzestatue, so daß ich kaum abwarten konnte, bis wir beisammen waren. Wenn Lisa nackt durchs Haus ging, zogen wir die Vorhänge zu, und übrigens hatte sich Lisa überhaupt verändert. Sie hatte sich das Buch eines Reichssportlers namens Fouré oder Fouquet gekauft, und darin war der Kult des nackten Körpers enthalten, und weil Lisa einen schönen Körper hatte, schloß sie sich den Nudisten an, ohne je bei ihnen gewesen zu sein. Morgens brachte sie mir den Kaffee, nur mit einem Rock bekleidet, manchmal erschien sie auch nackt, und wenn sie mich anblickte, nickte sie zufrieden und lachte, weil sie in meinen Augen las, daß sie mir gefiel, daß sie schön war... Mit Siegfried allerdings, unserem Söhnchen, war es ein Kreuz, alles was er in die Hand bekam, warf er weg, alles warf er weg, bis er eines Tages, als er auf dem Fußboden des Hotels herumkroch, einen Hammer nahm und der Großpapa ihm zum Spaß einen Nagel gab. Der Knabe setzte den Nagel an und trieb ihn mit einem Schlag in den Fußboden... Und so kroch dieses Knäblein, während die anderen noch mit Klappern und Teddys spielten und liefen, auf dem Fußboden herum und brüllte so lange, bis er ein Hämmerchen und Nägel bekam und diese bildschön in die Dielen hieb, und während die anderen Kinder schon zu plappern anfingen, konnte unser Söhnchen noch nicht einmal laufen, geschweige denn Mama sagen, er gierte nur nach Hammer und Nägeln, und solange er auf war, erdröhnte das Hotel Zur Stadt Amsterdam von Hammerschlägen, und der Fußboden war mit eingeschlagenen Nägeln übersät, und davon hatte sich die Rechte des Jungen so entwickelt, daß man die Muskeln an seinem Arm schon von weitem sah... Und waren wir auf Besuch da, hielt ich es nie aus, im übrigen erkannte unser Söhnchen weder mich noch seine Mutter, es verlangte nach nichts anderem als nach dem, was man ihm wieder gab: nach Hammer und Nägeln, und die Nägel gab es nur auf Bezugschein und auf Karten oder schwarz, ich mußte welche besorgen, wo immer es nur ging, und das Söhnchen schlug die Sechszöller mit Hieben in den Fußboden, und ich faßte mich bei jedem Schlag an den Kopf. Von Anfang an war mir beim Anblick des Kindes, des Gastes, der mein Sohn war, klargewesen, daß es ein Kretin war und blieb, denn wenn die anderen Kinder seines Alters in die Schule kämen, würde Siegfried zu laufen beginnen, und wenn die anderen die Schule verließen, würde Siegfried mal gerade das Lesen gelernt haben, und wenn die anderen sich verheirateten, würde Siegfried sagen können, wie spät es ist, und er würde die Zeitung holen und zu Hause hocken, weil er zu nichts nütze wäre, es sei denn zum Nägeleinschlagen... So sah ich meinen Sohn an und sah bei jedem weiteren Besuch, daß der Fußboden auch des nächsten Zimmers über und über mit Nägeln bespickt war, ich hatte auch sonst noch recht, wenn ich unseren Jungen nicht als meinen Sohn, sondern als einen Gast ansah... doch wenn der besessene Knabe seine Nägel in den Boden trieb, dann war das nicht einfach nur ein Nageln, dann bekam das einen neuen Sinn. Im Unterschied zu den anderen freute sich Siegfried und strahlte, wenn die Sirene Fliegeralarm heulte und alles in die Luftschutzräume rannte, und während die anderen Kinder vor Angst in die Hosen machten, klatschte Siegfried in die Händchen und lachte und war auf einmal so schön, als gäbe es keine Krämpfe mehr und auch keinen Belag auf der Hirnrinde, und während die Bomben fielen, schlug Siegfried Nagel um Nagel in ein Brett, das man für ihn in den Keller mitgenommen hatte, und wieherte vor Lachen... Und ich, der ich den abessinischen Kaiser bedient hatte, freute mich darüber, daß mein Söhnchen zwar blöd war, doch andererseits nicht blöd genug, um fähig zu sein, die Zukunft aller deutschen Städte vorauszusagen, von denen ich wußte, daß alle genauso enden würden wie die Fußböden in den Zimmern des Hotels. Ich kaufte drei Kilo Nägel, und Siegfried hämmerte sie am Vormittag in den Küchenfußboden, und am Nachmittag, wenn er den Fußboden eines Zimmers benagelte, zog ich in der Küche mühsam die Nägel heraus und freute mich insgeheim darüber, wie Marschall Tedders Bombengeschwader ebenso plangerecht die Erde behämmerten, denn mein Junge schlug die Nägel genau den Geraden nach und in rechtem Winkel ein... Das Slawenblut hatte wieder gesiegt, und ich war auf den Jungen stolz, denn er sprach zwar noch nicht, fing aber an zu laufen: er aber blieb der Held Thor, das Hämmerchen fest in der Hand...

Unversehens erschienen mir jetzt Bilder, die ich schon längst vergessen hatte. Plötzlich sah ich sie vor mir, so frisch und deutlich, daß ich mit meinem Mineralwassertablett wie vom Blitz getroffen innehielt. Ein paar Sekunden am Alaunsee genügten, und ich hatte das Porträt von Zdeněk fertig, dem Ober im Hotel Tichota, der sich in seiner Freizeit so gern amüsierte und dabei alles Geld verschleuderte, das er bei sich hatte, und das waren immer ein paar Tausender... Das Bild, das mir jetzt erschien, war das seines Onkels, eines Militärkapellmeisters, der schon in Pension war, eines Kapellmeisters, der auf seinem Waldgrundstück, wo er ein von Blumen und Nadelgehölz völlig umwuchertes Häuschen besaß, Holz hackte, und dieser Onkel, weil er Kapellmeister unter den Österreichern gewesen war, trug ständig seine Uniform, auch wenn er Holz hackte, weil er zwei Galopps und ein paar Walzer geschrieben hatte, die immerzu gespielt wurden, doch keiner wußte mehr, wer dieser Kapellmeister war. Alle Welt glaubte, er sei schon gestorben, und als Zdeněk und ich an unserem freien Tag einmal mit der Kutsche fuhren und eine Militärkapelle hörten, da stand Zdeněk in der Kutsche auf und winkte dem Kutscher anzuhalten... und schon ging er der Militärmusik nach, die einen Walzer seines Onkels spielte, und Autobusse standen bereit, die ganze Militärkapelle sollte einsteigen und irgendwohin fahren, wo es ein Wettspielen von Militärkapellen gab, und Zdeněk überredete den Kapellmeister, gab ihm alles Geld, das er bei sich hatte, viertausend Kronen für Bier, damit die Soldaten taten, was er ihnen befahl, und so verließen wir die Kutsche und setzten uns in den ersten Autobus, und nach einer Stunde Fahrt stiegen wir im Wald aus, und hundertzwanzig Musiker in Uniform gingen mit ihren blinkenden Instrumenten den Waldweg hinunter, schwenkten in einen Pfad ein, der von dichtem Gebüsch gesäumt war, über dem hohe Kiefern aufragten, und Zdeněk gab ein Zeichen, sie sollten warten, verschwand durch eine Lattenlücke auf der Parzelle im Gebüsch, kehrte dann zurück, erläuterte seinen Plan, gab das Zeichen, und die Soldaten krochen allesamt durch die Latten ins Gebüsch, und Zdeněk erteilte Befehle wie an der Front, das im Gesträuch verborgene Häuschen zu umzingeln, von dem Axtschläge herüberschallten, und so umzingelte die ganze Musik den Hauklotz und den alten Mann in der alten

österreichischen Uniform eines Militärkapellmeisters, und der Dirigent dieser Militärmusik schwenkte plötzlich, als Zdeněk das Zeichen gab, den goldenen Tambourstock und rief laut einen Befehl, und aus dem Gebüsch stiegen und traten die geputzten Blechinstrumente, und die Musik spielte den schnellen Galopp, den Zdeněks Onkel komponiert hatte und den die Kapelle mit zu dem Wettbewerb nahm, und der alte Kapellmeister blieb in der Haltung stehen, in der er das Scheit spaltete, und die Musik rückte ein paar Schritte vor, immer noch bis zum Gürtel in dem Kiefern- und Eichenbestand, nur der Kapellmeister stand mit seinem goldenen Stock bis zu den Knien im Gras und stieß den Stock schräg nach oben, und die Musik spielte den Galopp, die Instrumente blinkten in der Sonne, der alte Kapellmeister drehte sich langsam um, und auf seinem Gesicht erschien ein so seliger Ausdruck, als stürbe er, und kaum war der Galopp beendet, da folgte sogleich ein Konzertwalzer...
Der alte Kapellmeister brach zusammen und begann zu weinen, die Axt auf dem Schoß. Der Dirigent der Militärkapelle mit dem goldenen Stock trat näher, berührte den Greis an der Schulter und reichte ihm, als dieser sich aufrichtete, den Stock, und Zdeněks Onkel stand auf... Wie er uns später erzählte, hatte er gedacht, er stürbe und wäre im Himmel in ein Militärorchester geraten, und Gott dirigiere diese Musik und habe ihm seinen Stab übergeben... Der Greis dirigierte seine eigene Komposition, und als er fertig war, kam Zdeněk aus dem Gebüsch und reichte dem Onkel die Hand und wünschte ihm Gesundheit, und eine halbe Stunde später stiegen die Musiker wieder in die

Autobusse, und als sie abfuhren, die Autobusse, spielten die Männer für Zdeněk einen Tusch, eine feierliche Fanfare, und Zdeněk zeigte sich bewegt, er verbeugte sich, dankte, und als die Autobusse verschwanden, folgten ihnen auf dem Waldweg auch die Fanfaren, die von den Zweigen der Buchen und Sträucher gepeitscht wurden...

Ach ja, der Zdeněk, das war ein Engel, alle Freizeit, die wir gemeinsam verbrachten, war wie die andere, zehn Tage lang grübelte er, wie er die Tausender ausgeben könnte, während ich mich einschloß und den Fußboden mit Hunderten auslegte, um dann barfuß auf den Banknoten wie auf einem Kachelfußboden umherzugehen oder um mich daraufzulegen wie auf eine grüne Wiese. Einmal richtete Zdeněk einem Steinmetz die Hochzeit der Tochter aus, ein andermal gingen wir ins Konfektionshaus und steckten alle Jungs aus dem Waisenhaus in weiße Matrosenanzüge; und auf einem Rummel haben wir alle Karussells und alle Schaukeln für einen ganzen Tag gemietet, und an diesem Tag konnten alle umsonst fahren; an einem anderen freien Tag wieder kauften wir in Prag die schönsten Sträuße und Rosolio-Flaschen und sind von einer öffentlichen Toilette zur andern gegangen und haben den Klofrauen zu Feiertagen gratuliert, die sie gar nicht hatten, zu Geburtstagen, die schon vorüber waren, und Zdeněk hatte immer das Glück, daß eines der Weiblein wirklich gerade seinen Namens- oder Geburtstag hatte...

Und so habe ich mir einmal gesagt, mach doch mal eine Stippvisite nach Prag und fahr mit dem Taxi zum Hotel Tichota und frage, ob der Zdeněk noch da ist, und falls nicht, wo er wohl steckt, oder du guckst mal bei der Großmutter vorbei, bei der ich zur Erziehung war, und siehst nach, ob es noch das Zimmer gibt, vor dessen Fenstern immer die Hemden und Unterhosen erschienen, wenn die Gäste des Karlsbades sie aus dem Klosettfenster warfen, worauf Großmuter das schmutzige Unterzeug in Ordnung brachte und auf dem Bau an die Arbeiter und Maurer verkaufte... Und so stand ich auf dem Bahnhof in Prag. Nachdem ich den Zug nach Tábor gefunden hatte, schob ich den Ärmel zurück, um nach der Uhr zu sehen, und als ich wieder aufsah, erblickte ich Zdeněk neben einem Kiosk. Ich erstarrte, denn das war wieder eines meiner Erlebnisse, in denen das Unglaubliche Wirklichkeit wurde. Starr blieb ich stehen, mit der Hand den Ärmel lüpfend, und sah, wie Zdeněk sich umguckte, als habe er lange gewartet, und wie er dann die Hand hob. Bestimmt erwartete er jemanden, denn er wollte ebenfalls auf die Uhr sehen, doch plötzlich traten drei Männer in Ledermänteln auf mich zu und packten meine Arme. Ich hatte immer noch die Hand auf der Uhr, ich sah Zdeněk, der wie im Traum zu mir hersah, er war bleich, stand nur da und schaute mich an, während mich die Deutschen ins Auto verfrachteten und wegfuhren, und ich fragte mich verwundert, wohin sie mich brachten und warum, und sie schafften mich nach Pankrác. Das Tor ging auf, und wieder führten sie mich wie einen Verbrecher und warfen mich in eine Zelle... Ich war regelrecht betäubt von dem, was mir zugestoßen war, plötzlich freute ich mich fast, ich hoffte, man möge mich nicht sogleich laufen lassen, das wünschte ich mir, denn der Krieg neigte sich sowieso dem Ende zu, ich wünschte mir, man möge mich einsperren, in ein Konzentrationslager stecken, ich wünschte mir, gerade von den Deutschen eingesperrt zu werden, und die Deutschen, mein Glücksstern begann mir zu leuchten, öffneten die Tür, und ich wurde zum Verhör geführt, und nachdem ich alle Personalien genannt hatte und dazu den Grund, warum ich nach Prag gekommen war, wurde der Untersuchungsrichter ernst, und dann fragte er mich, auf wen ich gewartet hätte. Und ich sagte: »Auf niemanden«, und da ging die Tür auf, und herein kamen zwei Männer in Zivil, sie stürzten sich auf mich und schlugen mir die Nase kaputt, hieben mir zwei Zähne aus. Ich fiel zu Boden, sie beugten sich über mich und fragten mich erneut, auf wen ich gewartet hätte, wer mir Nachrichten habe übergeben sollen, und ich sagte, ich sei zu Besuch nach Prag gekommen, einfach so, auf einen Ausflug, und einer der Männer beugte sich nieder, faßte mir unters Kinn und packte mich am Haar und schlug meinen Kopf auf den Fußboden, der Untersuchungsrichter schrie mich an, ich hätte nach der Uhr gesehen, und das sei ein vereinbartes Zeichen gewesen, überhaupt sei ich Mitglied der unterirdischen bolschewistischen Bewegung... Und dann trugen sie mich weg und steckten mich zu den Gefangenen, die zogen mir die zertrümmerten Zähne heraus, wischten mir das Blut vom Gesicht und von den zerschlagenen Augenbrauen, und ich lachte nur und lachte, ich verspürte so gut wie nichts, weder die Prügel noch die Schläge, noch die Verletzungen. Die anderen sahen mich an, als wäre ich die Sonne, ein Held. Als die SS-Männer mich reingeworfen hatten, hatten sie mir voll Abscheu nachgeschrien: »Du bolschewistisches Schwein!«, und diese Bezeichnung klang mir in den Ohren wie liebliche Musik, wie Liebeswerben, denn ich begann zu ahnen, daß dies die Eintrittskarte, das Rückfahrbillett nach Prag war; der Fleckenentferner, das Löschmittel, mit dem allein zu tilgen war, wohin ich geraten war, als ich eine Deutsche geheiratet, daß ich in Cheb vor den Nazidoktoren gestanden hatte, die mein Geschlechtsteil untersuchten, ob es befähigt sei, eine germanische Arierin zu begatten… Allein dafür, daß ich auf die Uhr gesehen hatte, das Gesicht demoliert zu bekommen, ist eine Legitimation, durch die ich eines Tages überprüft und wieder nach Prag kommen würde, als antifaschistischer Kämpfer! Besonders all diesen Šroubeks und Brandejs und allen Hoteliers werde ich zeigen, daß ich zu ihnen gehöre, denn wenn ich am Leben bleibe, kaufe ich mir bestimmt eines der großen Hotels, wenn schon nicht in Prag, so bestimmt irgendwo anders, denn mit diesem Köfferchen voller Briefmarken könnte ich – so wie Lisa es wünschte – zwei Hotels erwerben und zwischen Österreich und der Schweiz wählen, doch in den Augen der österreichischen oder Schweizer Hoteliers wäre ich rein gar nichts, denen müßte ich erst etwas beweisen oder vorzeigen, mit denen hatte ich keine alten Rechnungen zu begleichen, vor denen brauchte ich nicht großzutun, doch in Prag ein Hotel zu haben und in Prag im Gremium der Hoteliers zu sitzen und es bis zum Sekretär aller Prager Hotels zu bringen, dazu müßten sie mich endlich anerkennen – nicht lieben, sondern respektieren, auf etwas anderes kam es mir nicht an für die Zukunft…

Und so war ich ganze vierzehn Tage in Pankrác, noch

weitere Verhöre ergaben dann, daß es sich um einen Irrtum handelte, sie hatten tatsächlich auf einen Menschen gewartet, der auf die Uhr blicken sollte, den Verbindungsmann hatten sie schon, aus dem sie alles herausbekommen hatten, was sie brauchten, bis auf eins: daß dies ein anderer war, und ich entsann mich, daß Zdeněk auf dem Bahnsteig gestanden und ebenfalls auf die Uhr hatte sehen wollen, daß Zdeněk mein Freund war und mit angesehen hatte, wie es mich statt seiner erwischte, daß er eines Tages ein ganz wichtiger Mann sein würde, und wenn schon keiner aus der Zelle, so würde bestimmt Zdeněk mich verteidigen, und wenn ich von den Verhören zurückkam, brachte ich, ehe sie mich mit der Hand reinstießen, meine Nase wieder zum Bluten, und wieder lächelte ich und lachte, während mir das Blut übers Gesicht spritzte...

Dann wurde ich entlassen. Der Untersuchungsrichter entschuldigte sich bei mir, betonte jedoch, es läge im Interesse des Reiches, eher neunundneunzig Gerechte irrtümlich zu bestrafen, als einen einzigen Schuldigen entwischen zu lassen... Und so stand ich am Abend vor dem Tor des Zuchthauses Pankrác, und mir nach folgte ein Mann, der ebenfalls entlassen wurde... und als dieser heraustrat, brach er zusammen und setzte sich auf den Gehsteig. Die Straßenbahnen fuhren violett verdunkelt vorbei, die Fußgänger strömten straßauf und straßab. Junge Leute hielten sich an der Hand, und Kinder spielten in der Dämmerung, als wäre überhaupt nicht Krieg, als gäbe es auf der Welt nur Blumen und Umarmungen und verliebte Blicke, und die Mädchen trugen ihre Blusen und Röcke in der warmen Dämmerung so raffiniert, daß auch ich voll Lust auf das schaute, was für männliche Augen aufbereitet, was absichtlich alles in eine erotische Perspektive gerückt war...

»Ist das schön«, sagte der Mann, nachdem er zu sich gekommen war und ich ihm meine Hilfe angeboten hatte... »Wie lange?« fragte ich, und er sagte, er habe zehn Jahre abgesessen. Dann wollte er aufstehen, schaffte es aber nicht, ich mußte ihn stützen, er fragte, ob er es eilig hätte. Und ich verneinte, und als er mich fragte, warum ich gesessen hätte, antwortete ich: »Wegen illegaler Tätigkeit«, und so gingen wir zur Straßenbahn, und ich mußte ihm in die Elektrische hineinhelfen, und wieder gab es überall, in der Bahn und draußen, massenhaft Menschen, und alle schienen von einem Tanzvergnügen zu kommen oder dorthin zu gehen, und ich bemerkte zum erstenmal, daß die Pragerinnen eigentlich schöner waren als die deutschen Frauen, daß sie mehr Geschmack hatten, daß die deutschen Frauen alles wie eine Uniform trugen, daß die Kleider, diese Dirndl und grünen Kostüme und Jägerhütchen immer etwas Soldatisches an sich gehabt hatten... Und so saß ich neben dem ergrauten jungen Mann, er mochte um die dreißig sein, nicht mehr, und ich sagte zu ihm, daß er trotz der grauen Haare nicht so alt sei, und als ich ihn kurzerhand fragte: »Wen haben Sie umgebracht?«, zögerte er eine Weile, schaute dann lange auf die üppige Brust eines Mädchens, das sich mit einer Hand am Haltegriff der Straßenbahn festklammerte, und fragte mich: »Woher wissen Sie das?« Und ich sagte, ich hätte den abessinischen Kaiser bedient...

Und so erreichten wir die Endstation der Elf, und es

war schon dunkel, und der Mörder fragte mich, ob ich mit ihm zu seiner Mama mitgehen würde, ob ich ihn begleiten würde, weil er unterwegs hinfallen könnte, und so rauchten wir und warteten auf den Autobus, der bald kam, und fuhren drei Stationen und stiegen bei Koníčeks Mühle aus. Der Mörder sagte, er gehe lieber hintenrum, über das Dorf Makotřasy, um früher daheim zu sein, vor allem um seine Mama zu überraschen und um Vergebung zu bitten… Ich sagte, ich ginge nur bis zum Dorfrand mit, bis vors Tor seines Vaterhäuschens, dann würde ich zur Hauptstraße gehen und per Anhalter weiterfahren, und ich machte das alles nicht aus Mitleid oder Liebenswürdigkeit, sondern dachte ständig daran, mir möglichst viele Alibis zu verschaffen, bis einmal der Krieg aus wäre, und der war bald aus…

So wanderten wir durch die Sternennacht, die staubige Straße führte uns durch ein verdunkeltes Dorf und von dort in eine feuchte Landschaft, so blau wie Kopierpapier, mit einer schmalen Mondsichel, die orangefarben leuchtete und hinter oder vor uns oder über die Gräben seitlich einen dünnen, kaum erkennbaren Schatten warf… Wir gelangten auf einen kleinen Hügel, der so winzig war, als hätte die Erde nur Luft geholt, und er sagte, man könne jetzt und von hier schon seinen Geburtsort und sein Dörfchen sehen, doch als wir oben standen, war nicht ein einziges Gehöft zu erkennen…

Der Mörder zögerte und erschrak beinahe. »Das ist doch nicht möglich… Sollte ich mich geirrt haben? Wahrscheinlich hinter dem nächsten Hügel…«, doch als wir hundert Meter gegangen waren, befiel uns beide die Angst. Jetzt zitterte der Mörder noch mehr als in dem Augenblick, da er aus dem Tor des Zuchthauses Pankrác getreten war. Er setzte sich hin, rieb sich die Stirn, die so glänzte, als flösse Wasser über sie...»Was ist los?« fragte ich.

»Hier war das Dorf, es ist verschwunden – entweder sehe ich Gespenster, oder... Bin ich verrückt geworden, oder was?« stammelte der Mörder. Ich fragte nach dem Namen des Dorfes, und er sagte:»Lidice...« Ich bemerkte nur:»Na ja, das Dorf ist eben weg, die Deutschen haben es zerbombt und die Leute erschossen und den Rest ins KZ gebracht.« Der Mörder fragte weiter:»Und warum?« Ich sagte, weil der Reichsprotektor ermordet worden sei und die Spur der Mörder hierher geführt habe...

Der Mörder saß da, die Hände hingen ihm zwischen den gekrümmten Knien herunter wie zwei Schwimmflossen... Dann erhob er sich, ging wie betrunken durch die Mondlandschaft und blieb vor einem Pfahl stehen, vor dem er niederfiel und ihn umarmte, doch das war kein Pfahl, sondern der Stamm eines Baumes, ein einziger, abgehauener Ast ragte aus ihm heraus, als habe man an diesem Ast Menschen erhängt. »Hier also«, sagte der Mörder, »hier, das ist unser Nußbaum, hier ist unser Garten gewesen, und hier« – er ging langsam weiter –, »hier irgendwo...« Er kniete nieder und tastete mit den Händen nach den verschütteten Grundmauern des Hauses und der Wirtschaftsgebäude. Gewiß folgte er einer von der Erinnerung verstärkten Blindenschrift, und nachdem er auf den Knien sein ganzes Elternhaus ertastet hatte, setzte er sich an den Baumstamm und schrie:»Ihr Mörder...!«

Er stand auf, ballte die Fäuste, und blaue Adern traten ihm am Hals hervor, und als er nicht mehr schreien konnte, setzte er sich auf die Erde, beugte sich nieder, legte eine Hand unter das Knie, wippte wie in einem Schaukelstuhl, schaute auf den Ast, der die Mondsichel durchstach, und sprach, als beichtete er: »Ich hatte einen schönen Papa, er war schöner, als ich jetzt bin, und er liebte die Frauen, und die Frauen liebten noch mehr meinen Papa… Er ist der Nachbarin nachgestiegen, und ich war eifersüchtig auf ihn, und Mama hat sich gequält, und ich hab gesehen, wie Papa… Sehen Sie das? Hier an diesem Ast hat er sich festgehalten, und wenn er schaukelte, dann hat er sich so geschickt losgelassen, daß er auf der anderen Seite des Zaunes landete, und dort lebte die schöne Nachbarin, und eines Tages habe ich Papa aufgelauert, und als er über den Zaun setzte, haben wir uns gezankt, und ich hab meinen Papa mit der Axt erschlagen… nein, erschlagen hab ich ihn nicht wollen, doch er sollte nur die Mama liebhaben, und Mama hat sich gequält… Und jetzt ist von alledem nur der Nußbaumstamm geblieben, und meine Mama, die ist sicherlich auch tot…«

Ich sagte, vielleicht sei sie im KZ und kehre bald nach Hause zurück. Und der Mörder stand auf und sagte: »Kommen Sie mit? Wir werden fragen gehen«, und ich antwortete: »Warum nicht… ich kann deutsch.« Und so machten wir uns auf nach Kladno und waren vor Mitternacht in Kročehlavy und fragten die deutschen Wachtposten, wo das Gebäude der Gestapo sei. Und die Wache sagte uns, wo wir uns hinzuwenden hätten.

Dann standen wir vor dem Tor. Im ersten Stock ging es munter zu, Lärm und Geräusch, ein Klirren, durchdringendes Frauenlachen... Die Posten wurden gerade abgelöst, es war eine Stunde nach Mitternacht, und ich fragte den Wachhabenden, ob man mit dem Chef der Gestapo sprechen könne. Und er brüllte: »Was...?« Wir sollten am nächsten Morgen kommen, doch die Tür ging auf, und ein Trupp angeheiterter, uniformierter SS-Leute kam heraus, sie waren im Aufbruch und verabschiedeten sich fröhlich, wie nach einer Feier, nach einer Abendgesellschaft oder einem Namenstag oder Geburtstag, so kam es mir jedenfalls vor. Genauso waren jeden Tag im Hotel Paris die beschwipsten Gäste von uns gegangen, wenn ihre Zeit gekommen war oder wenn Sperrstunde war... Auf der letzten Stufe stand ein Offizier, er hielt einen Kerzenleuchter in der Hand und war betrunken, die Uniform aufgeknöpft, das Haar in der Stirn. Er hob den Leuchter zum Abschied hoch, und als er uns sah, kam er bis zur Schwelle herunter und fragte den Posten, der ihm die Ehrenbezeugung machte, wer wir seien. Und der Posten sagte, wir hätten ihn sprechen wollen... und der Mörder sagte zu mir, ich solle ihm übersetzen, daß er zehn Jahre im Knast gesessen habe und jetzt heim nach Lidice gekommen sei, aber kein einziges Haus mehr wiedergefunden habe, auch die Mutter nicht, und so wolle er wissen, was mit seiner Mama geschehen sei.

Der Kommandant fing an zu lachen, von dem schiefgehaltenen Leuchter tropften Tränenbächlein aus heißem Wachs auf die Erde... Der Kommandant ging die Treppe hinauf, brüllte dann aber: »Moment mal!«

Und die Wache öffnete die Tür, und der Kommandant kam herunter und wollte wissen, wofür er diese zehn Jahre bekommen habe. Und der Mörder sagte, er habe seinen Vater ermordet. Der Offizier nahm den Leuchter mit den immer noch tropfenden Kerzen und leuchtete dem Mörder ins Gesicht, er schien wieder zu sich zu kommen, als freue es ihn, daß das Schicksal ihm in dieser Nacht den Mann gesandt hatte, der nach seiner Mama fragen kam und der in einer Situation war, in der er sich oft befand, als Mörder auf Befehl oder durch freie Entscheidung...

Und so sah ich, der ich einmal einen Kaiser bedient hatte und oftmals Zeuge gewesen war, wie das Unglaubliche Wirklichkeit wurde, wie der staatliche Reichsmörder, der Engrosmörder, mit Auszeichnungen dekoriert, die ihm an der Brust schepperten, die Treppe hinaufging, gefolgt von dem einfachen Mörder, dem Mörder seines eigenen Vaters, und wollte schon gehen, doch der Posten packte mich am Arm und wies auf die Treppe, zu der er mich brutal herumdrehte... Und so saß ich vor den Resten des Festmahls, an einem großen Tisch, wie Tische eben aussehen, wenn eine Hochzeit oder eine große Promotion vorüber ist, Tortenreste und angebrochene und geleerte Flaschen, und mitten auf dem Tisch saß der betrunkene SS-Mann und stellte immer neue Fragen, und ich übersetzte, was neben dem Nußbaum vor zehn Jahren geschehen sei, doch dann freute es den Kommandanten zu hören, wie perfekt die Organisation in Pankrác war, die den Gefangenen nicht habe erfahren lassen, was in Lidice und mit Lidice geschehen war...

Und noch Unglaublicheres wurde an diesem Abend Wirklichkeit: Ich, hinter dem Übersetzer mit dem zerschlagenen und halbverheilten Gesicht verborgen, unerkannt, erkannte in dem Gestapokommandanten einen Gast meiner Hochzeit wieder, jenen soldatischen Herrn, der mir weder gratuliert noch die Hand gegeben hatte, obwohl ich ihm das Glas hingehalten und die Hacken meiner Lackschuhe zusammengerissen hatte. In der vorgestreckten Hand das Glas haltend, hatte ich damals dagestanden, wollte auf mein Glück anstoßen, doch es wurde nicht erwidert, wie furchtbar hatte man mich damals gedemütigt, und ich vertrug Demütigungen nicht, bis unter die Haarwurzeln war ich errötet, genau wie damals, als mir nicht nur Herr Šroubek, der Hotelier, und Herr Skřivánek, derselbe, der den englischen König bedient hatte, den Zutrunk verweigert hatten... Und jetzt lieferte mir das Schicksal den nächsten, der mein gutgemeintes Angebot auf eine mit einem Glas besiegelte Freundschaft verschmäht hatte... und jetzt sitzt er hier vor mir und genießt es, nur aufzustehen und den Archivleiter zu wecken und dann mit uns zusammen den Aktenordner herauszuziehen und den Namen zu finden und uns wieder an der Festtafel die Akte vorzulesen, wobei er die Blätter umwendet und in verschüttete Soßen und Liköre eintaucht, bis er das richtige findet und daraus vorliest, was geschehen ist, und dazu die Mitteilung, daß die Mama des Mörders im Konzentrationslager sei und daß es hinter ihrem Namen weder ein Datum noch ein Kreuzchen gebe, das von ihrem Ableben zeuge.

Als ich anderntags nach Komotau zurückkehrte, war

ich bereits entlassen. Man hatte schon Nachricht erhalten, der bloße Verdacht hatte genügt, also packte ich meine Koffer und fand auch einen Brief von Lisa, sie sei zu Siegfried gefahren, zum Großvater nach Eger in der Stadt Amsterdam, ich solle nachkommen, das Köfferchen habe sie mitgenommen. So ließ ich mich denn von einem Auto bis kurz vor Eger mitnehmen, wo ich warten mußte, da ein Luftangriff auf Eger und Asch angesagt worden war, und während ich mit den Soldaten im Straßengraben lag, hörte ich ein Dröhnen, das sich nähernde, regelmäßige und rhythmische Stampfen einer Maschine, so daß vor mir fast wie eine Vision mein Söhnchen auftauchte. Ich sah, wie es jeden Tag und gewiß auch heute, weil ich ihm fünf Kilogramm Achtzöller gekauft hatte, mit rhythmischen und regelmäßigen Bewegungen umherkroch und mit kräftigen Hammerschlägen, mit je einem Hieb Nagel neben Nagel in den Fußboden schlug, mit einer Begeisterung, als säe es Radieschen oder in engen Reihen Spinat... Und dann, als der Angriff vorüber war, stieg ich in das Militärauto, und als wir uns Eger näherten, kamen uns singende Menschen entgegen, ältere deutsche Männer, die Liedchen sangen, lustige Lieder, wahrscheinlich waren sie von dem, was sie gesehen hatten, wahnsinnig geworden oder wirr im Kopf, oder es war bei ihnen Brauch, bei einem Unglück ein lustiges Lied zu singen, und dann wallte auch schon Staub auf uns zu und goldfarbener Rauch, und wir sahen Tote in den Straßengräben, und wir kamen in Straßen mit brennenden Häusern. Sanitätsabteilungen befreiten Halbverschüttete, und Sanitätsschwestern knieten auf der Erde und verbanden Köpfe und Hände, und von überall her kam ein Stöhnen und Klagen, und ich dachte daran, wie ich auf diesen Straßen in der Kutsche, gefolgt von Autos, zur Trauung gefahren war und wie alle berauscht gewesen waren vom Sieg über Frankreich und Polen, und ich sah, wie das Feuer die roten Hakenkreuzfahnen aufschleckte, knatternd verbrannten die Fahnen und Flaggen, als mundeten sie dem Feuer besonders gut, das durch den roten Stoff in die Höhe stieg und das schwarze Ende wie einen Seepferdchenschwanz wedeln ließ...

Und dann stand ich vor der brennenden und eingestürzten Wand des Hotels Zur Stadt Amsterdam, und als sich ein leichter Wind hob, wehte er die beigefarbenen Wolken aus Rauch und Staub hinweg, und ich sah im obersten Geschoß mein Söhnchen sitzen, unverdrossen langte es nach den Nägeln und trieb sie mit kräftigen Hieben in den Fußboden; von weitem sah ich, wie stark schon seine Rechte war, sie war nichts anderes als ein kräftiges Handgelenk und ein Tennisarm und ein tanzender Bizeps, der mit einem Hieb weiter die Nägel in die Dielen schlug, als seien überhaupt keine Bomben gefallen, als habe sich nichts auf der Welt ereignet... Und so geschah es, daß am nächsten Tag, als die Leute zurückkehrten und aus den Luftschutzbunkern stiegen, Lisa nicht wiederkam, meine Frau, man sagte mir, sie sei wahrscheinlich irgendwo auf dem Hof geblieben, und ich fragte nach dem kleinen, schäbigen Köfferchen: man sagte mir, Lisa habe es ständig in der Hand gehalten... Und so holte ich mir eine Spitzhacke und suchte den ganzen Tag auf dem Hof.

Tags darauf gab ich meinem Sohn die fünf Kilogramm

Nägel, und er schlug sie fröhlich in den Fußboden, während ich nach meiner Frau und seiner Mama suchte. Erst am dritten Tag stieß ich auf ihre Schuhe, und während Siegfried schrie und heulte, er habe keine Nägel mehr und keiner bringe ihm welche, wobei er wenigstens mit dem Hammer auf die Köpfe der schon eingeschlagenen Nägel klopfte, legte ich nach und nach aus Schutt und Trümmern meine Lisa frei, und als ich zur Mitte ihres Körpers vorstieß, sah ich, daß sie mit ihrem Leib, zu einem Knäuel zusammengerollt, das Vulkanfiberköfferchen beschützt hatte, das ich zunächst sorgfältig versteckte, ehe ich meine Frau, die keinen Kopf mehr hatte, ganz ausscharrte. Der Luftdruck hatte ihr den Kopf abgerissen, zwei Tage lang suchten wir noch nach ihm, während mein Söhnchen immer nur mit dem Hammer schlug und die Nägel in den Fußboden und in meinen Schädel trieb. So nahm ich am vierten Tag das Köfferchen und ging davon, ohne mich zu verabschieden, und hinter mir wurden die Schläge des Hammers immer schwächer, diese Schläge, die ich dann fast mein ganzes Leben lang hörte, denn am selben Abend sollte ein Verein für schwachsinnige Kinder mein Söhnchen Siegfried abholen kommen, während wir Lisa in einem Massengrab beisetzten, zum Schein mit Kopf, doch ich hatte ihr nur einen geknoteten Schal auf den Rumpf gesetzt, damit die Leute nicht wer weiß was dachten... obwohl ich wegen des Kopfes den ganzen Hof umgebuddelt hatte.
Reicht Ihnen das? Damit schließe ich also für heute.

Wie ich Millionär wurde

Geben Sie acht, was ich Ihnen jetzt sage:
Das Köfferchen mit den wertvollen Briefmarken hat
mir Glück gebracht. Nicht sofort, sondern erst später,
denn nach dem Kriege hatte ich das kleine Dekret gekriegt, obwohl ich die Adresse jenes Gestapochefs an-
gegeben hatte, jenes Mannes, der der Mörder so vieler
Menschen gewesen war und der sich abgesetzt hatte
und sich irgendwo in Tirol versteckt hielt, mein
Schwiegervater in Cheb hatte mir seinen Aufenthalts-
ort genannt, und Zdeněk hatte eine Genehmigung von
den amerikanischen Behörden erhalten und war mit
zwei Soldaten im Auto hingefahren, dort schnappte er
ihn, als dieser gerade seine Wiese mähte, Tirolerhosen
und Hemd trug er, und sogar einen Vollbart hatte er
sich wachsen lassen.
Selbst wenn ich ihn verhaftet hätte, meine Sokol-Leute
in Prag hätten mich trotzdem ins Gefängnis gebracht,
nicht weil ich eine Deutsche geheiratet hatte, sondern
weil ich in der Zeit, da Tausende tschechischer Patrioten hingerichtet wurden, vor dem Naziamt zum
Schutz deutschen Blutes und deutscher Ehre gestanden und mich hatte untersuchen lassen. Ich, ein zahlendes Mitglied des Sokol, hatte mich freiwillig testen
lassen, ob ich befähigt sei, mit einer germanisch-ari-
schen Frau geschlechtlich zu verkehren, dafür also bekam ich ein halbes Jahr, laut kleinem Dekret... Später
jedoch verkaufte ich die Briefmarken und erhielt dafür
so große Summen, daß ich damit zehnmal den Fußboden meiner Wohnung hätte auslegen können, und als

ich einen Betrag zusammen hatte, der vierzig Fußböden bedeckt hätte, kaufte ich mir ein Hotel im Randgebiet von Prag, ein Hotel mit vierzig Zimmern...
Gleich in der ersten Nacht war mir, als schlüge jemand im obersten Mansardenzimmer jede Minute mit einem fürchterlichen Schlag einer Zimmermannsaxt Nägel in den Fußboden, und dann Tag für Tag, aber nicht in dem ersten, sondern in einem anderen Zimmer, im dritten, im zehnten und schließlich im vierzigsten Zimmer, alles gleichzeitig und überall, ich hatte das Gefühl, daß auf jedem der Fußböden auf allen vieren mein Söhnchen herumkroch, vierzig Söhnchen waren dort, und jedes trieb mit gewaltigen Hieben Nägel in die Dielen, Diele um Diele, täglich bis zum Zimmer vierzig... Und als ich am vierzigsten Tag, betäubt von den Schlägen, fragte, ob jemand die Hammerschläge vernehme, da hörte sie keiner außer mir, und so tauschte ich das Hotel gegen ein anderes, mit Absicht wählte ich eins, das nur dreißig Zimmer hatte, doch es begann genau das gleiche wie in dem ersten Hotel, und so schlußfolgerte ich, daß auf dem Geld für die Marken kein Segen lag, es war Geld, das man einem anderen mit Gewalt genommen hatte, jemandem, der dabei erschlagen worden war, vielleicht hatten die Marken einem Wunderrabbiner gehört, denn diese Schläge und die in den Fußboden getriebenen Nägel wurden in Wirklichkeit in meinen Kopf geschlagen; mit jedem Schlag spürte ich, wie mir ein Nagel in den Schädel drang, beim zweiten Hieb drang er bis zur Hälfte hinein und schließlich ganz. Zum Schluß konnte ich nicht einmal mehr schlucken, denn diese langen Zimmermannsnägel reichten mir schon bis in den Hals hinunter...

Verrückt war ich indes nicht, mein Ziel war gesteckt: Ich wollte ein Hotel haben und es allen Hotelbesitzern gleichtun, und ich wollte und konnte nicht zurückweichen, denn ich lebte nur von der Vorstellung, es eines Tages so weit zu bringen, wie es Herr Brandejs, der Hotelier, gebracht hatte. Nicht daß ich goldene Bestecke für vierhundert Gäste haben wollte wie er, nein, hundert Goldbestecke hätten mir genügt, und berühmte Ausländer sollten bei mir zu Gast sein... Und so begann ich ein Hotel zu bauen, das ganz anders sein sollte; ich kaufte mir in der Nähe von Prag einen öden Großsteinbruch und begann alles, was ich vorfand, zu ergänzen und zu verfeinern, so wie im Hotel Tichota. Der Grundstein des Hotels war eine riesige Schmiede mit Lehmfußboden und zwei Kaminen, sogar die vier Ambosse ließ ich, wo sie waren, auch die Hämmer und alle Zangen, die an den geschwärzten Wänden hingen; ich kaufte lederne Klubsessel und Tische, alles auf Anraten des Architekten, eines Verrückten, der alles, wovon ich träumte, für mich ausführte und der so begeistert war wie ich, denn gleich an dem Tag, da die Schmiede adaptiert war, schlief ich dort, hier nämlich, an diesen Kaminen und Schmiedeessen, hier sollten vor den Augen der Gäste Schaschlik und Räuberbraten auf Rosten zubereitet werden, hier also hörte ich in der ersten Nacht die Schläge, doch sie waren so schwach, in den Lehmboden fuhren die Nägel rasch wie in Butter, also breitete sich auch in meinem Kopf Stille aus, und ich machte mich mit noch größerer Lust an den Ausbau der Gästezimmer. Es waren kleine Kojen, die aus einer langen Baracke, ähnlich denen in einem Konzentrationslager, entstanden, wo sich nämlich die Kleiderablagen und Unterkünfte für die Arbeiter befunden hatten, doch ich ließ sie zu Zimmerchen umbauen, zu dreißig Räumen, und den Fußboden ließ ich probehalber mit groben, rauhen Fliesen kacheln, wie in Italien und Spanien und überhaupt da, wo es warm ist, und am ersten Tag lauschte ich und hörte nur, wie die Nägel auf meinem Kopf abglitten. Funken stoben, so hart war das Porzellan, und dann verstummten die Schläge nach einem vergeblichen Versuch völlig, und ich wurde gesund und begann zu schlafen, wie ich immer geschlafen hatte...

Der Bau schritt so rasch voran, daß das Hotel in zwei Monaten eröffnet werden konnte, ich nannte es Hotel im Steinbruch, weil etwas in mir zerbrochen, etwas von mir gewichen war. Es war wirklich ein erstklassiges Hotel, und hier schlief man nur auf Vorbestellung, es lag im Wald, und die Zimmer waren im Halbkreis um den kleinen blauen See am Grunde des Steinbruchs angeordnet. Den Felsen, der vierzig Meter hoch aufragte und aus Granit war, hatte ich von Bergsteigern mit Alpengewächsen und Ziersträuchern bepflanzen lassen, die hier unter ähnlichen Bedingungen wuchsen, und außerdem überspannte den Teich ein Stahlseil, das mit einem Ende am Felsen befestigt war, so daß das Seil bis in den Talgrund herabführte. Jeden Abend gab es dort eine Attraktion, ich hatte einen Artisten engagiert, der Rollen benutzte, stählerne Rädchen, unter die eine kurze Stange geschoben wurde; er paßte den Augenblick ab, holte Schwung und fuhr von ganz oben herunter, hinweg über den See, im angestrahlten, phosphoreszierenden Kostüm stieß er sich ab, und die Rollen glitten abwärts, einen Augenblick verharrte er, kippte dann rückwärts über, richtete sich auf und tauchte mit ausgebreiteten Armen in den tiefen See ein, um dann langsam und gemächlich in seinem enganliegenden Phosphorkostüm ans Ufer zu schwimmen, wo kleine Tische und Stühle standen. Alles war in Weiß, ich hatte alles weiß tünchen lassen, Weiß, das war jetzt meine Farbe, genau so sah es im Filmstudio Barrandov aus, hier aber war es echt. Ich konnte jetzt mit jedermann wetteifern, doch um ehrlich zu sein: Auf den Gedanken war ein Pikkolo gekommen, der eines Tages auf den Felsen gestiegen war, dort die Rolle gepackt hatte und bis zur Mitte gekommen war, so daß alle Gäste vor Entsetzen aufschrien und aufstanden oder in die Sessel zurücksanken, die im Louis-Stil gehalten waren. Der Pikkolo richtete sich auf, bekam dann in der Luft das Übergewicht und stürzte kopfüber im Frack ins Wasser, als hätte der See ihn verschluckt... Im selben Moment wußte ich, daß dieses Schauspiel jeden Tag aufgeführt werden mußte, allabendlich möglichst in leuchtenden Kostümen; ich konnte dabei nichts verlieren, und wenn schon, schließlich hatte so etwas niemand zu bieten, weder in Prag noch in ganz Böhmen und vielleicht nicht einmal in ganz Mitteleuropa... Wie ich dann erfuhr, gab es so etwas auf der ganzen Welt nicht, denn eines Tages wurde mir gemeldet, daß ein Schriftsteller angereist sei und hier ein Zimmer genommen habe, Steinbeck hieß er... Wie ein Schiffskapitän oder ein Strauchdieb sah er aus, und dem gefiel es hier bei uns; die in ein Restaurant umgewandelte Schmiede hatte es ihm angetan, ebenso die Feuer und die Köche, die unter den Blicken der Gäste arbeiteten, so daß diese, während das

Schaschlik oder der Räuberbraten zubereitet wurden, allein vom Zugucken so ausgehungert und voller Appetit waren, daß sie sich wie Kinder benahmen... Dieser Schriftsteller fand den größten Gefallen an all den Maschinen zum Zerkleinern des Granits, diesen verstaubten Mühlwerken mit der freigelegten Gerüststruktur; in all das konnte man hineinsehen wie auf einer Mühlenschau oder auf einer Ausstellung, wo es mittendurch gesägte Autos gibt, so daß der Motor zu sehen ist. Ja, der Schriftsteller war hingerissen von diesen Maschinen, die auf einer kleinen Plattform vor dem Steinbruch standen, von wo aus man freien Blick ins Land hatte. Wie Statuen, Dutzende von Statuen, standen diese Geräte da, allerlei Fräsen oder Drehbänke für den Stein, jetzt verlassen, wie die Erfindungen närrischer Bildhauer, und so ließ sich der Schriftsteller, Steinbeck hieß er, das weiße Tischchen mit den durchbrochenen weißen Sesseln dort hinstellen und leerte hier jeden Nachmittag eine und am Abend eine weitere Flasche französischen Kognak... Umgeben von diesen Maschinen, unten die Mühle, schaute er ins Land, in die fade Landschaft bei Velké Popovice, doch dem Schriftsteller schien die Landschaft plötzlich so schön und diese Maschinen so kunstvoll, daß er mir sagte, so etwas habe er noch nie gesehen, noch nie habe er in einem solchen Hotel gewohnt, so etwas könne in Amerika nur ein berühmter Schauspieler wie Gary Cooper oder Spencer Tracy haben, und unter den Schriftstellern könne sich wohl allein Hemingway so etwas leisten, und wieviel ich dafür haben wolle, und ich nannte als Kaufpreis zwei Millionen. Er rechnete auf dem Tisch herum und bat mich dann näher zu treten, zog sein Scheckbuch und sagte, er werde es kaufen und mir einen Scheck über fünfzigtausend Dollar ausstellen. Ich fragte mehrmals zurück, und er erhöhte auf sechzig-, auf siebzig-, auf achtzigtausend Dollar, und ich sah und wußte, daß ich all dies, daß ich dieses Hotel für keine Million verkaufen konnte, denn dieses Hotel im Steinbruch war der Höhepunkt meiner Anstrengungen, meines Bemühens, und ich war nun der erste Hotelier unter den Hoteliers, denn ein Hotel, wie es Herr Brandejs, wie es Herr Šroubek hat, solche Hotels gibt es zu Hunderten und zu Tausenden auf der Welt, doch so eins wie ich habe, hat keiner...

Und so geschah es eines Tages, daß die größten Prager Hoteliers, unter ihnen Herr Brandejs und Herr Šroubek, mit dem Auto angerollt kamen und sich ein Abendessen bestellten. Der Oberkellner und die Kellner richteten ihren Tisch mit größter Sorgfalt und größtem Geschmack her, allein ihretwegen ließ ich den Felsen von unten her mit zehn Scheinwerfern anstrahlen, die unter Rhododendronbüschen verborgen und so angeordnet waren, daß der ganze Felsen erleuchtet war und die scharfen Kanten und phantastischen Schatten und Blumen und Sträucher zur Geltung kamen, und ich nahm mir vor, wenn die Hoteliers zur Versöhnung geneigt und bereit wären, mich in ihren Kreis aufzunehmen, mir die Mitgliedschaft im Gremium der Hoteliers anzubieten, dann wäre auch ich bereit, alles zu vergessen. Doch jene gaben nicht nur vor, mich nie gesehen zu haben, sondern setzten sich auch so, daß sie mit dem Rücken zu den Schönheiten meines Hauses dahockten, und ich verhielt mich ebenso, ich fühlte mich als Sieger und durfte das auch, weil ich sah, daß sie den einmaligen Attraktionen meines Unternehmens nur deshalb den Rücken zukehrten, weil sie wußten und erkannt hatten, daß ich ihnen jetzt überlegen war, denn bei mir hatte nicht nur Steinbeck gewohnt, sondern auch Maurice Chevalier, dem lauter Weiber nachgereist und in der Umgebung des Steinbruchs geblieben waren, so daß Chevalier sie morgens im Pyjama empfing und sie sich auf ihn stürzten, diese Verehrerinnen, und den Sänger auszogen und den Pyjama in kleine Stücke zerrissen, um zum Andenken einen Fetzen von seinem Pyjama mitzunehmen. Wenn es ihnen möglich gewesen wäre, hätten sie ihr Idol wohl eigenhändig zerrissen und sein Fleisch stückchenweise weggetragen, je nach Gusto, doch ihrem Wesen nach hätten fast alle dem berühmten Sänger zuerst das Herz und dann das Geschlechtsteil ausgerissen...

Dieser Chevalier zog so viele Journalisten hinter sich her, daß nicht nur in allen einheimischen, sondern auch in ausländischen Zeitschriften Fotos meines Steinbruchs erschienen, ich erhielt Berichte aus der Frankfurter Allgemeinen und der Zürcher Zeitung und aus Die Zeit, und sogar in der Herald Tribune war mein Hotel abgebildet samt den närrischen Frauenzimmern um Chevalier, in der Mitte das Plateau, wo die Standbilder der Maschinen waren, die Maschinen, umgeben von weißen Tischchen und Stühlen, deren Rückenlehnen mit stilisierten Weinreben versehen waren, von Kunstschmieden aus eisernen Plättchen verfertigt... Und so waren die Hoteliers im Grunde nicht gekommen, um sich mit mir zu versöhnen – nein, sie waren nur erschienen, weil das, was sie zu sehen bekamen, weit stärker und schöner war als alles, was sie sich vorgestellt hatten, vor allem auch deshalb, weil sie nun, als sie sich umsahen, erkannten, daß ich den Steinbruch für ein Butterbrot mit allem, was darin lag und stand, gekauft hatte, und sie waren auf mich auch deshalb eifersüchtig, weil ich alles in dem Zustand belassen hatte, wie ich es erworben hatte, weil ich das Hotel nach innen gebaut hatte, so daß jeder, der etwas davon verstand, zugeben und anerkennen mußte, daß ich so etwas wie ein Künstler war...

Das war mein Höhepunkt, es machte mich zu einem Menschen, der nicht umsonst gelebt hat. Und so begann ich selbst mein Hotel als ein Kunstwerk anzusehen, als meine eigene Schöpfung, aber nur, weil das andere so sahen. Sie öffneten mir die Augen, und ich begriff erst jetzt, sicherlich zu spät, aber immerhin, daß auch die Maschinen im Grunde Skulpturen waren, schöne Skulpturen, die ich für nichts herzugeben geneigt war. Einmal sah ich sogar, daß meine Ausstellung im Steinbruch der Sammlung glich, die der Forscher Holub oder auch Náprstek zusammengetragen hatten, und bestimmt kam die Zeit, da hier an jeder Maschine, an jedem Stein, an allem der Aufkleber hing: historisch wertvoll... Und dennoch fühlte ich mich durch die Hotelbesitzer erniedrigt, weil ich immer noch nicht zu ihnen gehörte, weil ich für sie nicht standesgemäß war, mochte ich ihnen auch überlegen sein, des Nachts bedauerte ich oft, daß wir das alte Österreich nicht mehr hatten, bestimmt hätte, wenn Manöver gewesen wären, der Kaiser höchstselbst hier gewohnt, meinetwegen auch ein Erzherzog, den ich bedient und dem ich das ganze Essen und das Milieu so serviert hätte, daß ich von ihm in den Adelsstand erhoben worden wäre, nicht hoch, aber Baron hätte ich schon sein wollen...

So träumte ich weiter, als eine große Hitze kam und die Felder verdorrten und die Erde aufriß und die Kinder Briefchen in die Erdrisse warfen, ich träumte vom Winter, wenn erst Schnee fiele und die Fröste kämen, dann ließe ich die Eisfläche des Sees blank fegen und zwei Tischchen auf dem See aufstellen, darauf sollten zwei Grammophone stehen, das eine mit einem blauen und das andere mit einem rosa Trichter, gleich großen Blüten, und ich würde alte Grammophonplatten kaufen und nur alte Walzer und typische Intermezzi spielen lassen, und in der Schmiede würden die Feuer lodern und am Seeufer Holzkloben in Stahlkörben brennen, und die Gäste würden Schlittschuh laufen, ich würde alte Schlittschuhe mit Schlüsseln kaufen oder anfertigen lassen, und die Herren würden den Damen die Schlittschuhe anschnallen und dabei ihre Füßchen in der Kniebeuge auf dem Schoß haben, und es würde heißen Punsch geben... So träumte ich, und inzwischen zankten sich Zeitungen und Politiker, wer die Dürre bezahlen solle, in der ich so herrlich von den Winterfreuden im Steinbruch träumte, und als sich selbst im Parlament die Abgeordneten und Regierungsmitglieder darüber in die Haare gerieten, wer denn nun für die Dürre aufkommen werde, und beschlossen, die Millionäre zahlen zu lassen, da nahm ich diesen Beschluß mit Befriedigung auf. Da auch ich Millionär war, hoffte ich, daß mein Name in der Zeitung stehen werde, neben Šroubek und Brandejs und den anderen, denn diese Dürre hatte mir mein Glücksstern beschert, dieses Unglück war mein Glück, das mich dorthin rückte, wo ich im Traum zu sein gewünscht hatte, daß mich nämlich der Erzherzog in den Adelsstand erhob, da ich nun, immer noch so klein wie ein Pikkolo, groß war, ein echter Millionär.

Doch die Monate gingen dahin, und ich bekam keine Zuschrift, niemand verlangte von mir, daß ich die Millionärsabgabe entrichtete, ich hatte schon die beiden Grammophone gekauft und außerdem ein wunderschönes Orchestrion herbeischaffen lassen, aber auch ein altes Karussell mit großen Schaukelpferden und Hirschen und Rentieren, so daß ich das Karussell auseinandernehmen und die Pferde und Hirsche auf Federn an der Seeumrandung aufstellen ließ, und jeder Gast nahm mit seiner Gattin auf einer Art Chaiselongue Platz, einem französischen Stuhl, auf dem zwei Personen nebeneinander in Gegenrichtung saßen, auf einer Art Kanapee, wo man mit seinem Fräulein sitzen und konversieren konnte; ich ließ immer zwei Hirsche und zwei Pferde nebeneinanderstellen, wie bei einer eleganten Ausfahrt, und tatsächlich fand das Anklang, die Gäste hatten mit ihren Damen immerfort die Pferde und Hirsche besetzt, und das Orchestrion spielte für sie, und die Gäste schaukelten auf den hölzernen Tieren mit den wunderschönen Schabracken und hübschen Augen und überhaupt all dem Schönen, denn es war ein deutsches Karussell, das dem reichen Besitzer einer Schießbude und eines Lunaparks gehört hatte... Und so kam mich eines Tages Zdeněk besuchen, der ein großer Mann im Kreis und vielleicht auch im Bezirk war, er hatte sich völlig verändert, war nicht mehr wie früher. Er schaukelte auf einem Pferd und guckte sich um, und als ich mich auf das Pferd neben ihn setzte, sprach er leise zu mir und nahm dann zum Beweis ein zusammengefaltetes Dokument und zerriß es. Ehe ich ihn daran hindern konnte, zerriß er ganz langsam die Urkunde, auf der ich als Millionär bezeichnet wurde, der die Millionärsabgabe zu entrichten hätte, und Zdeněk sprang vom Pferd und warf die Urkunde ins Feuer, dies in meinen Augen schöne Dekret, das fast ein Ernennungsdekret war, er lachte mir traurig zu und trank sein Mineralwasser aus – er, der früher nur harte Destillate getrunken hatte – und ging mit einem traurigen Lächeln davon, ein Straßenkreuzer wartete auf ihn, ein schwarzes Auto, um ihn wieder dorthin zu schaffen, woher er gekommen war, irgendwohin in die Politik, die er machte, an die er anscheinend glaubte, die ihn festhielt und die sicherlich schön sein mußte, da sie ihm alle seine bravourösen Stückchen zu ersetzen vermochte, bei denen er immer sein ganzes Geld verpulvert hatte, das er bei sich gehabt hatte, immer waren das menschenfreundliche Stückchen gewesen, als brenne ihm das Geld in den Fingern, und so hatte er das Geld den Menschen zurückgegeben, denen es nach seiner Meinung gehörte...

Die Geschehnisse überschlugen sich dann. So wie ich es erträumt hatte, so sensationell waren meine Abende und Nachmittage im Steinbruch; die Grammophone und das Schlittschuhlaufen und die Feuer in der Schmiede am zugefrorenen See, doch die Gäste, die herkamen, waren traurig oder wiederum allzu lustig, doch das war keine Fröhlichkeit, wie ich sie kannte, das war eine erzwungene Fröhlichkeit wie damals bei den Deutschen, die sich freuten, obwohl sie wußten, daß sie mit ihren Geliebten und Ehefrauen das letzte Mal im Körbchen zusammen waren, weil sie von dort direkt an die Front mußten… So verabschiedeten sich auch die Gäste von mir, sie gaben mir die Hand und winkten mir aus ihren Autos zu, als führen sie für immer weg, als kämen sie nie mehr wieder, und kamen sie dennoch wieder, dann war es wieder das gleiche, sie waren melancholisch, trübsinnig. Bis hierher war das nicht so recht vorgedrungen, doch in der Politik hatte sich alles auf den Kopf gestellt, es war der Februar, und alle meine Gäste wußten, daß dies ihr Ende war, sie gaben aus, was sie konnten, doch die Freude und die natürliche Heiterkeit waren dahin, und ich nahm ihre Trauer ebenfalls an, ich hatte bereits aufgehört, mich jede Nacht einzuschließen, die Vorhänge zuzuziehen und auf dem Fußboden – als legte ich eine Patience – allein mit mir wie Spielkarten die Hunderter der Tageseinnahme auszulegen, die ich jeden Morgen zur Bank brachte, wo ich eine Million Kronen auf dem Konto hatte, gerade dieser Tage…

Und so kam das Frühjahr, und meine Gäste kehrten wieder, so wie die deutschen Offiziere ins Körbchen zurückgekommen waren, wenn auch nur wenige, genauso hörte es auch mit meinen Gästen, meinen Stammgästen, auf, und ich erfuhr, daß sie gestürzt, eingesperrt, verhaftet worden waren, daß sich einige über die Grenze abgesetzt hatten… Und es kamen andere Gäste, und die Einnahmen wurden noch größer, doch ich fragte mich, was wohl mit denen geschehen sei, die jede Woche bei mir gewesen waren und von denen heute nur noch zwei zu mir kamen und mir sagten, sie seien Millionäre und sollten sich morgen bereithalten, sie sollten festes Schuhwerk und eine Decke und Reservesocken und Eßbares mitnehmen, sie würden in ein Sammellager geschafft, weil sie Millionäre seien... Ich freute mich, auch ein Millionär zu sein, holte mein Sparbuch und zeigte es meinen beiden Gästen, der eine war Hersteller von Turngeräten, und der andere hatte eine Fabrik für künstliche Zähne, jetzt sagten sie mir das, und ich zeigte ihnen mein Sparbuch und ging sogleich hin und nahm mir ebenfalls einen Rucksack und feste Schnürschuhe und Socken zum Wechseln und Konservenbüchsen... So bereitete ich mich für den Fall vor, daß sie mich abholen kämen, denn der Zahnfabrikant hatte mir gesagt, daß sämtliche Prager Hoteliers das gleiche Schreiben erhalten hätten... In der Frühe fuhren sie ab und weinten, denn sie hatten nicht den Mut, über die Grenze zu gehen, sie wollten nichts mehr riskieren, auch sagten sie mir, Amerika und die Vereinten Nationen würden es nicht zulassen, alles würden sie wiederbekommen, würden in ihre Villen und zu ihren Familien zurück dürfen... Ich wartete einen Tag, dann zwei, dann eine Woche, aus Prag wurde mir berichtet, daß alle Millionäre schon im Sammellager seien, das sei das Priesterseminar St. Johannes unter dem Felsen, ein riesiges Kloster und Pensionat für die künftigen Priester, die ausquartiert worden waren... Und so faßte ich einen Entschluß, und das war am selben Tag, da man vom Kreis kam und mir schonend die Nachricht überbrachte, daß der Nationalausschuß meinen Steinbruch beschlagnahme, ich sei vorläufig dessen Verwalter, weil sämtliche Besitzrechte an das Volk übergingen... Doch ich war voller Groll, ich wußte, wie das gekommen war, denn Zdeněk hatte wieder seine Hand im Spiel, ich begab mich zum Kreis und saß dann in der Kanzlei bei Zdeněk, und er sagte nichts, sondern lächelte nur traurig, nahm wieder ein Schriftstück aus seinem Tisch und zerriß es vor meinen Augen und sagte, er zerreiße meinen Beruf auf eigene Verantwortung, weil ich damals den Blick auf die Uhr – wie spät es sei – auf mich genommen habe, doch ich sagte, das hätte ich nicht von ihm erwartet, ich hätte gedacht, er sei mein Kamerad, doch er sei gegen mich, denn ich sei einer, der sein Leben lang nichts anderes habe sein wollen und nach nichts anderem gestrebt habe, als ein Hotel zu besitzen und Millionär zu sein …

Dann ging ich und stand noch in der Nacht vor dem Tor des erleuchteten Priesterseminars, dort wachte ein Milizionär mit einem Militärkarabiner, und ich meldete ihm, ich sei Millionär, der Hotelier vom Steinbruch, und wolle in einer dringenden Sache mit dem Direktor sprechen. Der Milizionär griff zum Telefon, und nach einer Weile ließ man mich durchs Tor und dann ins Büro, wo wieder ein Milizionär saß, doch ohne Gewehr, er hatte Listen und Schriftstücke und eine Flasche Bier vor sich, aus der er ununterbrochen trank, und hatte er sie geleert, langte er unter den Tisch und zog eine neue Flasche aus dem Kasten, öffnete sie und trank gierig, als habe er den ersten Durst seines Lebens, und ich fragte ihn, ob ihm denn nicht noch ein Millionär fehle, ich hätte zwar keine Aufforderung erhalten, sei aber auch Millionär … Er blickte in die Akten, ging mit dem Bleistift die Namen durch, sagte dann aber, ich sei kein Millionär und solle ruhig nach Hause gehen. Doch ich erklärte, dies sei ein Irrtum, ich sei ein Millionär, er aber faßte mich beim Arm und führte mich zum Tor und gab mir einen Schubs und brüllte: »Ich hab Sie nicht auf der Liste, also sind Sie auch kein Millionär!«

Ich zückte mein Sparbuch und zeigte ihm, daß ich eine Million und einhunderttausend Kronen und sechs Heller auf dem Konto hatte, und sagte triumphierend: »Und was ist das?« Und er schaute auf das Buch, und ich bettelte: »Sie können mich doch nicht wegjagen…« Und so erbarmte er sich und zog mich ins Seminar herein und erklärte mich für interniert, und er schrieb sich alle meine Personalien und notwendigen Informationen auf. Dieses Internat für die Studenten der Theologie sah wirklich wie ein Knast aus, wie eine Kaserne, wie ein Heim für arme Hochschüler, nur daß auf den Gängen, in jeder Nische, zwischen den Fenstern, Kruzifixe hingen neben Darstellungen aus dem Leben der Heiligen. Und fast auf jedem dieser Bilder gab es eine Folter, einen entsetzlichen Horror, den der Maler mit solcher Genauigkeit wiedergegeben hatte, daß der Umstand, daß die vierhundert Millionäre zu viert oder zu sechst in den Priesterzellen hausten, im Vergleich dazu eigentlich ein Jux war. Ich hatte übrigens damit gerechnet, daß hier Terror herrschte und Bosheit wie damals, als ich nach dem Krieg ein halbes Jahr im Gefängnis abgesessen hatte, wegen des kleinen Dekrets, doch ganz im Gegenteil, der Aufenthalt hier in dieser Lehranstalt St. Johann, das war eine Groteske. Im Refektorium wurde Gericht gehalten, dazu erschienen die Milizionäre mit ihren Soldatengewehren, die rote Binde um den Arm, dauernd rutschte ihnen das Koppel, die Uniformen waren nicht maßgeschneidert, sondern wie für Possen genäht: den

Kleinen zu groß und den Großen zu klein, so daß sie lieber aufgeknöpft gingen, und ihr Gericht mit uns sah so aus, daß jeder Millionär pro Million ein Jahr kriegte, ich also bekam für meine zwei Millionen zwei Jahre, der Fabrikant für Turngeräte hatte vier Millionen, kriegte also vier Jahre, und am meisten bekam der Hotelier Šroubek: zehn Jahre, denn er besaß zehn Millionen.

Die größte Schwierigkeit bestand jedoch darin, in welche Spalte man die Jahre und Personalien eintragen sollte, ein ebenso schreckliches Problem war der abendliche Zählappell, denn Abend für Abend fehlte jemand, doch das lag daran, daß wir mit einer Kanne aus dem Dorf in der Nachbarschaft Bier holten, und dann vielleicht auch weil unsere Wärter dauernd tranken, so daß sie uns niemals richtig zusammenzählten, obwohl das Zählen schon am Nachmittag begann. Deshalb entschieden sie sich lieber für die Methode des Zehnerabzählens, dabei klatschte ein Wärter immer in die Hände, und ein dritter Wärter warf ein Steinchen, und zum Schluß, wenn der letzte gezählt war, rechneten sie die Steinchen zusammen, dem Ergebnis wurde eine Null zugesetzt und dazu der Rest, der nicht aufging. Doch jeden Tag waren wir zu viele oder zu wenige, selbst wenn alle von uns da waren, denn oftmals stimmte die Zahl der internierten Millionäre und wurde eingetragen, und alle atmeten auf, doch genau in diesem Augenblick kamen vier Millionäre und brachten Kästen und Kannen mit Bier, also wurden sie, um kein Durcheinander zu stiften, zu Neuzugängen erklärt, und jeder der Millionäre bekam noch einmal entsprechend der Zahl der Millionen,

die er angab, die jeweiligen Jahre zusätzlich aufge-
brummt.

Das Ganze war zwar ein Internat, es hatte aber keinen
Zaun. Die Milizionäre saßen also im Tor, und die Millionäre kamen und gingen durch den Garten. Sie hätten durch das Tor zurückkehren müssen, das von den
Milizionären jedesmal auf- und wieder zugemacht und
mit einem Schlüssel verschlossen wurde, obwohl es
ringsum weder einen Zaun noch eine Mauer gab, so
daß auch die Milizionäre zwar den kürzeren Weg
durch den Garten nahmen, allerdings regte sich dann
ihr Gewissen, und sie gingen zum Tor zurück und gingen vom Garten aus darum herum und schlossen es
mit dem Schlüssel auf und gingen hinein, schlossen das
Tor wieder ab und begaben sich dann ins Internat. Die
größte Schwierigkeit gab es mit dem Essen, doch sie
erwies sich als überflüssig, denn der Kommandant und
die Milizionäre aßen gern gemeinsam mit den Million-
nären, und was man ihnen aus den Milizionärskaser-
nen heranschaffte, damit wurden die Schweine gefüt-
tert, die ein Millionär, nämlich der Fabrikant von
künstlichen Zähnen, gekauft hatte, so daß zunächst
zehn, dann zwanzig Schweine vorhanden waren und
alle sich schon auf das Schlachtfest freuten, denn hier
unter den Millionären gab es auch Großschlächter, die
Delikatessen in Aussicht stellten, so daß sich die Milizionäre schon vorher die Lippen leckten und Verbes-
serungsvorschläge für Spezialitäten machten, die sich
aus den Schweinen zubereiten ließen. Und dann
wurde hier etwa so gekocht, wie man nicht in Interna-
ten für Priesteranwärter, sondern wie man in reichen
Klöstern kochte, wie die Kreuzritter etwa gekocht

hatten. Ging einem Millionär das Geld aus, dann schickte der Kommandant ihn nach Hause, um Geld zu holen, anfangs fuhr noch ein Milizionär als Zivilist verkleidet mit, doch dann genügte ein Eid, und der Internierte durfte nach Prag fahren und Geld holen, von seinem Sparbuch abheben, von der Million oder den Millionen, denn der Kommandant gab allen eine Bescheinigung mit, daß das Geld für öffentlichrechtliche Zwecke bestimmt sei. Und so wurde im Internat gebrutzelt, eine Speisekarte zusammengestellt, die man dem Milizionärkommandanten zur Genehmigung überreichte, auf daß er liebenswürdigerweise seine Anmerkungen mache, denn die Millionäre betrachteten die Milizionäre als ihre Gäste, deshalb saßen wir in den Speiseräumen und Refektorien alle einträchtig beisammen...

Eines Tages erhielt der Millionär Tejnora die Genehmigung, nach Prag zu fahren und Musik – ein Quartett, ein paar Schrammelmusikanten – zu besorgen, und als er die Musik mit dem Taxi herbeischaffte – die Prag-Fahrten fanden von hier aus, von der Kreuzung, immer mit dem Taxi statt –, da gingen sie an dem verschlossenen Tor vorbei ins Millionärs-KZ, weckten die Wache, denn es war schon Mitternacht, und traten wieder vor das Tor, das die verschlafenen Wächter nicht aufbekamen, also ging der Millionär am Tor vorbei durch den Garten zur anderen Seite des Tors, nahm von innen den Schlüssel und ging am Tor vorbei nach draußen und schloß von dort auf, doch an dem Schlüssel war irgend etwas nicht in Ordnung, deshalb konnte er nicht zuschließen, so daß er wieder hineinging und von dort aus das Tor zuschloß und die Schlüssel übergab...

Wie oft habe ich dabei gedacht: Schade, daß Zdeněk kein Millionär ist, der wäre hier in seinem Element, der hätte hier nicht nur sein gesamtes eigenes Geld, sondern auch das Geld der anderen, die nicht genug Phantasie hatten, um ihre Millionen anzulegen, durchgebracht, für sie und mit ihrer Erlaubnis... Nach einem Monat waren alle bestraften Millionäre braungebrannt, denn wir sonnten uns auf den Hängen, die Milizionäre dagegen waren blaß, weil sie einerseits im Tor standen, andererseits dauernd Meldungen schrieben, in den Zellen saßen und den Bestand nicht einmal anhand der Namen zusammenbringen konnten, denn manche Namen, wie Novák und Nový, gab es dreimal hier, und weil sie dauernd bewaffnet sein mußten, fielen ihnen dauernd die Gewehre und die Patronentaschen runter, und dabei radierten sie immerzu an den Meldungen herum und schrieben sie neu, bis schließlich alle Hotelmillionäre sie für sie verfaßten, sozusagen als stellten sie die Speisenkarte zusammen. Und weil von der katholischen Lehranstalt hier ein Bauernhof zurückgeblieben war, in dem zehn Kühe standen, und weil die Zuteilung aus diesen Eutern für den Morgenkaffee nicht ausreichte, denn man servierte bei uns Bohnenkaffee mit Milch, in den man auf Anregung des Herrn Hoteliers Šroubek, der dies im Café Sacher in Wien gelernt hatte, ein Gläschen Rum gab, deshalb kaufte ein Lacke- und Farbpulverfabrikant fünf Kühe dazu, worauf es Milch genug gab, denn manche vertrugen keinen Milchkaffee und tranken des Morgens nur ein Gläschen Rum oder sie tranken zur Verdauung den Rum aus einem Töpfchen, Bunzlauer genannt, wenn sie in der Nacht aßen.

Schön war es auch, wenn einmal im Monat die Familienangehörigen zu Besuch kamen. Der Kommandant hatte dafür weiße Wäscheleinen gekauft, die er anstelle der gedachten Mauer spannen ließ, und wo die Leine nicht reichte, zog er selbst mit dem Absatz einen Strich, der die Internierten vom Internat und von der Welt draußen abteilte... Und so kamen die Ehefrauen mit Kindern und Rucksäcken und Taschen voller Essen und ungarischer Salami und Konserven ausländischer Firmen, und obwohl wir uns Mühe gaben, leidend auszusehen, waren wir doch braungebrannt und gut genährt – käme jemand, der die Verhältnisse nicht kannte, der hätte glauben müssen, die Eingesperrten seien jene, die zu Besuch gekommen waren, und das Gefängnis sei dort draußen, denn wie man sehen konnte, ertrugen die Verwandten diese Internierung der Millionäre schwerer als die Millionäre selbst. Und weil wir nicht alles aufessen konnten, teilten wir Millionäre mit den Milizionären, denen alles so gut schmeckte, daß sie beim Kommandanten erwirkten, daß die Besuche zweimal im Monat zugelassen wurden...

Und als einmal dreißig- bis fünfzigtausend nicht aufgebracht werden konnten, erteilte der Kommandant die Erlaubnis, von Fachleuten wertvolle Bücher aus der Klosterbibliothek auswählen zu lassen, die man mit dem Auto in ein Antiquariat nach Prag brachte, und später kam man dahinter, daß man die Bettwäsche und die Nachtwäsche verkaufen könne, auch die Ausstattungen für die künftigen Priester bei St. Johannes unter dem Felsen, an dessen Hängen wir uns sonnten und nach dem Mittagessen ein Nickerchen machten...

Doch das war fast schon ein überflüssiger Gedanke, denn was die echten Millionäre waren, die waren schon lange drauf gekommen, schon längst hatten sie die schönen Laken geplündert, diese langen Schlafhemden aus den Bergwebereien, schon längst in Koffern weggeschleppt diese schönen Handtücher, gleich schockweise, von allem, was hier in den Magazinen lagerte, denn jeder, der von hier wegging, hatte als künftiger Priester seine Ausstattung erhalten, die niemand kontrollierte, die von keinem verwaltet wurde, die den Milizionären und Millionären zur Verfügung stand, um zu verhindern, daß in diesem Sammellager für Millionäre eine ansteckende Krankheit ausbrach, ob Cholera, Ruhr oder Typhus...

Und so kam es, daß sich auch die Milizionäre Urlaub nahmen, sie vertrauten uns, denn sie wußten, daß wir nicht wegliefen, und wenn wir wegliefen, daß wir dann, wie es schon zweimal passiert war, einen weiteren wohlbekannten Millionär herbeischafften, damit dieser sich von seiner Familie erholte... So zogen die Milizionäre ihre Sachen aus und Zivil an, und wir Millionäre nahmen die Uniformen und bewachten uns selber, und bekamen wir Dienst am Sonntag oder vom Sonnabend zum Sonntag, um die Millionäre zu bewachen, dann freuten wir uns schon alle darauf, denn das gab eine Groteske, auf die kein Chaplin gekommen wäre, den ganzen Nachmittag über spielten wir Liquidierung des Millionärslagers, der Torkommandant, der als Milizionär verkleidete Millionär Tejnora, meldete, das Lager werde liquidiert, die Millionäre könnten nach Hause gehen, und so redeten die als Milizionäre verkleideten Millionäre auf sie ein, schilderten ihnen, wie schön es in der Freiheit draußen sei, denn dort würden sie nicht mehr unter den Knuten der Milizionäre leiden und schmachten, sondern das freie Leben von Millionären führen.

Die Millionäre indes wollten nichts davon wissen, deshalb ordnete der Millionär Tejnora, der als Milizionär Bereitschaftsdienst im Tor hatte, die zwangsweise Räumung des Lagers an, und wir schleppten die Millionäre aus den Zellen, diese Männer, die zehn und acht Millionen besaßen und deshalb zehn und acht Jahre bekommen hatten, dann suchten wir den Torschlüssel und kriegten das Tor nicht auf, also liefen die Millionäre außen herum und schlossen von draußen auf, liefen wieder um das Tor herum und knufften einander, und alle sahen zu und brüllten vor Lachen darüber, wie die Millionäre, von den Milizionären geführt, nach draußen gezerrt wurden, wie man hinter ihnen abschloß und wie die Millionäre bis auf den Hügel gingen, doch als sie sich umblickten, überlegten sie es sich wieder und kamen zurück und bummerten ans Gefängnistor und baten auf Knien die als Milizionäre verkleideten Millionäre, ihnen Asyl zu gewähren …

Was mich betraf, so lachte ich mit, doch in Wirklichkeit lachte ich nicht, denn obwohl ich bei den Millionären war, hatte ich zu ihnen doch nicht vordringen können, obwohl ich sogar neben dem Hotelier Šroubek schlief. Er benahm sich mir gegenüber ganz fremd, ich durfte ihm nicht einmal einen heruntergefallenen Löffel zureichen, ich hob den Löffel auf, hielt ihn in der Hand, stand mit hingestrecktem Besteck in unserer Kantine, so wie vor Jahren mit dem Glas, als damals keiner mit mir hatte anstoßen wollen, und der

Herr Hotelier holte sich einen anderen Löffel und aß
seine Suppe damit, während er den, den ich ihm neben
das Besteck gelegt hatte, widerwillig mit der Serviette
wegschob, so daß er zu Boden fiel. Alle sahen zu, wie
der Herr Hotelier den Löffel mit dem Fuß von sich
stieß, so daß dieser unter den Tisch des Refektoriums
flog…
Ich lachte, doch mir war überhaupt nicht danach zumute, denn wenn ich über meine Million zu sprechen
begann, über meinen Hotelbetrieb im Steinbruch,
dann verstummten die Millionäre alle und sahen weg,
sie anerkannten meine Million, meine beiden Millionen nicht, und ich begriff, daß sie mich zwar unter sich
duldeten, doch daß ich ihrer nicht würdig sei, denn die
Millionäre hatten ihre Millionen schon lange besessen,
schon vor diesem Krieg, ich dagegen war ein Kriegsge-
winnler, den sie unter sich weder aufnehmen wollten
noch konnten, weil ich nicht standesgemäß war,
ebenso wäre es mir auch in meinem Traum ergangen,
denn hätte mich der Erzherzog ernannt und in den
Adelsstand erhoben und zum Baron gemacht, dann
wäre ich damit noch längst nicht Baron gewesen, denn
der übrige Adel hätte mich nicht akzeptiert, so wie
mich auch die Millionäre nicht als Freund unter sich
aufgenommen hatten – ganz im Gegenteil, als ich vor
einem Jahr noch draußen gewesen war, hatte ich noch
die Illusion, daß sie mich eines Tages bei sich aufnehmen würden, ja ich war sogar der Überzeugung, ihnen
als Besitzer des Restaurants Steinbruch ebenbürtig zu
sein, einen Händedruck von ihnen zu erhalten und
freundschaftlich angesprochen zu werden, doch das
wäre alles nur Schein gewesen, denn jeder reiche Mann

ist bestrebt, in einem Hotel oder Restaurant die Gunst des Oberkellners zu erringen, und bittet sogar den Ober, ein Gläschen mehr zu bringen, um dann mit ihm · anzustoßen und zu trinken... Begegnete jedoch so ein reicher Mann seinem Ober auf der Straße, dann bliebe er nicht bei ihm stehen, spräche nicht mit ihm, denn es gehört nur zum sogenannten Bonton, den Oberkellner auf seiner Seite zu haben, weil es vorteilhaft ist, mit dem Ober oder dem Besitzer eines Hotels, mit solch einem Menschen auf gutem Fuß zu stehen, denn der hat Einfluß darauf, was man dem Gast zu essen und zu trinken bringt, was für ein Zimmer man ihm gibt, denn der Ober wird durch das Anstoßen mit dem Glas und das Zuprosten auf die gemeinsame Gesundheit und durch das Hinwerfen von ein paar freundlichen Worten zu Diskretion und Schweigen verpflichtet...

Auch hatte ich erfahren, wie die Millionen zusammenkamen, und sie kamen dadurch zusammen, daß Herr Brandejs für das gesamte Personal Kartoffelklöße kochen ließ, daß er an Kleinigkeiten sparte, so wie er auch hier als erster sah und wußte, wie an diese herrlichen Handtücher und Bettlaken heranzukommen war, wie man diese im Koffer durchs Tor schmuggeln und daheim abliefern lassen konnte, nicht weil man darauf angewiesen wäre, sondern weil sein Millionärssinn es ihm nicht gestattete, eine Möglichkeit auszuschlagen, die sich ihm darbot, die ihn darin trainierte, sich diese schönen Dinge aus der Ausstattung für künftige Priester umsonst anzueignen. Ich hatte mich hier um die Tauben zu kümmern, zweihundert Paar Brieftauben waren zurückgeblieben. Der Kommandant hatte angeordnet, daß ich den Taubenstall ausmistete und den Tieren Wasser und Spreu gab. Jeden Tag zog ich nach dem Essen mit einem Handwagen zur Küche, um Essenreste zu holen...

Ach ja, ich habe vergessen zu erzählen, daß der Kommandant sich an Fleisch so überfressen hatte, daß er sich Kartoffelpuffer wünschte, dann wieder Eierkuchen mit Pflaumenmus und geriebenem Käse, mit saurer Sahne übergossen. Und da der Millionär Bárta gerade Besuch hatte, schlug er dem Kommandanten vor, seine Frau, die vom Lande stammte, als Köchin für diese Mehlspeisen im Lager zu lassen. So erschien hier das erste Frauenzimmer, und da wir uns an Fleisch überfuttert hatten, kamen drei weitere Ehefrauen ins Gefängnis, drei Millionärsfrauen und Frau Bártová als Hauptköchin für die Mehlspeisen, und nachdem Millionäre freigelassen worden waren, die bewiesen hatten, daß sie die österreichische und französische Staatsbürgerschaft besaßen, nachdem also zehn Zellen frei geworden waren, kamen die Millionäre auf die Idee, diese Zellen für ihre Frauen zu mieten, die einmal wöchentlich zu den Millionären auf Besuch kommen durften, denn schließlich sei es nicht human, einem verheirateten Mann die gesetzlich Angetraute vorzuenthalten.

Bald lösten sich hier die schönen Frauen zu Dutzenden ab, ich stellte dann sogar fest, daß es gar keine Ehegattinnen waren, sondern Frauenzimmer aus ehemaligen Bars, ich selbst kannte zwei Klientinnen wieder, zwar schon angejahrte, aber immer noch schöne Damen, Prachtweiber, die zur Visitation ins Hotel Paris gekommen waren, wenn Donnerstag war und die Bör-

senleute erschienen, doch ich hatte Gefallen an meinen
Tauben gefunden, an den zweihundert Taubenpaaren,
die so exakt waren, daß sie Punkt zwei Uhr auf dem
First des Klostergebäudes saßen, von wo man direkt
in die Küchen sehen konnte, aus denen ich mit meinem
Handwagen kam, darauf zwei Säcke voll Spreu und
Gemüsereste, und ich, der ich den abessinischen Kaiser bedient hatte, fütterte die Tauben, die keiner füt-
tern wollte. Das war keine Arbeit für Millionärshänd-
chen, also mußte ich pünktlich losfahren, wenn es
zwei Uhr schlug, und wenn sie mal nicht schlug und
die Sonne schien, dann genau zu der Zeit, die die Son-
nenuhr an der Kirchenwand anzeigte, und kaum fuhr
ich los, da lösten sich alle vierhundert Tauben vom
Dach und flogen mir entgegen; ein Schatten kam mit
ihnen geflogen und das Rauschen des Gefieders und
der Flügel, als riesele Mehl oder Salz aus einem Sack,
und die Tauben ließen sich auf dem Handwagen nieder, und wer dort keinen Platz fand, hockte sich auf
meine Schultern, und sie flatterten in der Luft und
schlugen mit den Flügeln neben meinen Ohren, fast
verdunkelten sie mir die ganze Welt, als steckte ich in
einer riesigen Schleppe, die sich hinter mir herzog und
vor mir herschob, und ich ging völlig unter in dieser
Schleppe aus den sich bewegenden Flügeln und den
achthundert gleich Blaubeeren schönen Augen, und
das alles zog ich hinter mir her und mußte die Deichsel
mit beiden Händen packen.
Die Millionäre wollten sich kaputtlachen, wenn sie
mich so sahen, von den Täubchen zugedeckt, bis ich
auf dem Höfchen angekommen war, wo die Viecher
sich über das Fressen hermachten und so lange pick-

ten, bis die beiden Säcke leer waren und die Kasserollen wie leergefegt; doch einmal hatte ich mich verspätet, der Kommandant hatte sich die italienische Suppe mit Parmesan schmecken lassen, und ich wartete auf die Kasserolle und hörte die Uhr zwei schlagen, und bevor ich's gewahr wurde, kamen die Tauben durch das offene Fenster in die Küche geflogen, meine vierhundert Tauben umschwirrten die Anwesenden, schlugen dem Kommandanten des Internierungslagers den Löffel aus der Hand, und da bin ich schnell rausgerannt, und auf der Türschwelle fielen die Tauben über mich her und hackten mit den zarten Schnäbeln auf mich ein, ich schützte mit den Händen Gesicht und Kopf und rannte, doch die Tauben flogen hinter mir her, und so stolperte ich, und die Tauben flogen um mich herum und setzten sich auf mich, ich richtete mich im Sitzen auf und sah mich von den Täubchen umringt, die mich umschmeichelten, und ich war für sie der lebenspendende Gott, und da blickte ich in mein Leben zurück und sah mich jetzt von den Boten Gottes umringt, als wäre ich ein Heiliger, ein Erwählter des Himmels, und während man über mich lachte, hörte ich Geschrei und Spott...

Ich war tief ergriffen von der Taubenbotschaft und glaubte jetzt, daß das Unglaubliche erneut Wirklichkeit geworden war, daß mir, selbst wenn ich zehn Millionen und drei Hotels besessen hätte, dieses Scharwenzeln der Täuberiche und Tauben und dieses Küssen mit den Schnäbelchen vom Himmel selbst beschert worden war, vom Himmel, der anscheinend Gefallen an mir gefunden hatte, so wie ich es an den Altarbildern gesehen hatte und an den Szenen, die den

Kreuzgang schmückten, durch den wir immer in unsere Zellen gingen.

Ich aber hatte nichts gesehen, nichts gehört, ich hatte immer nur der sein wollen, der ich nie hatte sein können, ein Millionär, und obwohl ich zwei Millionen besaß, war ich jetzt zum vielfachen Millionär geworden, da ich zum erstenmal sah, daß diese Tauben meine Freunde waren, daß sie ein Gleichnis jener Kunde waren, die meiner harrte, daß mir jetzt widerfahren war, was einst Saul widerfuhr, als er vom Roß fiel und Gott ihm erschien…, und als ich das Geflatter der achthundert Flügel beiseite schob und aus dem wimmelnden Gefieder heraustrat, rannte ich los, den Handwagen mit den beiden Kaffsäcken und Kasserollen voller Gemüsereste hinter mir herziehend, doch erneut hockten sich die Tauben auf mich, und ich zog in der Wolke aus flügelschlagenden Tauben den Wagen langsam ins Höfchen und hatte auf diesem Weg eine weitere Vision: Zdeněk erschien mir, nicht als politischer Funktionär, sondern als Oberkellner wie seinerzeit im Hotel Tichota, wir hatten einmal an einem freien Tag einen Spaziergang gemacht und in einem Birkenhain ein Männchen gesehen, das mit einer Trillerpfeife hurtig zwischen den Bäumen umherflitzte, pfiff, Zeigebewegungen mit der Hand machte, die Bäume von sich wegstieß und sie anschrie: »Was soll das wieder? Herr Říha, noch einmal, und Sie gehen runter vom Spielplatz!« Dann rannte er wieder zwischen den Bäumen hin und her, und Zdeněk amüsierte sich, und ich begriff immer noch nicht, was das sollte.

Am Abend sagte Zdeněk mir dann, das sei Herr Šíba gewesen, der Fußballschiedsrichter, keiner habe damals beim Spiel Sparta gegen Slávia pfeifen wollen, weil alle Augenblicke jemand gefoult worden sei, wenn also keiner dazu bereit sei, so hatte Herr Šíba gesagt, dann werde er das Spiel pfeifen, und so trainierte er in dem Wäldchen zwischen den Birken, rannte rum und brachte Verwirrung unter die Birken, er rügte und drohte Burgr und Braine mit Herausstellung, am meisten aber schrie er Herrn Říha an: noch einmal, und er gehe runter vom Feld!

Eines Nachmittags lud Zdeněk vor dem Irrenhaus für leichte Diskordanten einen Autobus voller Verrückter, die Ausgang ins Dörfchen hatten, zum Ausflug ein, es war nämlich Kirmes, und so durften sie in ihren gestreiften Sachen und steifen Hüten Karussell fahren und in der Schiffschaukel sitzen, und Zdeněk fuhr mit ihnen, nachdem er für sie im Wirtshaus ein Faß Bier samt Zapfhahn gekauft und Halbliterseidel ausgeliehen hatte, in den Birkenhain, und dort stachen sie das Faß an und tranken, und Herr Šíba rannte zwischen den Birken umher und trillerte, und die Irren schauten zu und begriffen dann, gerieten in Begeisterung und schrien und riefen alle die berühmten Namen von Sparta und Slávia, sie sahen sogar, wie Braine dem Plánička an den Kopf trat, und bestanden darauf, Braine müsse vom Spiel ausgeschlossen werden..., und schließlich, als der Herr Schiedsrichter Šíba den Říha schon dreimal ermahnt und dreimal verwarnt hatte, blieb ihm keine andere Wahl, als den Spieler wegen eines Fouls an Jezbera vom Feld zu weisen, und die Irren schrien und leerten das Faß Bier... Doch auch ich sah statt der Birken bunte und rote Dresse laufen, alles in dem scharfen Tempo, wie es der Schiedsrichter, der gnomhafte Herr Šíba, mit seiner Pfeife angab..., Šíba, den die Irren zum Schluß wegen des herrlichen Schiedsrichterfußballs auf den Schultern vom Platz trugen...

Einen Monat später zeigte Zdeněk mir einen Zeitungsbericht über den Schiedsrichter Šíba, der Braine und Říha herausgestellt und so mit seiner energischen Pfeife das Match gerettet habe...

Und so wurde das Unglaubliche nach und nach Wirklichkeit, der Kreis begann sich zu verengen, ich kehrte allmählich in die Zeit meiner Kindheit zurück, meiner Jugend, war erneut Pikkolo, und so wie ich mich entfernt hatte, so kehrte ich zurück. Noch mehrmals stand ich mir selbst Auge in Auge gegenüber, doch nicht so, als hätte ich das gewollt, die Ereignisse zwangen mich vielmehr, mein Leben zu betrachten, so wie ich mit der Großmutter in deren Zimmerchen am offenen Fenster, unter den Fenstern der Toiletten, des Karlsbades darauf gelauert hatte, daß jeden Donnerstag und Freitag die Handelsreisenden ihre schmutzige Wäsche herauswarfen, die manchmal vor dem schwarzen Hintergrund des Abends die Arme ausgebreitet hatten wie gekreuzigte weiße Hemden, zumeist Unterhosen, die dann in die Tiefe fielen, auf das riesige Mühlrad, von wo die Großmutter sie mit einem Haken heraufhangelte, um sie dann auszuwaschen, auszubessern und an die Arbeiter auf dem Bau zu verkaufen.

Im Internat für Millionäre erhielt ich die Nachricht, daß wir die letzte Woche hier seien, daß wir zur Arbeit geschickt würden, und die Ältesten dürften nach Hause. Und so bereiteten wir uns ein letztes Abendmahl, wir mußten möglichst viel Geld auftreiben, also bekam ich Urlaub und begab mich zusammen mit dem

Fabrikanten künstlicher Gebisse in dessen Wochenendhaus, wo Geld versteckt war... Das war für mich ein unwahrscheinliches Erlebnis. Wir kamen erst bei Nacht ins Häuschen, stellten eine Leiter an und hoben die Tür in der Decke hoch, im Schein einer Taschenlampe. Der Fabrikant hatte schon vergessen, in welchem Koffer er die Hunderttausend verwahrt hatte, also machte ich die ersten Köfferchen auf, alle waren sie gleich, und als ich den letzten großen Koffer öffnete und hineinleuchtete, fuhr ich zusammen, obwohl ich auf dergleichen bei einem Hersteller künstlicher Gebisse hätte gefaßt sein müssen: Der Koffer enthielt lauter künstliche Zähne und Gebisse, alles war schauderhaft in dieser Häufung, lauter rosige Gaumen mit weißen Zähnen, Hunderte künstlicher Gebisse, und so stand ich erschrocken auf der Leiter, denn wie fleischfressende Pflanzen sahen all diese zusammengepreßten, zusammengebissenen Zähne aus, einige waren leicht geöffnet, andere aufgerissen, als gähnten sie, wobei sich die Scharniere aushakten, und ich fiel hintenüber und überschüttete mich mit den künstlichen Zähnen, deren kalte Küsse ich an den Händen und im Gesicht spürte... Die Lampe fiel mir aus der Hand, ich lag da, über und über mit Gebissen bedeckt, und mich überlief eine Gänsehaut, so daß ich nicht einmal mehr schreien konnte... Dennoch drehte ich mich auf den Bauch und rannte schnell auf allen vieren aus den Zähnen heraus, wie ein Tier, wie eine Spinne... Auf dem Boden des Koffers hatten die Tausender gelegen, und der Fabrikant sammelte sorgfältig alle Zähne auf, kehrte sie auf eine Schaufel und tat sie in den Koffer, verschnürte diesen mit einem Bindfaden und schob ihn wieder dorthin, wo ich ihn geöffnet hatte... Wir schlossen den Boden zu und kehrten schweigend zum Bahnhof zurück. Unser letztes Abendmahl lief fast genauso ab wie die Hochzeitstafeln im Hotel Paris, ich holte aus meinem Prager Zimmer einen neuen Frack und vor allem den Orden, den mir der abessinische Kaiser verliehen hatte, dazu die Brustschärpe; wir kauften Blumen und ein paar Sträuße Asparaguszweiglein zum Schmücken der Tafel, und der Herr Hotelier Šroubek und Herr Brandejs dekorierten einen ganzen Nachmittag lang die Tische in der Priesterkantine; Herr Brandejs bedauerte, die goldenen Bestecke nicht zur Verfügung stellen zu können, und dann baten wir alle Milizionäre und auch den Kommandanten unseres Lagers zu Tisch; der Kommandant war ein ganz liebes Väterchen, gestern abend hatte er uns vor dem Dorf getroffen, und als er uns fragte, wohin wir denn gingen, sagte Herr Brandejs: »Kommen Sie mit, Herr Kommandant, wir gehen tanzen«, doch er ging nicht mit, er schüttelte nur den Kopf und entfernte sich samt seinem Gewehr, das er wie eine Angelrute trug; es störte ihn entsetzlich, dieses soldatische Schießeisen, das einfach nicht zu ihm paßte, denn er träumte schon davon, wieder ein Bergmann zu sein, er wolle nur noch unser Millionärslager zur Liquidierung übergeben...

So wurde ich also wieder Kellner, legte meinen Frack an, allerdings ganz anders, als ich ihn früher angezogen hatte, etwa wie ein Kostüm, wahrscheinlich war auch ich schon ein anderer, als ich mir den Stern an die Frackbrust heftete und die breite Schärpe über die Brust zog, da streckte ich mich nicht mehr, hob auch nicht mehr den Kopf, um ein paar Zentimeter größer zu sein – es war mir egal, ich wollte auch nicht mehr den Hotelmillionären gleichen, ich war irgendwie schlapp geworden, sah unser heutiges Festmahl schon mit anderen Augen, ich servierte die Speisen ohne jedes Interesse, obwohl der Herr Hotelier Šroubek und Herr Brandejs mit mir zusammen am Platz waren, ebenfalls im Frack, und als ich mich meines Hotels im Steinbruch entsann, da tat es mir nicht leid, daß es nicht mehr meins war, wie mir mitgeteilt worden war, überhaupt war es ein trauriges Abendessen, alle waren traurig und würdevoll wie bei einem tatsächlichen letzten Abendmahl, so wie ich es auf Bildern und hier im Seminar gesehen hatte; im Refektorium bedeckte ein solches Bild die ganze Wand; wir aßen Salpikoni als Vorspeise und tranken südmährischen Weißen dazu und erhoben nach und nach, zunächst nur ich, dann auch die anderen, den Blick zum Bildnis des heiligen Abendmahls und glichen immer mehr jenen Aposteln, so daß wir beim Filet à la Stroganoff ganz melancholisch wurden.

Eine Art galiläisches Kanaan begann aus unserem Festmahl zu werden; je mehr die Millionäre tranken, desto nüchterner schienen sie zu werden, beim Kaffee und Kognak war es still, auch die Milizionäre schwiegen, die ihren eigenen Tisch hatten, es war der Tisch, an dem die Lehrer und die Professoren der Priesterlehranstalt immer gespeist hatten, auch sie wurden immer trauriger, denn sie wußten, daß wir uns um Mitternacht zum letztenmal sahen, und weil es auch für sie eine schöne Zeit gewesen war, wünschten sich manche, wir möchten so bis in alle Ewigkeit zusammenbleiben... Und plötzlich rief aus dem Kloster, wo man von den dreißig Mönchen nur einen hinkenden Frater belassen hatte, die Glocke zur Mitternachtsmesse; der hinkende Frater las sie für die katholischen Millionäre, nur wenige fanden sich in der Kapelle ein, sie hatten ihre Koffer und Rucksäcke bereits gepackt, doch unversehens setzte der Hinkende, nachdem er die Gläubigen mit dem Kelch gesegnet hatte, diesen wieder ab, hob die Hand, die Orgel erdröhnte, und der Frater begann zu singen: »Heiliger Wenzel, du Herzog des Böhmerlandes...« Bis ins Refektorium drang seine Stimme und das Dröhnen der Orgel, wir blickten alle zu dem Bildnis des heiligen Abendmahls auf, und ob Katholiken oder Nichtkatholiken, alles paßte zu unserer traurigen und düsteren Stimmung; wir erhoben uns, einer nach dem anderen, dann gruppenweise, rannten über den Hof und öffneten das Tor und liefen beim gelben Schein der Kerzen in die Kapelle hinein-nein, wir knieten nicht nieder, wir fielen auf die Knie, nein, wir fielen nicht, sondern wurden niedergeschleudert von einer Kraft, die stärker war als wir, die Millionäre, es war da etwas Stärkeres in uns als das Geld, etwas, das hier auferstand und schon tausend Jahre gewartet hatte...

»Laß uns nicht untergehen und nicht die, die nach uns kommen...«, sangen wir auf den Knien, einige fielen auf das Gesicht, ich lag auf den Knien und betrachtete die Gesichter, es waren ganz andere Menschen, fast hätte ich sie nicht wiedererkannt, in keinem einzigen Gesicht war mehr die Spur einer Million, doch alle diese Gesichter schienen irgendwie versengt von etwas Höherem und Schönerem, dem Schönsten, was der

Mensch wohl hat... Der hinkende Frater schien nicht mehr zu hinken, das Hinken wirkte so, als schleppe er schwere Flügel hinter sich her, wie ein weißer Engel, der unter der Last des bleiernen Gefieders wankt, sah er in der weißen Kutte aus...

Ja, dieser Frater... Als wir so knieten und uns aufs Gesicht warfen, hob er den Kelch und segnete uns damit, und als er uns gesegnet hatte, ging er mit dem goldenen Kelch zwischen den Knienden hindurch und schritt über den Hof, und im Dunkeln leuchtete seine Kutte, wie das Kostüm des Artisten vom Phosphor geleuchtet hatte, jenes Artisten, der eine Kippe gemacht hatte und auf der Rolle vom Felsen herab in den See im Steinbruch gerast war, wo ihn das Wasser verschlang, so wie der Frater die Hostie, nachdem er uns zuvor damit gesegnet hatte... Und dann begann die Uhr zwölf zu schlagen, und wir nahmen Abschied voneinander, wir gingen durch das geöffnete Tor hinaus, die Milizionäre und ihr Kommandant reichten uns die Hand, schüttelten jedem herzlich die Hände, sie alle waren Bergleute aus dem Gebiet von Kladno, und wir verschwanden in der Dunkelheit und wanderten zum Bahnhof, denn die Internierung war beendet, und wir hatten die Aufforderung erhalten, uns nach Hause zu begeben, egal ob wir zehn Jahre oder nur zwei bekommen und ob wir zehn Millionen oder nur zwei besessen hatten... Den ganzen Weg über dachte ich an die zweihundert Taubenpaare, die um zwei Uhr vergebens auf mich warten würden.

Und so fuhr ich, in Gedanken bei den Tauben, nach Hause, doch nicht nach Prag, sondern zum Steinbruch, ging den Pfad entlang, hinterm Wald hätte ich schon das erleuchtete Hotel sehen müssen, doch alles war dunkel. Als ich bei den Standbildern der Steinmühlen ankam, durchfuhr mich ein Schreck. Der Steinbruch war zu, die Einfahrtstore waren verschlossen, das neue, aus Brettern gezimmerte Tor mit einem großen Hängeschloß zugesperrt. Ich ging um den Zaun herum und stieg vom Hügel des blühenden Heidekrauts ins Herz des Steinbruchs hinab. Überall war Unordnung, die Stühle verdreckt, umgeworfen... Ich faßte an die Klinke der Schmiede, sie war offen. Vom Restaurant keine Spur, anscheinend hatte man alles weggeschafft, nur in der Esse glomm noch Feuer, das Küchengerät war verschwunden, statt dessen lagen nur noch ein paar gewöhnliche Kaffeetöpfchen herum... Fast mit Wollust registrierte ich bei jedem Schritt, daß dieser schöne Steinbruch, für den mir Steinbeck persönlich einen Scheck über fünfzigtausend, über sechzigtausend, über achtzigtausend Dollar hatte ausschreiben wollen..., doch ich hatte ihn nicht angenommen und hatte gutgetan daran, so wie es auch gut und richtig war, daß dieses Hotel, in dem ich nicht mehr Hotelier sein durfte, zusammen mit mir einging, dieses Hotel, aus dem man anscheinend eine Badeanstalt gemacht hatte, denn statt der Geschirrtücher hingen Handtücher da und auf einem von einer Ecke zur andern gespannten Draht Badehosen...

Was sich hier zuvor nicht befunden hatte und was ich schön fand, war die an der Decke waagerecht aufgehängte nackte weibliche Schaufensterpuppe aus einem Konfektionshaus. Ich wanderte den Flur entlang, die Teppiche waren weg wie die gläsernen Lämpchen an den Türen. Ich drückte auf eine Klinke, die Tür ging

auf, ich blickte hinein und machte Licht, doch das Zimmerchen war leer; mir hatte bei dem Gedanken geschaudert, das Hotel könne so aussehen, wie ich es verlassen hatte, und ich fand es gut, daß mit mir zusammen der ganze Steinbruch verschwunden war und daß niemand mehr die Kraft haben würde, ihn so herzurichten, wie ich ihn hergerichtet hatte, alle, die ihn gesehen hatten, könnten sich in Gedanken, falls sie Lust hatten oder unter der Eingebung des Augenblicks, die Erinnerung an das zurückrufen, was hier einmal war, können in ihren Träumen meinen Steinbruch wiederbeleben und nach eigenem Ermessen den allerschönsten Mädchen begegnen, in diesem meinem Hotel; jeder meiner damaligen Besucher konnte in seinem Tagestraum auch mit der Rolle aus siebzig Metern Höhe in die Tiefe gleiten und sich mitten über dem See loslassen, eine Weile in der Luft schweben und dann kopfüber ins Wasser stürzen oder, was in jedem Traum gestattet ist, loslassen, in der Luft über dem See hängenbleiben und wie ein flügelschlagender Vogel Umschau halten, gleich der Lerche, die sich nur auf einem Lufthauch hält, und dann vielleicht, wie in einem rückwärts laufenden Film, auf den Felsgipfel zurückrollen und von dort, wo er eben erst, sich an der Stange festhaltend, in den Abgrund gesaust war, wieder zu dem Wasserspiegel hinuntergleiten...
Und so fuhr ich zufrieden wieder ab, und als ich nach Prag kam, lag ein Bescheid für mich da, ich dürfte mir's aussuchen: entweder eine Strafe antreten und mich im Pankrác melden oder eine Waldbrigade nach freiem Ermessen und Gusto wählen, unter der Bedingung jedoch, daß ich ins Grenzgebiet ging. Am Nachmittag

meldete ich mich auf der Behörde und nahm die erste Brigade, die man mir anbot, und war glücklich, und mein Glücksgefühl stieg, als ich feststellte, daß ich einen Absatz verloren hatte, ich hatte das Stückchen Leder abgeschlurrt, unter dem die letzten beiden Briefmarken versteckt gewesen waren, das letzte Geld, das mir von meiner Frau Lisa geblieben war, die diese Marken aus Lemberg, aus Lwów, mitgebracht hatte, nach dem Niederbrennen des Gettos und der Liquidierung der Juden.

Als ich durch Prag ging, trug ich keine Krawatte mehr, ich wollte auch nicht mehr, und sei's ein Stückchen, größer sein, ich überlegte auch nicht mehr, welche der Hotels, an denen ich auf dem Graben oder auf dem Wenzelsplatz vorüberkam, ich kaufen würde. Die Schadenfreude machte mich froh, ja, ich hatte es mir selbst gewünscht, daß alles so kam, wie es gekommen war, denn mein Weg nach vorn ist jetzt schon mein eigener Weg, ich werde keine Verbeugungen mehr machen und darauf achten müssen, daß ich guten Tag und guten Nachmittag und guten Abend und Küßdiehand sagte, ich werde nicht mehr auf das Personal aufpassen oder – so wie damals, als ich das Personal war – achtgeben müssen, daß der Chef mich nicht sieht, wenn ich mich hingesetzt habe, weil ich mir eine Zigarette angezündet, weil ich mir ein Stückchen gekochtes Fleisch genommen habe, und ich freute mich schon darauf, anderntags weit wegzufahren, weit weg von den Menschen, sicherlich würde es dort Menschen geben, aber auch etwas anderes, worauf ich wie alle im Lichte der

Glühbirnen Arbeitenden immer gehofft hatte, denn immer schon hatte es mich in die Natur gezogen, und ich hatte mir gewünscht, wenn ich einmal in Rente sein würde, zu erfahren, wie ein Wald aussieht und wie eine Sonne aussieht, die mir den ganzen Tag und das ganze Leben so ins Gesicht schiene, daß ich es hinter einem Hut oder im Schatten verbergen müßte...

Als ich Kellner gewesen war, hatte ich alle Pförtner und alle Hausmeister und Heizer von Zentralheizungen geliebt, die wenigstens einmal am Tag vors Haus liefen und den Kopf in den Nacken legten und aus den Gräben der Prager Straßen zu dem Himmelsstreifen aufblickten, zu den Wolken, die erlebten, daß die Natur die Zeit bestimmte und nicht die Uhr. Und das Unglaubliche, das Wirklichkeit wurde, ließ mich nicht im Stich, und ich bekannte mich zu diesem Unglaublichen, zu der verblüffenden Überraschung, zu dem Staunen. Das war mein Stern, der mich vielleicht nur deshalb durchs Leben begleitete, um sich selber zu beweisen, daß auf ihn immerfort etwas Überraschendes wartet, und ich, den Abglanz dieses Sternes unentwegt vor Augen, glaubte je länger desto mehr an ihn, je länger desto mehr, weil er mich in den Rang der Millionäre erhoben und mich jetzt, da ich aus den Himmeln hinabgestürzt wurde, auf alle viere niedergeworfen hatte, und ich fand, daß mein Stern jetzt heller leuchtete denn je, daß ich erst jetzt in sein Herz, ins Zentrum, würde schauen können, daß meine Augen von all dem, was ich inzwischen erlebt hatte, so schwach sein mußten, daß sie mehr auszukosten und zu ertragen vermochten.

Um mehr zu sehen und zu erkennen, mußte ich wahrscheinlich schwächer werden – so war das. Denn als ich am Stellplatz ankam, zehn Kilometer hatte ich zu Fuß durch den Wald gehen müssen, weit hinter Kraslice, und als ich schon zu verzweifeln begann, da erreichte ich ein verfallenes Forsthaus, und als ich das Forsthaus betrachtete, glaubte ich vor Freude verrückt zu werden, so sehr rührte mich der Anblick des Gehöftes. Es war eine Försterei, in der Deutsche gewohnt hatten, so wie man sich, wenn man in der Stadt aufgewachsen ist und in der Stadt gelebt hat, immer ein Forsthaus vorstellt.

Ich setzte mich auf die Bank unter den verwilderten Rebenranken, lehnte mich an die Holzwand, hörte aus dem Innern des Forsthauses eine echte Schwarzwälderuhr ticken, wie ich noch nie eine gesehen hatte, vernahm die hölzernen Mechanismen und Rädchen und das Schnarren der Kette, des von Gewichten beschwerten Kettchens, und schaute zwischen zwei Bergen ins Land, das keine Felder mehr hatte. Schon als ich herkam, hatte ich abgeschätzt, wo Kartoffeln gezogen worden waren und wo Hafer und wo Roggen, doch alles war überwuchert, wie auch die Dörfer, durch die ich gegangen war, als durchschritte ich das Jenseits, denn wie ich an einer Kreuzung gesehen hatte, hieß ein Dorf tatsächlich so… Überall ragte aus den zerfallenen Gebäuden und Zäunen mächtiges, verwildertes Buschwerk mit den Gerten reifender Johannisbeeren, und so faßte ich Mut und wollte einige der Häuser betreten, doch ich tat es nicht, überall stand ich starr in frommem Graus, ich konnte doch dort nicht über die Schwelle treten, wo alles in Stücke zerhackt

worden war, die Möbel umgekippt und die Stühle aussahen, als habe sie einer über die Schultern gelegt, als
habe einer einen Doppelnelson angesetzt...
Irgendwer hatte mit der Axt auf die Balken eingeschla-
gen, mit einer anderen Axt auf eine verschlossene
Truhe... und in einem Dorf weideten Kühe, es war
Mittag, und die Kühe gingen anscheinend heim, also
ging ich mit, und die Kühe trotteten eine alte Lindenal-
lee entlang, aus der der Turm eines Barockschlosses
hervorlugte. Und als die Bäume auseinandertraten,
stand vor mir ein wunderschönes Schloß mit kleinen
Quadern, die mit einem Nagel in den feuchten Putz
eingeritzt worden waren, anscheinend Renaissance,
wie ich glaubte, und die Kühe gingen durch das zer-
schlagene Tor in das Schloß hinein, und ich folgte ihnen, vielleicht hatten sie sich auch verirrt, sagte ich
mir, doch die Tiere hatten dort ihren Stall, im großen
Rittersaal, zu dem eine breite Treppe hinaufführte,
hier standen die Kühe, in diesem Saal im ersten Stock,
unter dem Lüster und unter den schönen Darstellungen aus dem Hirtenleben, die alle so gemalt waren, wie
es sich einst in Griechenland abgespielt hat, deshalb
waren diese weiblichen und männlichen Körperchen
nicht für das hiesige Wetter bekleidet, es mußte irgendwo im Süden Europas sein oder noch weiter weg,
im Gelobten Land, denn alle trugen sie Kleider, wie
der Herr Christus sie auf Bildern trug und die Menschen, die zu seiner Zeit lebten, und zwischen den
Fenstern waren auch große Spiegel, in denen sich die
Kühe lange und mit Genuß betrachteten, und ich ging
auf Zehenspitzen aus diesem seltsamen Kuhstall hinaus und die Treppe hinab und dachte mir, daß dieses

wahrscheinlich der Anfang von etwas Weiterem war, wo das Unglaubliche Wirklichkeit wurde.

Also betrachtete ich mich als erwählt, ich sah, daß ein anderer, wäre er an meiner Stelle hier, nichts gesehen hätte, doch ich fand Gefallen an dem, was ich sah, ja ich freute mich geradezu, eine derartige Wüstenei vorzufinden, vor der mir graute, etwa so, wie man Angst vor dem Verbrechen hat und einem Unglück aus dem Weg geht, doch passiert dann etwas, dann läuft jeder, so schnell er nur kann, hin und schaut und starrt auf das Beil im Kopf, auf die von der Straßenbahn überfahrene Greisin, nur ich ging jetzt hin und lief nicht davon, so wie andere vor dem Ort fliehen, wo ihnen das Unglück begegnet.

Ich war froh, daß es so war, ich stellte sogar fest, daß mir dieses Unglück und Leid und diese Ruchlosigkeit gering erschienen, denn nicht nur auf mich, auch auf die Welt könne noch mehr zukommen... Und so saß ich vor dem Forsthaus, und dann kamen zwei Leute, und ich sah, daß das bestimmt jene waren, die hier lebten und mit denen ich hier das ganze Jahr und vielleicht länger noch verbringen mußte... Ich sagte, wer ich sei und wohin man mich geschickt habe, und der Mann, der einen grauen Bart und nur ein Auge hatte, sagte, nein, knurrte, er sei Professor für französische Literatur... Er zeigte auf ein hübsches Mädchen, dem ich sofort ansah, daß es bestimmt aus einer Besserungsanstalt kam und eins von denen war, die hinter dem Pulverturm standen, die immer zu uns gekommen waren, wenn die Börse schloß, ihren Bewegungen nach konnte ich mir gut vorstellen, wie sie nackt aussah, was für Härchen sie unter den Achseln und am Bauch hatte, ich stellte mich mir sogar selber vor und nahm es als gutes Zeichen, daß dieses rothaarige Mädchen in mir nach so vielen Jahren den Wunsch weckte, sie langsam auszuziehen, wenn schon nicht in Wirklichkeit, so doch wenigstens mit den Augen. Und sie sagte, sie sei deshalb zur Strafe hier, weil sie gern des Nachts getanzt habe, und sie heiße Marcela und habe in der Schokoladenfabrik bei Maršner ausgelernt, in der Orionka. Sie trug Männerhosen, und die waren voller Harz und Tannennadeln, auch ihr Haar war voll davon, über und über war sie mit Tannennadeln besät. Und der Professor, der genau wie sie Gummistiefel trug, aus denen die Fußlappen heraushingen, auch der war voll von Kiefern- und Fichtenharz, und beide dufteten nach Kienspan, nach Holzscheiten.

Die beiden betraten das Forsthaus, und ich folgte ihnen, und ein solches Tohuwabohu hatte ich selbst in den demolierten Häusern der Deutschen nicht vorgefunden, wo man mit Beilen nach Schätzen gesucht und Schlösser aufgebrochen hatte, um in die Schränke und Truhen zu gelangen... Der Tisch war voller Kippen und Streichhölzer, und nicht anders sah es auf dem Fußboden aus, als habe einer mit dem Unterarm alles vom Tisch geschoben, was sich an Abfällen dort angesammelt hatte. Der Professor sagte mir, ich würde im Obergeschoß schlafen, und führte mich sogleich hinauf und öffnete die Tür, indem er die Klinke mit der Schuhsohle herunterdrückte. Und ich befand mich in einem schönen Zimmer, das ganz aus Holz war, mit zwei kleinen Fenstern, um die sich die Ranken der Weinreben legten, und nachdem ich eine Tür geöffnet hatte, trat ich auf den Balkon hinaus, auch dieser aus

Holz, ich konnte um das Haus herumgehen, sah in alle Himmelsrichtungen, immerzu von den Ranken des wild wuchernden Weins gepeitscht... Ich setzte mich auf die aufgebrochene Truhe und legte die Hände in den Schoß und hatte Lust zu jauchzen und hatte Lust, etwas zu tun. Ich machte mein Köfferchen auf und legte zu Ehren dessen, was ich sah und was mich erwartete, die blaue Schärpe an und heftete seitlich an den Sakko den vergoldeten Stern, und so ging ich ins Wohnzimmer hinunter. Der Professor hatte die Beine auf den Tisch gelegt und rauchte, das Mädchen kämmte sich das Haar und hörte zu, was der Professor ihr erzählte, er sprach sie mit Fräulein an und wiederholte dieses Wort immer wieder und bebte bei dem Gedanken, was in dem Wort Fräulein verborgen war, am ganzen Leibe, ich dachte, er redete ihr etwas ein...

Und so ging ich hinunter, und da mir alles egal und demzufolge alles gleich kostbar war, stolzierte ich theatralisch auf und ab, mit erhobenen Händen, wie auf einer Modenschau zeigte ich mich von allen Seiten, und dann setzte ich mich und fragte, ob ich am Nachmittag mit ihnen zur Arbeit gehen solle... Der Professor lachte, er hatte schöne Augen und sagte: »Du üble, törichte und hinterhältige Brut«, und als bemerkte er den Orden nicht, erklärte er, daß wir in einer Stunde zur Arbeit gingen, und fuhr im Gespräch fort mit dem Fräulein, und ich wunderte mich überhaupt nicht, daß er ihr französische Vokabeln vorsprach, la table, une chaise... la maison..., und sie wiederholte und betonte dabei falsch, und er sagte mit ungeheurer Liebenswürdigkeit: »Blöde Ziege, gleich nehm ich mir

den Gürtel ab und zieh dir eins über, aber nicht mit
dem Leder, sondern mit der Schnalle…«, und dann
wiederholte er wieder zärtlich die französischen Vokabeln, geduldig und sie dabei gewissermaßen mit Augen und Stimme streichelnd, dieses Mädchen aus der
Schokoladenfabrik Orionka, von der Firma Maršner,
das die Wörter wohl schon wieder falsch ausgespro-
chen hatte… Mir schien, als trotze Marcela, als wolle
sie nicht lernen, als wisse sie alles, spreche die Vokabeln aber absichtlich so aus, daß der Professor sie zärtlich ausschimpfte, und als ich die Tür schloß, sagte der
Herr Professor hinter mir: »Danke.« Ich steckte den
Kopf durch die Tür und sagte: »Ich habe den abessinischen Kaiser bedient«, und fuhr mir mit der Hand
über die blaue Schärpe.
Sie mußten mir ein Paar Reservegummistiefel leihen,
denn die Gegend hier war sehr feucht, morgens gab es
so viel Tau, der wie ein Vorhang auseinanderriß und
wie Perlen aus dem Rosenkranz auf die Halme fiel, auf
jedes Blatt, man brauchte nur einen Zweig zu berühren, und der Tau rieselte wie bei einer zerrissenen Per-
lenkette herab. Gleich am ersten Tag war mein Ar-
beitspensum gewaltig. Wir gingen zu einer Fichte,
einer schönen Fichte, die schon bis zur halben Höhe
von Kiefern- und Fichtengezweig umstapelt war, und
hackten weitere Zweige ab und schichteten sie immer
höher, bis zwei Arbeiter mit einer Kerbsäge kamen,
und der Herr Professor sagte zu mir, daß dies keine gewöhnliche Fichte sei, sondern eine Resonanzfichte,
und zum Beweis zog er eine Stimmgabel aus der Aktentasche, schlug sie an den Stamm und hielt sie mir
hin, und sie summte so schön und strahlte lauter kon-

zentrische bunte Kreise aus, und dann empfahl er mir, das Ohr an den Stamm zu legen und den paradiesischen Tönen zu lauschen…

So standen wir, umarmten die Fichte. Das Mädchen saß auf einem Baumstumpf und rauchte und tat nicht unbedingt gleichgültig, sondern so, als langweile und reize sie alles. Sie schlug die Augen zum Himmel auf, als wolle sie sich bei ihm darüber beklagen, mit was für Leuten sie sich hier auf der Welt langweilen müsse, und ich stieg hinunter, umarmte kniend den Stamm, in dem es stärker summte als in einem Telegrafenmasten, und als die Arbeiter sich dann hinknieten, um ihn zu fällen, erklomm ich die bis zur halben Höhe des Fichtenleibes geschichteten Äste und lauschte, wie sich die Säge hineinfraß und wie ein lautes Klagen in der Fichte aufstieg, wie der harmonische Klang, den ich vernommen hatte, wie dieser vom Geräusch der Säge nach und nach erstickt wurde… Und dann schrie der Herr Professor zu mir herauf, ich solle runterkommen, ich stieg also hinab, und wenig später neigte sich die Fichte, zögerte, neigte sich einen Augenblick vor und fiel dann rasch und mit einem Klageton im Wurzelholz nieder, und als breitete sie die Arme aus, so wurde sie von den geschichteten Ästen aufgefangen, die ihren Sturz verlangsamten und, wie der Herr Professor sich ausdrückte, verhinderten, daß sie zerschellte, daß sie die Musik der hölzernen Fichtensphären verlor, denn Fichten wie diese seien rar, und unsere Aufgabe sei es nun, sie sorgsam zu entasten und nach einer Zeichnung, die er bei sich habe, zu zersägen und sie dann vorsichtig auf Daunenkissen, gleichsam in der Wattepackung des Gezweigs, in die Fabrik zu schaffen, wo die Fichte zu Brettern zersägt werde, zu Brettchen, zu dünnen Scheibchen, aus denen man in der Fabrik Geigen und Celli machte... Vor allem aber suche man sich dort die paar Brettchen heraus, die immer noch die konservierte Musik in sich trugen...

Ich war inzwischen einen Monat hier, dann zwei Monate, wir bereiteten mit Hilfe des Abfallgeästs vor, daß die musikalischen Resonanzfichten, wie Kinder, die von der Mutter ins Bettchen gelegt werden, sich niedersenken konnten, ohne daß die in ihrem akustischen Stamm eingefangenen Töne zerbrächen, und jeden Abend hörte ich zu, wenn uns der Herr Professor wüst herunterputzte, nicht nur das Mädchen belegte er mit allen gemeinen Schimpfworten, auch mich; wir alle waren Idioten und Dummköpfe, Fleckenhyänen und kreischende Skunks, und anschließend brachte er uns französische Vokabeln bei. Und während ich auf dem gekachelten Gebirgsofen das Abendbrot kochte und die Petroleumlampen anzündete, lauschte ich den schönen Wörtern, die nach wie vor fehlerhaft aus dem Munde des Mädchens kamen; man hatte sie vom Schokoladenwerk zur Brigade geschickt, weil sie sich gern amüsierte, weil sie gern und immer wieder mit einem anderen Jungen schlief, wie sie uns sagte, und überhaupt, ihre Beichte unterschied sich nicht von dem, was ich von ähnlichen Straßenmädchen zu hören bekommen hatte, doch der Unterschied bestand darin, daß dieses Mädchen es gern tat und umsonst, nur aus Liebe, nur der momentanen Freude wegen, daß man sie einen Augenblick, vielleicht sogar eine ganze Nacht lang liebte, und das genügte ihr, um glücklich zu sein, während sie hier arbeiten und obendrein am Abend französische Vokabeln pauken mußte – nicht daß sie nicht gewollt hätte, doch sie langweilte sich und wußte nicht, wie sie den ach so langen Abend totschlagen sollte, wenn kein Partner da war... Im zweiten Monat begann der Herr Professor über die französische Literatur des zwanzigsten Jahrhunderts zu referieren, und da trat ein solcher Wandel ein, daß wir uns beide darüber freuten... Marcela fing an, Interesse zu zeigen, der Herr Professor dozierte für sie ganze Abende über die Surrealisten und über Robert Desnos und über Alfred Jarry und über Ribemont-Dessaignes, über die schönen Damen von Paris und über die schönen Herren, und dann brachte er eines Abends ein Original herbei, Öffentliche Rose hieß es. Jeden Abend las er uns ein Gedicht vor und übersetzte es, und bei der Arbeit wurde es analysiert, Bild für Bild, alles war völlig unklar, doch als sie es analysiert hatten, begriffen sie den Inhalt, und ich hörte zu, und auch ich fing an, Bücher zu lesen, schwierige Gedichte, die ich nie gemocht hatte, und ich verstand sie so gut, daß ich oft eine Deutung lieferte, und der Herr Professor sagte: »Sie Rindvieh, Sie Idiot, woher wissen Sie das?« Und ich kam mir vor wie ein Kater, den man unterm Hals kraulte, solch eine Anerkennung war es, wenn der Herr Professor einen ausschimpfte, anscheinend mochte er mich schon, denn er schimpfte mit mir genauso herum wie mit Marcela, mit der er bei der Arbeit nur noch französisch sprach... Eines Tages fuhr ich mit dem musikalischen Holz in die Fabrik und nahm, nachdem ich es abgeliefert hatte, den Lohn in Empfang, kaufte zu essen ein und Küchenbedarf, auch ein Fläschchen Kognak und einen Strauß Nelken, doch an der Ecke der Fabrik begann es zu regnen, und so stellte ich mich unter einen Baum und floh dann in ein altes Toilettenhäuschen, um mich vor dem Platzregen unterzustellen, der auf die Schindeln trommelte, mit denen das Dach dieses Aborts gedeckt war, doch es war kein Abort, es muß so etwas wie ein Schilderhaus gewesen sein, ein Wachhäuschen für Soldaten, wie ich erkannte, obwohl man die Gucklöcher in der Seitenwand des Häuschens mit Schindeln verschlossen hatte, damit es nicht zog. So saß ich in dem Häuschen, schaute mich um und klopfte gegen die Schindeln, mit denen Dach und Seitenwände verkleidet waren, und als der Regen aufhörte, ging ich in die Fabrik für Musikinstrumente zurück. Zweimal warf man mich raus, doch schließlich drang ich zum Direktor durch, führte ihn hinter die Fabrik, hinter den verrotteten Lagerschuppen, und es stimmte, was ich gesehen hatte, zehn wertvolle Schindeln, ein paar Jahrzehnte alt, mit denen irgendwer vor Jahren das Wachhäuschen gegen den Durchzug abgedichtet hatte... »Woran haben Sie erkannt, daß es Resonanzholz war?« fragte der Direktor verwundert. »Ich habe den abessinischen Kaiser bedient«, sagte ich, doch der Direktor lachte und patschte mir auf den Rücken und sagte: »Gut gemacht«, und ich lächelte ebenfalls, denn wahrscheinlich hatte ich mich so verändert, daß mir niemand mehr ansah, daß ich wirklich den abessinischen Kaiser bedient hatte.

Ich aber hatte das ganz anders gemeint, denn ich machte mich bereits über mich selbst lustig, ich war mir selber schon genug. Die Gegenwart von Menschen begann mir lästig zu werden, ich spürte, daß ich letztlich nur mit mir selbst reden mußte, denn ich war mir mein liebster und angenehmster Gefährte, mein anderes Ich, mein Ansporner und mein Erzieher, mit dem ich mich mit immer größerer Lust ins Gespräch einließ. Vielleicht lag das auch an dem, was ich alles von dem Herrn Professor gehört hatte, der sich im Schimpfen geradezu überbot – kein Kutscher war imstande, mit Pferden oder gar Menschen so herumzuschimpfen wie der Herr Professor für französische Literatur und Ästhetik. Und dabei dozierte er jeden Abend über alles, was ihn selber interessierte, Abend für Abend dozierte er, noch während ich die Tür öffnete und bevor er einschlief, bevor wir einschliefen, bis zum letzten Augenblick legte er dar, was Ästhetik ist und was Ethik, und über die Philosophie und die Philosophen sprach er stets, als wären sie mit Ausnahme des Herrn Christus eine Bande von Räubern und Strolchen und Mordbuben und Lumpen, und hätte es sie nicht gegeben, wäre es um die Menschheit besser bestellt, doch die Menschheit sei eine üble, törichte und hinterhältige Brut, und so war es vielleicht gar der Professor, der mich in der Ansicht bestärkte, daß man allein sein müsse, denn man könne die Sterne nur abends sehen und mittags nur aus einem tiefen Brunnen heraus...

Also faßte ich einen Entschluß. Ich stand eines Tages auf und gab beiden die Hand, bedankte mich für alles und ging zurück nach Prag, ich hatte meinen Aufenthalt hier schon fast um ein halbes Jahr überzogen, obwohl der Professor und sein Mädchen nur noch französisch miteinander redeten und sich dauernd etwas zu sagen hatten, ja, der Professor sprach sogar im

Schlaf; wo er ging und stand, bereitete er sich darauf vor, das schön gewordene Mädchen besonders heftig zu beschimpfen und sie mit immer neuen Einzelheiten zu überraschen, die er sich zurechtlegen mußte, denn wie ich sah, war er verliebt in sie, hier in dieser Einöde, auf Gedeih und Verderb, und weil ich einstmals den abessinischen Kaiser bedient hatte, erkannte ich, daß das Mädchen sein Schicksal sein würde, da sie ihn eines Tages verlassen mußte, sobald sie erkannt haben würde, was sie wußte und gegen ihren Willen gelernt hatte und was sie mit einemmal geläutert und sie schön gemacht hatte. So würde sie plötzlich in ganz anderer oder in der ganz richtigen Weise wiederholen, was der Herr Professor ihr irgendwann einmal gesagt hatte, irgendein Zitat von Aristoteles, dem man vorgeworfen hatte, er habe es bei Plato gestohlen... Und Aristoteles hatte gesagt, das Füllen schlage nach der Stute aus, sobald es sie leergesaugt habe. Und so war es auch: Als ich die letzten Formalitäten meiner Arbeitsstelle erledigt hatte – von der ich glaubte, sie werde meine letzte sein, und das war sie auch bestimmt, denn ich kannte mich, weil ich den abessinischen Kaiser bedient hatte–, ging ich eines Tages am Bahnhof vorbei, und mir entgegen kam Marcela. Das Haar zusammengebunden und eine lila Schleife um den Pferdeschwanz, so schritt sie in Gedanken daher, und ich schaute sie an, doch sie ging mit abwesendem Blick an mir vorüber. Die Fußgänger drehten sich genauso nach ihr um wie ich, unter dem Arm trug sie ein Buch, dieses Mädel aus der Schokoladenfabrik Maršner Orion... Ich konnte mit schiefgelegtem Kopf gerade noch erkennen, daß das Buch L'histoire du Surréalisme hieß, sie

ging, und ich mußte lachen und eilte voller Freuden
weiter, das störrische und vulgäre Mädchen vor Augen, das mit dem Professor so gesprochen hatte, wie
es im Vorort Košíře zu sprechen gewöhnt war, und
dem der gute Professor alles beigebracht hatte, was
sich für eine gebildete Dame geziemt. Jetzt ging sie an
mir vorüber, ging vorüber wie der barbarische Teil einer Universitätsbibliothek, und ich wußte genau, dieses Mädchen würde niemals glücklich werden, sein
Leben würde so traurig schön sein, daß das Zuammen-
leben mit ihm für einen Mann Qual und Erfüllung zugleich sein mußte...

Diese Marcela, dieses Mädchen aus der Schokoladenfabrik Orion Maršner, ist mir später oft so erschienen,
wie sie mir begegnet war, mit dem Buch unterm Arm,
immer wieder überlegte ich, was von den Seiten dieses
Buches wohl in ihren nachdenklichen und störrischen
Kopf hinübergelangt war, überhaupt sah ich nur diesen Kopf mit den schönen Augen, die noch vor einem
Jahr überhaupt nicht schön gewesen waren, doch das
alles hatte der Professor bewirkt, der hatte aus diesem
Mädchen die Schönheit mit dem Buch gemacht, ich
sah ihre Finger pietätvoll den Einband aufschlagen,
sah ihre reinen Finger Seite um Seite wie Hostien aufnehmen, sah, daß diese Hände, ehe sie ein Buch anfaß-
ten, gewaschen wurden, schon wie sie das Buch hielt,
allein schon die Haltung, mit der sie es trug, bestach
durch eine fast sakrale Ehrfurcht, so nachdenklich, wie
sie damals ging, glich sie einer musikalischen Resonanzfichte, ihre ganze Anmut war verinnerlicht und
tönte von innen her und erreichte über die Stimmgabel
ihrer Augen jene Augen, die die Fähigkeit besaßen, sie

so zu sehen, wie sie unverhofft geworden war, wie sie sich verwandelt hatte, als wäre sie durch einen Flaschenhals hindurch zur anderen Seite gelangt, zur abgewandten Seite dieser zweiten Eigenschaft der Dinge, die schön sind.

Jede dieser Erinnerungen legte ich um die bewegte Brust des Schokoladenmädchens, ich umkränzte sie und hätte sie auch in Wirklichkeit, wäre es möglich gewesen, über und über mit den Blütenblättern von Pfingstrosen, mit Blumen umhüllt, ihr Haupt zwischen Fichten- und Kiefernzweiglein, zwischen Mistelbüsche gebettet, ich, der ich bei den Frauen immer nur den Teil von der Taille abwärts, Bauch und Beine, wahrgenommen hatte, ich richtete, als ich dieses Mädchen sah, meine Augen und meine Wünsche nach oben, hinauf zu dem wunderbaren Nacken und zu den wunderbaren, das Buch aufblätternden Händen, zu den Augen, aus denen jene Schönheit sprühte, die sie durch ihre Verwandlung erlangt hatte, die unumwunden das ganze Gesicht des Mädchens erfaßt hatte, sie war in jedem Fältchen, im Blinzeln der Augen, in dem leichten Lächeln und in der durch den reizvollen Zeigefinger verursachten Bewegung der Nase von links nach rechts. Alle diese Details eines durch französische Vokabeln und französische Sätze vermenschlichten Gesichts, vermenschlicht auch durch das Gespräch und schließlich durch das Eindringen in die komplizierten, aber schönen Texte schöner junger Männer, Dichter, die das Wundersame am Menschen entdeckt hatten, das alles war für mich Teil jener Wirklichkeit, in der das Unglaubliche wahr wurde... durch dieses Schokoladenmädchen der Firma Orion Maršner, des-

sen Köpfchen ich mit allen Marienblumen einrahmte,
die ich für sie erdacht hatte, um sie zu schmücken.
Während der ganzen Zugfahrt dachte ich nur an dieses
Mädchen, lächelte, verwandelte mich in sie, auf alle
Bahnhöfe, an alle vorbeigleitenden Wände der fahren-
den oder auf Nebengleisen stehenden Waggons heftete
ich ihr Bildnis, ich faßte sogar nach meiner Hand,
nahm mich bei den Händen und schmiegte mich fester
an mich, so als hielte ich ihre Hände, musterte die Gesichter der Fahrgäste, keiner vermochte zu erkennen,
was ich mit mir und in mir fortnahm, niemand las mir
vom Gesicht ab, was ich bei mir trug, und als ich auf
der letzten Station ausstieg und dann noch mit dem
Bus durch die schöne Landschaft fuhr, die so sehr jener glich, in der ich die Resonanzfichten gefällt hatte,
nachdem ich sie zuvor mit Zweigen gleich Federbetten
hoch umschichtet hatte, da dachte ich noch weiter und
schmückte das Porträt des Mädchens von Orion Maršner aus, ich sah, wie ihre Bekannten auf sie einschrien,
sah, wie sie sich verhielten oder sich so zu verhalten
bemühten, wie sie sich benommen hatten, bevor sie
zum Brigadeeinsatz gegangen war, wie sie sie lockten,
damit sie wie früher mit Bauch und Beinen zu ihnen
sprach, mit ihrem ganzen Unterleib, der von dem feinen Gummi ihres Schlüpferchens begrenzt war, und
keiner begriff, warum sie jetzt dem Körper oberhalb
dieses begrenzenden Gummis den Vorzug gab...
Und so stieg ich in Srní aus dem Bus, fragte mich zur
Straßenverwaltung durch und meldete mich, ja, ich sei
derjenige, der ein Jahr lang irgendwo hoch oben in den
Bergen Straßenarbeiter sein wolle, an einem Abschnitt, an dem sich niemand aufhalten mochte... Am

Nachmittag bekam ich ein Pony und einen Wagen, man riet mir, eine Ziege zu kaufen, und schenkte mir einen Wolfshund, und so fuhr ich mit dem Pony los, auf dem Wagen mein Gepäck und hinten an einem Strick die Ziege. Der Wolfshund hatte sich mit mir angefreundet, denn ich hatte ihm eine Wurst gekauft, und so fuhr ich gemütlich bergan, die Landschaft gab den Blick auf immer gewaltigere Fichten und hohe Kiefern frei, gefolgt von Jungholz und Schonbeständen in zerfallenden Einfriedungen, die Lattenzäune, die wie Lebkuchen zerbröselten, die Gatter, die langsam vermoderten und sich in Humus verwandelten, aus dem Himbeergerten und räuberische Brombeerranken wuchsen. Ich schritt neben dem nickenden Kopf des Ponys her, es war so klein wie die Pferdchen in den Gruben, ich war sicher, daß es irgendwo unter der Erde gearbeitet hatte, denn es hatte so schöne Augen, wie ich sie nur bei Heizern und bei Leuten gesehen hatte, die tagsüber bei Glühbirnenlicht oder mit Grubenlampen arbeiteten, Augen, die aus dem Schacht ausfuhren oder sich nur vom Heizkessel lösten, um hinaufzuschauen zum Himmel, wie schön er sei, denn für diese Augen war jeder Himmel schön. Und wie ich so hineinfuhr in das verlassene Land, passierte ich die Waldhäuschen der deutschen Arbeiter, die weggegangen waren, immer wieder hielt ich an und stand auf der Schwelle bis zur Brust in Brennesseln und verwilderten Himbeeren, schaute über sie hinweg in die grasüberwucherten Küchen und Stübchen, fast in jedem dieser Häuser hingen noch Glühbirnen, deren Kabel ich bis zum Bach folgte, wo sich die Reste eines kleinen Elektrizitätswerkes befanden, angetrieben von einer Miniaturturbine, kleine Kraftwerke, aufgestellt von Arbeiterhänden, die hier die Wälder gefällt hatten, von Waldarbeitern, die hier gelebt hatten, dann aber weichen mußten. Sie waren abgeschoben worden wie die Reichen, die die Politik gemacht hatten und die ich so gut gekannt hatte, die dünkelhaft und barsch und großsprecherisch und brutal gewesen waren, voller Hochmut, der sie schließlich gestürzt hatte. Das begriff ich, doch ich verstand nicht, warum auch die Arbeiterhände hatten verschwinden müssen, deren Arbeit hier jetzt keiner mehr tat, schließlich war es schade um diese Menschen, denen nichts anderes beschieden gewesen war als die Schinderei in den Wäldern und ihre Äckerchen an den Hängen, Arbeiter, die überhaupt nicht die Zeit gehabt hatten, dünkelhaft und stolz zu sein, die sicherlich demütige Menschen gewesen waren, weil das Leben, in das ich hineinblickte und dem ich entgegenging, sie es gelehrt hatte.

Mir kam ein Gedanke: Ich öffnete den Koffer und nahm das Kästchen mit dem goldenen Stern heraus, schlang mir über den Manchesterrock die hellblaue Schärpe und fuhr weiter. Der Stern blinkte an meiner Seite, und ich ging im Rhythmus des nickenden Pferdenackens, wobei das Pony sich immerfort umdrehte und auf meine Schärpe guckte und wieherte, und die Ziege meckerte, und der Wolfshund bellte mich erfreut an, fast sprang er gegen meine Schärpe, und so blieb ich wieder stehen, machte die Ziege los und ging zu dem nächsten Gehöft, um es mir anzusehen. Es war eine Gastwirtschaft, ein ehemaliges Waldwirtshaus mit einem riesigen Saal, der erstaunlicherweise trocken war und kleine Fensterchen hatte. Alles war hier in dem Zustand, in dem es seinerzeit gewesen war, selbst die Bierseidel standen verstaubt auf den Borden, und das Faß stand auf Brettern, daneben waren der Zapfhahn und der Schlegel zum Anstechen... Und als ich hinaustrat, spürte ich, daß ich angesehen wurde, es war eine Katze, die zurückgeblieben war. Ich rief sie, sie miaute, ich ging zurück, um Wurst zu holen, hockte mich nieder und lockte sie, die Katze wollte von mir gestreichelt werden, doch die Verlassenheit und die fehlende Gewöhnung an menschlichen Geruch trieben sie immer wieder zurück. Ich legte die Wurst hin, und sie fraß sie gierig, ich streckte die Hand aus, doch die Katze schnellte zurück, sträubte den Nacken und fauchte...

Ich trat ins Licht hinaus, die Ziege trank am Bach, ich nahm einen Eimer, schöpfte Wasser und tränkte das Pony, und als es sich satt getrunken hatte, fuhren wir weiter, und als ich mich in der Kurve umwandte, um zu sehen, wie die Landschaft von hinten wirkte, so wie ich schöne Frauen immer erst vorbeigehen ließ, um mich dann nach ihnen umzudrehen, da sah ich, daß uns die Katze aus dem Wirtshaus folgte. Ich nahm das als gutes Zeichen, ich knallte mit der Peitsche und jubelte, meine Brust wölbte sich vor Freude, und auf einmal fing ich an zu singen, schüchtern, denn ich hatte in meinem ganzen Leben nicht gesungen, in meinem ganzen Leben, in all den Jahrzehnten war mir das nie in den Sinn gekommen. Jetzt aber sang ich, dachte mir Worte und Sätze aus, um die Löcher im Text der Lieder zu stopfen... Der Wolfshund begann zu heulen, er setzte sich hin und heulte lange, ich gab ihm ein

Stückchen Wurst, und er schubberte sich an meinen Beinen, doch ich sang weiter, gab Gesang von mir, nein, kein Lied, ich stieß nur unartikulierte Rufe aus, von denen ich annahm, sie seien ein Lied, wobei es nichts anderes war als Hundegeheul, doch ich spürte, daß ich mit diesem Singsang Schachteln und Schubladen voll verfallener Wechsel und unnützer Briefe und Ansichtskarten aus mir hinauskippte, daß aus meinem Mund die Fetzen alter, halb zerrissener, übereinandergeklebter Plakate flatterten, die beim Abreißen sinnlose Texte entstehen ließen, Ankündigungen von Fußballspielen, gemischt mit Konzertmitteilungen, Ausstellungsplakate, überlagert von Blaskonzerten, alles was sich im Menschen so absetzte wie Qualm und Rauch in Raucherlungen.

So sang ich, und mir war, als spuckte und räusperte ich mir meinen verqualsterten Schlund und Rachen frei, wie den Bierleitungen erging es mir, die der Wirt mit Dampf und fließendem Wasser reinigte, ich hatte das Gefühl, ein Zimmer zu sein, von dessen Wänden die Tapeten abgeledert wurden, ganze Schichten, mehrmals übereinandergeklebt, in denen eine Familie zwei Generationen lang gelebt hatte... So fuhr ich durchs Land. Keiner konnte mich mehr hören; wohin ich auch blickte, war nichts als Natur, von den Bergen schaute ich nur auf Wälder hinab, und was vom Menschen und seiner Arbeit geblieben war, das verschlang langsam und systematisch wieder der Wald, von den kleinen Äckern waren nur die Steinhaufen geblieben, Gras und Gesträuch waren in die Gehöfte eingezogen, und die Äste des schwarzen Holunders beulten die Zementfußböden und die Platten auf, wälzten sie beiseite

276

und breiteten ihr Laubwerk und neues Geäst darüber
aus. Schwarzer Holunder arbeitet mit größerer Kraft
als ein Wagenheber, als hydraulische Hebeböcke und
Pressen. Und so gelangte ich an Schotter- und Splitt-
haufen vorbei zu einem großen Gehöft. Ich umkreiste
es und sah, daß ich mich hier, an dieser Straße, wohl
fühlen würde, man hatte mir zwar gesagt, ich müsse
die Straße schottern und instand halten, obwohl vorläufig niemand auf dieser Chaussee fahre und auch
nicht fahren werde, denn die Straße werde nur für den
Fall instand gehalten, daß etwas geschähe und daß im
Sommer Holz abgefahren würde.
Plötzlich drang menschliches Klagen an mein Ohr,
Geigenmusik, dann wieder ein singendes Weinen, und
ich folgte auf dem Weg jener Stimme, ohne zu bemer-
ken, daß das Pony, das ich losgemacht und dem ich die
Stränge aufs Kumt gelegt hatte, daß das Pferd und die
Ziege und der Wolfshund hinter mir herkamen, und so
langte ich bei einer Gruppe von drei Leuten an. Es waren Zigeuner, jene Leute, die ich ablösen sollte, und ich
guckte, und was ich sah, war jenes Wunderbare, das
Unglaubliche, das Wirklichkeit geworden war: Eine
alte Zigeunerin saß an einem Feuerchen, in der Hocke,
wie alle Nomaden, rührte mit einem Knüppel in einem
Topf, dessen Griffe auf zwei Steinen auflagen, sie
rührte mit der einen Hand, den Ellenbogen des anderen Arms hatte sie aufs Knie gestützt und die Hand auf
die Stirn gelegt, und über dem Handrücken hing ein
Zopf schwarzen Haares. Auf dem Weg saß ein alter Zigeuner mit gespreizten Beinen und klopfte mit kräftigen Hammerschlägen den ausgebreiteten Schotter in
den Boden, über ihn beugte sich ein junger Mann in

einer schwarzen Hose, die in der Hüfte eng war und an den Beinen glockenförmig abstand, und spielte auf der Geige ein leidenschaftliches Klagelied, eine Zigeunerweise, die den Kummer des Alten so schürte, daß er wehklagte und ein langes, banges Winseln von sich gab und sich, überwältigt von der Musik, ein Büschel Haare ausriß und ins Feuer warf, um dann von neuem Steine zu klopfen, während sein Sohn oder Neffe auf der Geige spielte und die Alte das Essen kochte...

Und da sah ich vor mir, was mich hier erwartete: Ich würde allein sein, keiner würde für mich kochen, geschweige denn auf der Geige spielen, ich würde hier mit dem Pony und der Ziege und dem Hund allein sein und mit der Katze, die uns immer noch in gebührender Entfernung folgte... Und dann hüstelte ich, die Alte drehte sich um und sah mich an, als blicke sie in die Sonne, und der Alte hörte auf zu arbeiten, und der junge Mann legte die Geige beiseite und verbeugte sich vor mir... Ich sagte, ich wolle hier meinen Brigadeeinsatz beginnen, doch der Greis und die Greisin standen auf und verbeugten sich vor mir, gaben mir die Hand und sagten, sie hätten schon alles vorbereitet, und erst jetzt sah ich im Gebüsch ihren Planwagen stehen, jene leichte Zigeunerkarre mit den hohen Hinterrädern, und sie sagten, ich sei der erste Mensch, den sie in diesem Monat zu Gesicht bekämen, und ich fragte: »Im Ernst?«, denn ich glaubte ihnen nicht. Der junge Mann holte aus dem Planwagen ein Futteral, machte es auf und legte so behutsam, als bette er ein Kind in die Wiege, die Geige hinein und breitete noch behutsamer das Samtdeckchen darüber, das mit Initialen bestickt war, geschmückt mit Noten und den gestickten Buchstaben eines Liedes... Er betrachtete die Geige, strich das Deckchen glatt und schloß das Futteral, dann sprang er auf den Wagen, packte die Zügel, der alte Straßenbauer hockte sich zu ihm, und sie setzten die Alte neben sich und lenkten von der löcherigen und reparierten Straße hinunter und hielten vor dem Haus, um noch Decken und ein Federbett zu holen, ein paar Töpfe und einen kleinen Kessel, und ich bat sie, noch die Nacht über zu bleiben, doch sie hatten es eilig, sie konnten es nicht mehr erwarten, wie sie sagten, wieder mal Menschen zu sehen, unter Leuten zu sein... Ich fragte: »Und wie war es hier im Winter?« – »Oi-oi-oi«, greinte der alte Zigeuner, »schlimm... Wir haben die Ziege aufgegessen, dann den Hund und die Katze...« Er hob die Hand, streckte drei Finger zum Schwur und sagte: »Drei Monate gab es keinen Menschen hier..., und zugeschüttet hat uns, Panje, der Schnee!« Die Alte weinte und wiederholte: »Zugeschüttet hat uns der Schnee...« Sie fingen an zu schluchzen, und der Jüngling holte die Geige hervor und spielte eine bange Weise, und der alte Zigeuner ruckte an den Zügeln, das Pferdchen stemmte sich in die Sielen, und der junge Zigeuner spielte breitbeinig mit kraftvollen Bewegungen und mit schmachtendem Blick eine Romanze, und die alte Zigeunerin und der alte Zigeuner weinten leise, greinten, nickten mir mit ihren leid- und runzelvollen Gesichtern zu, nickten und gaben mir mit einer Handbewegung zu verstehen, wie leid ich ihnen tat, ja sie verdammten mich sogar, mit beiden Händen stießen sie mich nicht nur von sich weg, sondern aus dem Leben, als wollten sie mich mit ihren Händen verscharren, begraben...

Auf dem Hügel richtete sich der Alte auf und riß sich wieder ein Büschel Haare aus, und der Planwagen rollte über den Berg, die Hand warf nur noch das Haarbüschel hoch, vermutlich zum Zeichen ihrer Verzweiflung und ihres tiefen Bedauerns für mich... Ich trat in die große Stube des verlassenen Wirtshauses, um mir einen Platz zu suchen, an dem ich mich einrichten könnte, und so wanderte ich durch das Haus, wanderte um die Ställe, den Holz- und den Heuschuppen herum und merkte überhaupt nicht, daß mir, während ich so dahinging, das Pferd, die Ziege, der Hund und zum Schluß auch die Katze nachkamen... Als ich von der Pumpe Wasser holte, um mich zu waschen, folgten mir wieder mit ernster Miene Pferd, Ziege, Wolfshund und Katze. Ich wandte mich um und sah sie an, und sie wiederum starrten mich an, und ich sah, daß sie Angst hatten, ich könne sie hier zurücklassen. Ich lachte und strich einem wie dem anderen über den Kopf, die Katze wünschte sich das auch, doch ihre übermäßige Scheu schleuderte sie regelrecht von mir weg...

Die Straße, die ich in Ordnung hielt und die ich mit Schotter auffüllte, den ich mir selber klopfen mußte, diese Straße, die meinem Leben glich, war hinter mir von Unkraut und Gras überwuchert, so überwuchert, wie sie es vor mir war. Nur der Abschnitt, an dem ich gerade arbeitete, ließ eben noch Spuren meiner Hände erkennen. Wolkenbrüche und Dauerregen spülten immer wieder den Boden weg und schwemmten Sand und feines Geröll über die Arbeit, die ich an der Straße geleistet hatte, doch ich wurde nicht böse, ich schimpfte nicht, ich verwünschte auch nicht mein Geschick, sondern nahm geduldig die Arbeit wieder auf und schaffte an den langen Sommertagen mit Schaufel und Karre den Sand und das Geröll weg, nicht um eine Prachtstraße zu erhalten, sondern um wieder mit Wagen und Pferd durchzukommen. Ein Wolkenbruch hatte einmal den ganzen Fahrdamm weggerissen, und es dauerte fast eine ganze Woche, bis ich wieder an der Arbeitsstelle angekommen war, an der ich eine Woche zuvor aufgehört hatte, doch ich machte mich schon am Morgen mit um so größerem Eifer ans Werk; mein selbstgestecktes Ziel, auf die andere Seite der Chaussee zu gelangen, verdrängte alle Müdigkeit.

Als ich die Stelle eine Woche später auch noch mit dem Wagen passierte, war ich stolz und betrachtete mein Werk, das ich gar nicht vollbracht zu haben schien, nur den vorherigen Zustand der Chaussee hatte ich wiederhergestellt. Keiner hätte mir das geglaubt, keiner lobte mich, keiner gestand mir diese sechzig Stunden Arbeit zu, nur der Hund und die Ziege und das Pferd und die Katze, doch die konnten kein Zeugnis davon ablegen. Ich aber wollte weder etwas gelten in menschlichen Augen noch Lob ernten, all das war mir vergangen. Ich hatte also fast einen ganzen Monat lang nichts anderes getan, als mich von Sonnenaufgang bis Sonnenuntergang abzuschinden, um die Straße in dem Zustand zu erhalten, in dem sie sich befunden hatte. Übrigens verglich ich die Instandhaltung der Straße immer öfter mit der Instandhaltung meines Lebens, das mir im Rückblick so vorkam, als wäre es einem anderen als mir widerfahren, als wäre mein ganzes bisheriges Leben ein Roman gewesen, ein Buch, das ein anderer geschrieben hat, obwohl zu diesem Buch des

Lebens einzig und allein ich den Schlüssel besaß. Der einzige Zeuge meines Lebens war ich selbst, wenn auch meine Lebensstraße an ihrem Anfang und an ihrem Ende von Unkraut überwuchert war. Doch wie mit Spitzhacke und Schaufel, so hielt ich mittels der Erinnerung diese Straße bis in die fernste Vergangenheit befahrbar, um in Gedanken bis zu dem Punkt zurückzugelangen, wo ich mich der Erinnerung hingeben konnte.

Hatte ich die Arbeit an der Landstraße beendet, klopfte ich die Sense und mähte an den Hängen Gras und trocknete Heu und dann die Nachmahd, bei schönem Wetter schaffte ich das Heu am Nachmittag in den Heuschober hinunter und bereitete mich auf den Winter vor, der hier, wie man mir gesagt hatte, fast sechs Monate dauerte. Einmal in der Woche spannte ich mein Pony an und fuhr einkaufen, ich nahm die Straße und lenkte von dem ausgebesserten Fahrdamm langsam auf den Sommerweg hinunter, den niemand befuhr, drehte mich um und schaute nach den Räderspuren und, falls es geregnet hatte, nach den Hufabdrücken des Pferdes, und hatte ich dann zwei verlassene Dörfer passiert, gelangte ich wieder auf die ordentliche Chaussee, auf deren Gesicht ich die Runzeln der Lastautos und im Staub des Straßenrandes die Reifenabdrücke von Fahrrädern und Motorrädern sah, dieser Verkehrsmittel der Arbeiter von der Forstverwaltung und der Soldaten, die hier von der Arbeit heimkehrten oder ausrückten und auf Wache zogen. Hatte ich im Laden Konserven und Wurst und einen großen Brotlaib gekauft, dann kehrte ich im Wirtshaus ein, und der Wirt und die Einwohner setzten sich zu mir und fragten mich aus, wie es mir in den Bergen, in dieser Einöde gefalle. Und ich war begeistert und sprach über Dinge, die sein Leben lang keiner gesehen hatte, die es hier aber gab. Ich redete, als sei ich hier nur mit dem Auto durchgekommen oder als hätte ich mich für zwei, drei Tage einquartiert. Wie ein Ausflügler sprach ich, wie ein naturbegeisterter Mensch, wie ein Städter, der immer, wenn er aufs Land kommt, sich mit romantischem Gesäusel darüber verbreitet, wie schön die Wälder seien, wie schön die Berggipfel im Nebel und wie gern er für immer herziehen wolle, so schön sei es hier...

Mit konfusen Worten erklärte ich im Wirtshaus, daß die Schönheit jedoch eine zweite Seite habe, daß dieser schöne Brotlaib Natur in Beziehung zu der Fähigkeit des Menschen stehe, selbst all das zu lieben, was unangenehm, was verlassen sei, das Land zu lieben mit all jenen Stunden und Tagen und Wochen, in denen es regnet, in denen die Dämmerung früh hereinbricht, wenn man am Ofen sitzt und denkt, es sei zehn Uhr abends, doch es ist erst halb sieben; die Tatsache zu lieben, daß man mit sich selbst zu reden beginnt, daß man zu Pferd und Hund und Katze und Ziege spricht, daß man aber am liebsten Selbstgespräche führe, zuerst in der Stille, daß man sich selber so etwas wie eine Filmvorstellung gibt, in der Erinnerung Bilder aus der Vergangenheit vorüberziehen läßt, dann aber anfängt, so wie ich, sich selber anzureden, sich Ratschläge zu geben, sich auszufragen, sich selber Fragen zu stellen, sich anzuhören und aus einem selbst das Allergeheimste herauszuholen, sich als Staatsanwalt selbst unter Anklage zu stellen und sich zu verteidigen und so wechselseitig im Gespräch mit sich selbst zum Sinn des Lebens vorzudringen, nicht zu dem, was war, sondern mit dem Blick nach vorn: was das für eine Straße ist, die ich geklopft habe und die ich noch klopfen muß, und ob noch Zeit bleibt, durch Denken zu jener Ruhe zu gelangen, die den Menschen davor bewahrt, vor der Einsamkeit davonzulaufen, vor den wesentlichsten Dingen davonzulaufen, nach denen sich zu befragen der Mensch die Kraft und den Mut haben muß...

Je länger ich, der Straßenarbeiter, der jeden Sonnabend bis spät im Wirtshaus saß, je länger ich also dort hockte, desto mehr lieferte ich mich den Menschen aus, desto mehr dachte ich an das Pferdchen, das draußen vor dem Wirtshaus stand, an die sprühende Einsamkeit in meinem neuen Vaterhaus, desto deutlicher sah ich, daß alle Leute vor mir verbargen, was ich sehen und wissen wollte, denn alle plauderten nur, wie ich immer geplaudert hatte, alle schoben nur von sich weg, wonach sie sich eines Tages fragen mußten, falls sie das Glück hatten, vor dem Tode noch Zeit dazu zu haben...

In diesem Wirtshaus habe ich eigentlich immer wieder festgestellt, daß das Wesen des Lebens im ständigen Fragen nach dem Tode besteht, in der Frage, wie ich mich verhalten werde, wenn meine Zeit gekommen ist, denn der Tod, nein, dieses Befragen meiner selbst, das ist ein Gespräch unter dem Blickwinkel des Unendlichen und der Ewigkeit. Schon die Antwort dieser Todesfrage ist der Beginn eines Denkens im Schönen und vom Schönen, die Sinnlosigkeit der eigenen Reise hier auszukosten, die ohnehin mit einem vorzeitigen Abgang endet. Dieser Genuß, dieses Erlebnis des eigenen

Verderbens erfüllt den Menschen mit Bitterkeit, also auch mit Schönheit. Und da ich im Wirtshaus sowieso allen schon zum Gespött war, fragte ich jeden einzelnen Gast, wo er beerdigt sein wolle, und alle erschraken erst einmal, lachten dann aber Tränen und revanchierten sich mit der Frage, wo ich denn begraben werden wolle, falls ich überhaupt das Glück hätte, rechtzeitig von ihnen gefunden zu werden, denn den vorletzten Straßenarbeiter hätten sie erst im Frühjahr entdeckt, und da sei er von den Spitzmäusen und Mäusen und Füchsen so zernagt gewesen, daß sie nur ein Bündelchen Knochen beigesetzt hätten, so viel wie ein Bund handelsüblicher Spargel oder wie ein paar Knochen für eine prächtige Rinderbrühe.

Ich ließ mich genußvoll über mein Grab aus; falls ich hier stürbe, wollte ich, selbst wenn man von mir nur einen einzigen unbenagten Knochen, nur meinen Schädel beisetzte, dann wollte ich auf dem Friedhof oben auf dem Hügel bestattet werden, sozusagen auf dem Kamm des Friedhofs, denn es sei mein Wunsch, daß mein Sarg nach und nach auf diesem Trennungsstrich auseinanderbreche und alles, was von mir geblieben sei, vom Regen in beide Himmelsrichtungen gespült werde, einen Teil von mir solle das Wasser in Böhmens Bächlein waschen, den Rest hingegen zur anderen Seite, mit den Bächen durch die Stacheldrähte der Grenze zur Donau, denn es sei mein Wille, auch nach dem Tode ein Weltbürger zu sein, der aus der Moldau durch die Elbe in die Nordsee gelange und zum anderen Teil durch die Donau ins Schwarze Meer und durch beide Meere in den Atlantischen Ozean...

Die Gäste im Wirtshaus wurden still, blickten mich an,

und ich erhob mich dann jedesmal. Das waren die Fragen, auf die sich das ganze Dorf freute, denn wenn ich kam, stellten sie mir schließlich jedesmal dieselben Fragen, die ich fast immer gleich beantwortete. Sie fragten mich nur: »Und wenn Sie nun in Prag sterben? Oder in Brünn? Oder In Pelhřimov, oder Sie werden von den Wölfen gefressen?« Ich hatte mir immer alles genau zurechtgelegt, denn der Literaturprofessor hatte mich gelehrt, daß der Mensch geistig wie physisch unzerstörbar sei, er verwandle sich nur, mache Metamorphosen durch. Einmal hatten er und Marcela ein Gedicht analysiert, Sandburg hieß der Dichter, ein Gedicht über die Frage, woraus der Mensch bestehe, er enthalte so viel Phosphor, daß man zehn Schachteln Streichhölzer daraus machen könne, er enthalte so viel Eisen, daß man einen Nagel daraus schmieden könne, um sich daran aufzuhängen, und er enthalte so viel Wasser, daß sich damit zehn Liter Kuttelflecksuppe kochen ließen... Alles das erzählte ich den Dörflern, und diese fürchteten sich, selbst vor mir fürchteten sie sich und zogen Grimassen bei dem Gedanken an das, was ihnen bevorstand... Deshalb ließen sie sich lieber erzählen, was mit ihnen geschähe, wenn sie hier stürben. So stiegen wir eines Nachts auf den Hügel zum Friedhof hinauf, und ich zeigte ihnen die leeren Stellen, an denen sie begraben werden würden, so daß die eine Hälfte von ihnen in die Nordsee und die andere Hälfte ins Schwarze Meer gelangte, es komme lediglich darauf an, den Sarg quer in die Grube zu senken wie über einen Dachfirst...
Danach pflegte ich mit meinen Einkäufen heimzukehren, grübelte unterwegs, unterhielt mich den ganzen

Weg über mit mir selbst, erzählte mir von neuem, was ich an diesem Tag alles gesagt und getan hatte, und fragte mich, ob ich es richtig gesagt oder getan hätte, und ich erkannte nur das als richtig an, was mich amüsiert hatte, nicht wie sich Kinder oder Betrunkene amüsieren, sondern in dem Sinne, wie es mich der Herr Professor für französische Literatur gelehrt hatte, das Amüsement als metaphysisches Bedürfnis, denn wenn den Menschen etwas amüsiert, dann sei das in Ordnung... »Ihr Idioten, so eine üble, törichte und hinterhältige Brut!« hatte er geschnauzt, um uns dorthin zu bekommen, wo er uns hatte hinhaben wollen: damit uns die Poesie ein Vergnügen sei, die schönen Dinge und Geschehnisse, denn die Schönheit neige sich und reiche immer zum Transzendenten hin, das heißt zum Endlosen und zur Ewigkeit.

Was meine Behausung angeht, in der Schenke, die zugleich Tanzsaal gewesen war, so empfand ich immer heftiger den Wunsch, jemanden um mich zu haben, irgendeinen Besucher, also kaufte ich mir noch vor dem Winter im Dorf die großen alten Spiegel zusammen, ein paar kriegte ich umsonst, die Leute entledigten sich ihrer gern, sie sagten, wenn sie hineinschauten, erschienen ihnen die Deutschen darin. Ich wickelte sie in Decken und Zeitungen ein und schaffte sie nach Hause, den ganzen Tag schlug ich Dübel in die Wände, und an diesen Dübeln schraubte ich die Spiegel fest, hängte eine ganze Wand mit Spiegeln voll, und nun war ich nicht mehr allein: Wenn ich von der Arbeit heimkam, freute ich mich schon darauf, mir selber entgegenzugehen, mich vor mir selber im Spiegel zu verbeugen und mir einen guten Abend zu wünschen. In der Zeit bis zum Schlafengehen bin ich nun nicht mehr allein, wir sind zu zweit hier – was macht es schon, daß wir die gleichen Bewegungen vollführen, befragen kann ich mich von nun an in größerer Realität... und wenn ich weggehe, wendet mir der andere im Spiegel ebenfalls den Rücken zu, mein Doppelgänger, jeder geht in eine andere Richtung, und dennoch entferne ich mich aus dem Zimmer ganz allein...

Ich kam nicht zurecht mit der Frage, warum ich mich, wenn ich wegging, nicht sah, sondern erst dann, wenn ich den Kopf wandte, aber auch dann nur mein Gesicht, nicht aber meinen Rücken. Also brauchte ich einen weiteren Spiegel... Und so begann ich mit der Zeit eine Tastempfindlichkeit für die Dinge, die unsichtbar, aber doch vorhanden waren, zu entwickeln, und das Unglaubliche wurde Wirklichkeit, wann immer ich vom Samstageinkauf heimkam. Mit dem Lohn blieb ich unterhalb des Bergfriedhofs stehen, stieg zum Bach hinunter, in den die Rinnsale der Brünnlein und noch kleinere Bächlein vom Hang hineinflossen.

Hier in diesem Landstrich vergoß selbst der Fels unablässig Wassertränen, und hier im Bach wusch ich mich immer. Ich erfrischte mir das Gesicht, das Wasser war kalt und klar, und ich sah vom Friedhof droben immerfort die Säfte der Beigesetzten in diesen Bach herabfließen, bestimmt waren sie bereits angelangt, destilliert und gefiltert von der schönen Erde, die aus Leichen Nägel zu machen vermochte, an denen ich mich aufhängen konnte, und klares Wasser, in dem ich mir das Gesicht wusch, so wie sich viele Jahre später irgendwo jemand das Gesicht in meiner Metamorphose waschen, irgendwer ein Zündholz aus dem Phosphor meines Körpers anreißen würde... Ich konnte nicht widerstehen und trank von dem Wasser aus dieser Quelle unterhalb des Friedhofes. Zuerst kostete ich es wie ein Weinkenner, und so wie ein Kenner von Doktor Badestube und Bernkasteler Riesling, der den Geruch der Lokomotiven herausschmeckt, die täglich zu Hunderten an den Weinbergen vorüberfahren, oder das Feuerchen, das die Weinbauern jeden Tag anzünden, um sich ihr Vesper oder ihr Mittag zu wärmen, und so wie man diesen Rauch aus einem Schluck Riesling herausschmecken konnte, so schmeckte auch ich die vor Zeiten dort oben auf dem Kirchhof bestatteten Seligen heraus, ich schmeckte sie etwa so, wie ich die Spiegel nur deshalb bekommen hatte, weil sich darin die Umrisse der Deutschen erhalten hatten, die vor Jahren davongegangen waren, deren Geruch aber noch in dem Spiegel hing, in den ich jeden Tag lange hineinschaute, in dem ich mich erging, und so wie im Wasser der Toten, so streifte ich über kaum sichtbare Porträts, nur für den sichtbar, für den das Unglaubliche Wirklichkeit geworden ist, und ich stolperte über Porträts von Mädchen im Dirndl, mit Möbeln im Hintergrund, und über Szenen deutschen Familienlebens...

Meine Dorfleute, die mir die Spiegel geschenkt hatten, wofür ich sie in den Spiegel blicken ließ, der sie auf dem Friedhof erwartete, schossen mir kurz vor Allerseelen den Wolfshund tot. Ich hatte ihm beigebracht, das heißt, er hatte sich's selber beigebracht... Nun ja, eines Tages hatte er die Tasche in die Schnauze genommen, so als wolle er zusammen mit mir einkaufen gehen, doch da sah ich ihn auch schon allein die Straße zum Dorf hinunterlaufen, also schrieb ich ihm versuchshalber auf einen Zettel, was ich brauchte, und er lief davon. Nach zwei Stunden war er wieder da und stellte die Einkaufstasche hin, und so schickte ich, statt mit dem Pferd zu fahren, fast jeden zweiten Tag den Wolfshund mit der Tasche zum Einkaufen, und als die Dörfler wieder einmal vergeblich auf mich warteten und meinen Hund sahen, der statt meiner die eingekauften Sachen trug, da schossen sie ihn tot, um mich ins Wirtshaus zu kriegen... Ich weinte, eine Woche lang trauerte ich um den Wolfshund, schirrte schließlich aber doch das Pony an, es fiel bereits der erste Schnee, und machte mich auf den Weg, um mir den Lohn zu holen und den großen Wintereinkauf zu besorgen. Den Dörflern hatte ich verziehen, weil sie sich nach mir sehnten, sie machten sich nicht mehr lustig über mich, und wenn, dann auf eine andere, höhere Art, sie konnten ohne mich nicht leben in dem Wirtshaus, sie hatten nichts, worauf sie sich freuen konnten, wie sie mir sagten, sie wollten nicht, daß ich stürbe, sie wünschten sich, daß ich einmal in der Woche zu ihnen käme, denn zur Kirche sei es weit, und ich könne besser reden als der Pfarrer...

Mein Wolfshund hatte noch heimgefunden, sie hatten ihm die Lunge durchschossen, selbst den Einkauf hatte er mitgebracht, ich streichelte ihn noch einmal, gab ihm ein Stückchen Würfelzucker als Anerkennung und Lohn, doch er nahm den Zucker nicht mehr, legte mir den Kopf in den Schoß und hauchte langsam sein Leben aus. Von hinten beugte sich das Pferd über uns, beschnupperte den Hund, auch die Ziege kam und die Katze, die mit dem Hund zusammen geschlafen, sich aber nie von mir hatte streicheln lassen, immer wahrte sie Abstand, wahrscheinlich mochte sie mich am liebsten, ich redete ihr zu, und sie lag auf dem Rücken und wandte und drehte sich und stieß mit den Pfötchen und den Blicken nach mir, als kraulte ich sie unterm Kinn oder im Pelz, doch sowie ich die Hand nach ihr ausstreckte, schleuderte die wilde Kraft ihrer Scheu sie aus dem Bereich meiner Finger... Diese Katze kam nun und kuschelte sich wie gewohnt an den Pelz des Wolfshundes, dann hielt ich die Hand zu ihr hin, doch sie blickte in die brechenden Augen des Hundes, und ich streichelte sie, und sie blickte mich an, und so furchtbar es für sie war, von mir gestreichelt zu werden, so überwand sie sich doch beim Tode ihres Kameraden, schloß lieber die Augen und schob den Kopf in den Pelz des Hundes, um nicht zu sehen, was ihr Grauen bereitete, wonach sie sich aber sehnte.

An einem späten Nachmittag, als ich gedankenverloren zum Brunnen ging, um Wasser zu holen, spürte ich zunächst und sah dann auch, daß am Waldrand, eine Hand an einen Baum gestützt, Zdeněk stand, der berühmte ehemalige Kellner, mein Kollege aus dem Hotel Tichota, der mich unverwandt anschaute... Und ich, der ich den abessinischen Kaiser bedient hatte, ich wußte, er war mit Absicht gekommen, einfach so zum Gucken, er wollte, ja er brauchte nicht mit mir zu sprechen, er wollte nur sehen, wie ich mich in dieses öde Leben eingepaßt hatte, denn Zdeněk war jetzt ein großer Herr im politischen Leben, er war von einer Menge Leute umgeben, doch ich wußte, daß er wahrscheinlich genauso einsam war wie ich... Ich pumpte Wasser, die Tiere sahen mir bei der Arbeit zu, und ich spürte immer noch, wie Zdeněk alle meine Bewegungen verfolgte. Ich pumpte also, als sähe mir keiner zu, obwohl mir eines klar war: Zdeněk wußte, daß ich ihn bemerkt hatte. Und dann bückte ich mich langsam nieder, packte die Henkel der Tränkbutten, ließ mir Zeit, bis Zdeněk sich rührte, denn ich vernahm auf ein paar hundert Meter jede Bewegung, jedes Geräusch, also fragte ich Zdeněk, ob er mir etwas sagen wolle, doch er hatte nicht das Bedürfnis, mir etwas zu sagen, ihm genügte es, mich auf der Welt zu wissen, er hatte halt Sehnsucht nach mir gehabt, so wie auch ich oft seiner gedacht hatte. Und so nahm ich die beiden Butten und stieg zum Gehöft hinauf, gefolgt vom Pferd und dann von Ziege und Katze, vorsichtig trat ich auf, das Wasser aus den Butten schwappte mir über die Gummistiefel, und ich wußte, daß Zdeněk, wenn ich die Eimer auf der Schwelle abstellte und mich umdrehte, nicht mehr da war, daß er zufrieden zu seinem Regierungsauto zurückging, das hinter den Bäumen auf ihn wartete, daß er zu seiner Arbeit zurückkehrte, die bestimmt schwieriger war als meine Flucht in die Einöde. Ich dachte daran, wie der Herr Literaturprofessor zu Marcela gesagt hatte, ein wahrer und welterfahrener Mensch sei, wer in die Anonymität treten könne, wer imstande sei, sich von seinem falschen Ich zu befreien.

Als ich die Butten abstellte und mich umdrehte, war Zdeněk weg, und ich war damit einverstanden, ja, so mußte es sein, mochte sich jeder von uns auch an einem anderen Ort befinden, so konnten wir doch nur auf diese Weise miteinander reden und uns mit Hilfe der Stille aufzählen, was wir auf dem Herzen hatten und welches unsere Weltsicht war. Am selben Tage begann es dann zu schneien, Flocken, so groß wie Briefmarken, ein stiller Schnee, der gegen Abend in Schneetreiben überging. Der Strahl klaren und gleichbleibend kalten Wassers rann weiterhin im Keller in den steingehauenen Trog, der Stall lag im Flur neben der Küche. Und der Pferdemist, den ich auf Anraten der Dörfler im Stall hatte liegen lassen, war warm und heizte die Küche wie eine Zentralheizung.

Drei Tage lang sah ich in den wirbelnden Schnee hinaus, der wie winzige Schmetterlinge vorbeihuschte, wie Eintagsfliegen, wie vom Himmel fallende Blüten. Meine Straße versank mehr und mehr im Schnee, am dritten Tag war sie schon so zugeweht, daß sie mit der Umgebung verschmolz und niemand erraten hätte, wo der Weg entlangführte. Am dritten Tag zog ich aber den alten Schlitten heraus, sogar die Schellen hatte ich gefunden, die ich jede Stunde schüttelte und dabei lächelte, da die Schellen und ihr Gebimmel mir die Vorstellung eingaben, ich spannte mein Pferdchen an und führe über meine Straße dahin, schwebte darüber hinweg, und nur das Schneepolster trennte uns von ihr, dieses Federbett, dieser dicke weiße Teppich, dieses sich blähende weiße Laken, das das ganze Land bedeckte. Ich machte den Schlitten bereit und merkte überhaupt nicht, daß der Schnee schon bis ans Fenster reichte und sich dann bis zur Fenstermitte auftürmte. Erst als ich hinguckte und erschrocken gewahrte, wie die Schneeflut anstieg, da sah ich mein Haus samt den Tieren an einer Kette unterm Himmel hängen, weltabgeschiedene und dennoch übervolle Bauernhäuser, ähnlich wie die Spiegel mit den verschütteten und vergessenen, aber dennoch auf dünnem Film haftenden Bildern, die sich nicht anders rufen und zurückholen ließen als die Bilder, mit denen ich die Spiegel ausgepolstert hatte oder mit denen meine Straße ausgepolstert und eingerahmt war, schon verschüttet vom Schnee der Zeit, die vergangen war, während die Erinnerung als einzige die Möglichkeit besaß, jederzeit wie eine erfahrene Hand den Puls unter der Haut zu ertasten und festzustellen, wohin das Leben floß und fließt und hier auch in naher Zukunft fließen wird...

Und ich erschrak in diesem Augenblick bei dem Gedanken, ich könne sterben und all das Unglaubliche, das Wirklichkeit geworden war, alles das könne dahingehen, denn ein besserer Mensch sei, wie der Herr Professor für Ästhetik und französische Literatur gesagt hatte, wer sich besser auszudrücken verstehe... Und mich überkam der Wunsch, alles aufzuschreiben, so wie es gewesen war, damit auch die anderen Menschen es lesen konnten, doch auf eine Weise, die ich »das Malen aller dieser Bilder« nenne, die sich wie Perlen aufreihen ließen, wie ein Rosenkranz auf den langen Faden meines Lebens, das ich hier auf unwahrscheinliche Weise dabei ertappte, wie es mit den Augen den fallenden Schnee ansah und bestaunte, der die Kate hüfthoch umschloß...

Und so betrachtete ich Abend für Abend, wenn ich vor dem Spiegel saß und hinter mir auf dem Tresen die Katze hockte und mit dem Köpfchen gegen mein Spiegelbild butzte, als wäre ich es selbst, meine Hände, während draußen einem Hochwasser gleich der Schneesturm brauste, und je länger ich meine Hände betrachtete – ich hob sie sogar hoch, als ergäbe ich mich vor mir selbst – und auf meine Hände und die sich bewegenden Finger im Spiegel blickte, desto deutlicher sah ich vor mir den Winter, den Schnee; ich sah mich den Schnee wegschaufeln, wegschippen und die Straße suchen; immer weiter, Tag für Tag, suchte ich den Weg zum Dorf, vielleicht suchten auch sie den Weg zu mir, und ich nahm mir vor, tagsüber den Weg zum Dorf zu suchen und abends zu schreiben, den Weg zurück zu suchen und dann auf ihm zu gehen und den Schnee wegzuräumen, der meine Vergangenheit bedeckte... So wollte ich versuchen, mich mit Hilfe der Schrift und des Schreibens über mich selbst zu befragen.

Heiligabend fiel wieder Schnee und deckte die Straße zu, die ich fast einen ganzen Monat lang mühevoll gesucht und wieder freigeschaufelt hatte. Eine Schneemauer war das, ein bis zur Brust reichender Graben, ich hatte etwa die halbe Entfernung bis zum Wirtshaus und zum Laden zurückgelegt, wo ich zuletzt am Allerseelentag gewesen war. Die Schneedecke glitzerte am Abend wie der Flitter an Wandkalendern, und ich schmückte den Weihnachtsbaum und buk das Gebäck. Ich zündete den Baum an und brachte Pferd und Ziege aus dem Stall herein. Die Katze saß neben dem Ofen auf dem Zinntresen. Ich holte wieder den Frack hervor, zog ihn an, doch es ging nicht, die Knöpfe entglitten meinen harten Fingern, und meine Hände waren von der Arbeit so steif, daß ich mir keine ordentliche weiße Schleife binden konnte. Ich nahm auch die Lackschuhe aus dem Koffer und wichste sie, die Schuhe, die ich mir gekauft hatte, als ich Kellner im Hotel Tichota gewesen war.

Als ich die blaue Schärpe umlegte und den Stern an der Hüfte befestigte, da strahlte der Stern heller als der Weihnachtsbaum, und Pferd und Ziege guckten mich an und erschraken, so daß ich sie beschwichtigen mußte. Dann bereitete ich mir das Abendessen, eine Konservendose Gulasch mit Kartoffeln. Der Ziege tat ich Bescheid, indem ich ihr einen Apfel ins Trinkwasser schnitzelte. Auch das Pony, das wie an jedem Sonntag mit mir speiste, stand vor dem langen Eichentisch und suchte sich Äpfel aus einer Schüssel und kaute sie. Das Pony kam immer noch nicht von dem Gedanken los, ich könne es hier allein lassen und weglaufen. Wo ich ging und stand, lief es mir nach, und die Ziege, die an das Pferd gewöhnt war, folgte ihm, und die Katze, die auf die Ziegenmilch angewiesen war, tat das gleiche – wo das Ziegeneuter hinging, war auch die Katze.

So gingen wir zur Arbeit, und so kehrten wir heim. Als ich im Herbst Gras geschnitten hatte, waren mir alle nachgekommen, selbst wenn ich auf den Abort ging, waren mir die Tiere auf den Fersen und paßten auf, daß ich nicht weglief... So war es in der ersten Woche gewesen, als mir das Mädchen aus der Schokoladenfabrik Orion erschienen war und ich mich so sehr nach ihr gesehnt hatte, als ich so gern gesehen hätte, ob sie noch mit den Büchern unterm Arm in ihre Schokoladenfabrik ging. Mich hatte eine solche Sehnsucht nach ihr gepackt, daß ich das Nötigste zusammenschnürte und mich noch vor Tagesanbruch ins Dorf aufmachte und dort auf den Autobus wartete, doch als der Bus kam und ich schon den Fuß auf das unterste Trittbrett setzte, da sah ich auf meinem Weg das Pferd herbeirennen, gefolgt von dem Hund und dann von der humpelnden Ziege... Sie alle schossen auf mich zu, dabei guckten mich die Tiere an und bettelten lautlos, ich möge sie nicht allein lassen, und kaum hatten sie mich umringt, da erschien auch noch die wilde Katze und sprang auf die Bank, die für die Milchkannen bestimmt war, und so ließ ich den Bus abfahren und kehrte mit den Tieren zurück, die von nun an kein Auge mehr von mir ließen, doch bemüht waren, mich auf irgendeine Weise zu erheitern. Die Katze tollte wie ein Kätzchen umher, die Ziege wollte mit mir rangeln und hüpfte mit mir zum Scherz auf den Hinterbeinen und wollte mit ihrem Kopf gegen den meinen buffen, nur das Pony konnte derlei Kunststücke nicht, es faßte nur alle Augenblicke mit seinen feinen Lefzen nach meiner Hand und sah mich an, doch in seinen Augen loderte das Entsetzen... Wie immer nach dem Abendbrot legte sich das Pferd am Ofen nieder und seufzte wohlig, die Ziege bettete sich daneben, und ich fuhr fort, meine Bilder aufzuschreiben und zu grübeln, doch die Bilder kamen mir zunächst sehr unscharf vor, ich schrieb sogar manches unnötige Bild nieder, doch unversehens hatte ich mich eingeschrieben und kritzelte Seite um Seite voll; stets löste sich das Bild vor meinen Augen immer schneller auf, als ich es aufzuschreiben vermochte, und dieser Vorsprung der Bilder ließ mich nicht schlafen, ich wußte nicht einmal, ob draußen ein Gewitter tobte oder ob der Mond so hell schien, daß die Fensterscheiben knackten; ich räumte nur Tag für Tag die Straße und dachte dabei an meinen abendlichen Weg, wenn ich die Feder ansetzte und zu schreiben begann. Ich legte mir schon tagsüber alles im voraus zurecht, so daß ich am Abend nur noch das beschrieb, was ich mir bei der Arbeit an der Straße erdacht hatte, und am Abend warteten auch die Tiere, denn ein Tier liebt die Ruhe. Sie seufzten nur wohlig, meine Gefährten, und ich seufzte auch, schrieb weiter und legte ein Stück Holz nach. Das Feuer schnurrte leise, und im Kamin seufzte die Melusine, und unter der Tür hindurch strich der Wind...

Heiligabend, gegen Mitternacht, tauchten vor meinen Fenstern Lichter auf. Ich legte die Feder beiseite, und das Unglaubliche war Wirklichkeit geworden. Ich trat vors Haus. Auf Schlitten und mit einem Schneepflug hatten sich von der anderen Seite her die Dorfleute bis zu mir durchgekämpft. Ein paar von diesen elenden, gescheiterten Existenzen, die im Wirtshaus herumhockten und sich so sehr nach mir gesehnt hatten, daß sie mir meinen Wolfshund totschossen, waren jetzt mit Pflug und Schlitten bis hierher zu mir gelangt... Ich lud sie in die Wirtschaft ein, in meine jetzige Behausung. Als sie mich ansahen, bemerkte ich, was sie in Verwunderung versetzte: Wo hast du das her? Wer hat dir das gegeben? Warum hast du dich so rausgeputzt? Ich sagte: »Setzen Sie sich, meine Herren, Sie sind hier meine Gäste, ich war einmal Kellner...« Sie zuckten zurück, als bedauerten sie, hergekommen zu sein... Und die Schärpe und der Orden? Die hätte ich, so sagte ich, vor vielen Jahren bekommen, denn ich sei der, der den abessinischen Kaiser bedient hat... »Und wen bedienst du heute?« fragten sie erschrocken. »Meine Gäste hier, wie Sie sehen!« Ich wies auf Pferd und Ziege, doch diese waren bereits aufgestanden und wollten hinaus, sie stießen mit dem Kopf gegen die

Tür, und ich machte ihnen auf, so daß sie hintereinander durch den Flur in ihren Stall gingen.

Der Frack, der blitzende Orden und die blaue Schärpe hatten die Dorfleute so eingeschüchtert, daß sie stehenblieben, aber dann gratulierten sie mir und mir angenehme Feiertage und luden mich ein, auf St. Stephan zum Essen zu kommen.

Sie gingen. Ich sah ihre Rücken in den Spiegeln, und nachdem auch aus den Fensterscheiben die Lichter und Laternen verschwunden und die Schellen verklungen waren, der Schneepflug davongeschnaubt war, stand ich allein vor einem Spiegel, sah mich an, und je länger ich mich ansah, desto mehr erschrak ich, ich erschrak so sehr, als stünde ich vor einem Fremden, vor einem Menschen, der verrückt geworden ist...

Ich hauchte mich an, bis ich mich in dem kühlen Glas küßte, dann hob ich den Ellenbogen und befreite mich mit dem Frackärmel von dem Atemhauch, bis ich wieder im Spiegel stand, die brennende Lampe wie ein zum Anstoßen erhobenes Glas haltend. Hinter mir ging leise die Tür auf, ich erstarrte: Herein kam das Pferd und dahinter die Ziege, die Katze sprang auf den zinnernen Tresen am Ofen, und ich freute mich, daß sich die Dorfleute zu mir durchgewühlt hatten, daß sie mich besucht, einen Schreck vor mir bekommen hatten, weil ich etwas Besonderes sein mußte, weil ich wirklich der Schüler von Herrn Skřivánek war, dem Oberkellner, der den englischen König bedient hatte, wogegen ich die Ehre gehabt hatte, den abessinischen Kaiser zu bedienen, wofür mich dieser auf alle Zeit ausgezeichnet hatte, indem er mir den Orden verlieh, und dieser Orden hat mir die Kraft gegeben, diese Ge-

schichte aufzuschreiben... wie das Unglaubliche Wirklichkeit geworden ist. Genügt das?
Und damit schließe ich aber endgültig.

Die Texte sind in greller Sommersonne geschrieben worden, die die Schreibmaschine so erhitzt hat, daß sie sich mehrmals in der Minute verschluckte und stotterte. Außerstande, auf die grellweißen Blätter zu sehen, hatte ich keine Kontrolle über das, was ich schrieb, also schrieb ich im Lichtrausch nach der automatischen Methode; das Sonnenlicht blendete mich so sehr, daß ich nur die Umrisse der glitzernden Maschine wahrnahm, das Blechgehäuse war innerhalb weniger Stunden so heiß geworden, daß sich die beschriebenen Seiten in der Glut zusammenrollten. Und die Ereignisse, die mich im letzten Jahr dermaßen überrumpelten, daß ich nicht einmal Zeit fand, den Tod meiner Mutter wahrzunehmen – diese Ereignisse zwingen mich also, den Text sozusagen in der Erstfassung zu belassen und zu hoffen, daß ich einmal Zeit und Mut finden werde, daran herumzubasteln und ihn in eine halbwegs klassische Fassung zu bringen, es sei denn, ich griffe in der Eingebung des Augenblicks und unter der Voraussetzung, ich könnte die erste Spontaneität der Bilder beseitigen, nur nach der Schere und schnitte je nach Eingebung jene Bilder heraus, die trotz des zeitlichen Abstands noch ihre Frische besitzen. Und sollte ich nicht mehr auf der Welt sein, dann mögen das einige meiner Freunde für mich erledigen. Mögen sie den Text zu einer kleinen Novelle oder einer größeren Erzählung zusammenschneiden. Fertig.

P. S.

In diesem Sommermonat, da ich dies niederschrieb, war ich bewegt von Salvadore Dalís »künstlicher Erinnerung« und Freuds »eingeklemmtem Affekt«, dem der »Ablauf durch die Rede gestattet« ist.

Inhalt

Ein Glas Grenadine
7

Hotel Tichota
56

Ich habe den englischen König bedient
105

Ihr Kopf war nicht mehr aufzufinden
165

Wie ich Millionär wurde
218

Die Bücher von Bohumil Hrabal im Suhrkamp Verlag:

Die Bafler. Erzählungen
edition suhrkamp 180. 1966
(z. Zt. nicht lieferbar)

Tanzstunden für Erwachsene und Fortgeschrittene (1965)
Bibliothek Suhrkamp 548. 1977

Reise nach Sondervorschrift. Neue Erzählungen
edition suhrkamp 256. 1968
(z. Zt. nicht lieferbar)

Bohumil Hrabals Lesebuch
Bibliothek Suhrkamp 726. 1981

Schneeglöckchenfeste. Erzählungen
Bibliothek Suhrkamp 715. 1981

Bambini di Praga. Erzählungen
Bibliothek Suhrkamp 793. 1982

Erzählungen, Moritaten und Legenden
suhrkamp taschenbuch 804. 1982

Die Schur. Erzählung
Bibliothek Suhrkamp 558. 1983

Schöntrauer
Bibliothek Suhrkamp 817. 1983

Harlekins Millionen. Roman
Bibliothek Suhrkamp 827. 1984

Sanfte Barbaren
Bibliothek Suhrkamp 916. 1987